ハヤカワ文庫JA

〈JA1454〉

万博聖戦

牧野 修

JN099179

早川書房

8586

本書は書き下ろし作品です。

目次

明日があると思えなければ
子供ら夜になっても遊びつづけろ！
堀川正美『経験』

万博聖戦

§アドレセンスと嘔吐／１９６９

1.

その頃森贇人《もりしと》に見える世界は目の前三十センチぐらいのところにあったし、両手を伸ばして触れるところが世界の輪郭だった。そこは湿っていたり、乾いていたり、つるつるだったりざらざらだったり、金臭かったり苦かったりしていた。

公立の中学に入ったところだった。

シトは友達が少ない。なんならいないと言っても間違いではない。でもそんなものでしょ、と彼は思っていた。友達が百人出来るような人間は友達が欲しいんじゃない。ただ仲間の数を増やしたいだけなんだ、と。彼はそうやって自分を百倍の人間に見せたいだけの人間とは、友達になりたくなかった。

出身小学校による学閥的なものが最初は幅をきかせていた。が、それもやがて霧散し、それとは別の共通点を見出しながらみんなは友人というものを作っていった。触ったものはとりあえず食べてみて判断する人間や、腹を壊すのが怖くてなかなか食べない人間まで、人はそれぞれだ。シトは理論家だが戦略とは縁遠い。彼は論理的に、デタラメを愛している。というわけで、シトが最初に触れたのがサドルだった。正確に言うのならサドルから触れてきたわけだが。

サドルは本名ではない。本名は御厨悟《みくりやさとる》だ。自転車屋の息子なのでサドルと、これは小学生の時につけられた仇名らしい。そして本人もこれを気に入っているようで、俺、サドル。とニコニコして彼はシトに説明した。

——おかしいと思わないか。

サドルはそう言って初対面のシトに話し掛けてきた。生まれたときからおまえのことは知っているんだが、という態度だった。なんだか良い感じだった。一部癖毛でくるくると毛が巻いていたところ。びっくりしたような目が少年マンガの主人公のようだったこと。それなりに痩せて、尚且《なおか》つがっちりした身体つき。つまりシトはまず彼の容姿が気に入ったのだ。だから彼の唐突な問いにハイと答えた。

——だろう。

サドルは満足げに唇を笑みの形に曲げた。そして手を差しだした。その意味をしばらく考えてから、シトはその手を握った。生まれて初めて握手というものを経験した。新しいクラスに入って最初の昼休みのことだ。

まだみんなは誰とどのような距離でつき合うのかを考えあぐねて、緊張が絶えないままに昼食を終えていた。だがサドルはそんな緊張感とは無縁のようだった。

昨日の夜のことだ、と彼は唐突に話を始めた。

「今日の用意をして、鞄に詰め、制服とかも畳んで置いて、まだまだ眠るまで時間があったから、ドリームスター船団と悪魔軍とを出してきて久しぶりに遊ぼうとしたんだ」

聞いたこともない単語ばかりだった。

「あっ、どっちも俺が折り紙で作った宇宙船だよ。当然ドリームスター船団がいいもんで悪魔軍がわるもんな。それでドリームスターの先鋭軍団を集めて、同じく悪魔軍の大将クラスを集めて、んでぐいいいいい、どぎゃぎゃぎゃぎゃ、きゅいーんどっどっどっどっど、ってやってたんだよ」

両手で何かを（おそらく両軍の先鋭の宇宙船を）持ってるふりをして激しく動かしながら、ロケットの飛ぶ音やら爆破音やらを口で真似た。

「わかる？」

ふと心配になったのか、サドルは（後で考えると珍しくも）不安そうな顔でシトを見た。

「わかるよ」シトは答える。

「ゴッコだよね」

うんうんとサドルは嬉しそうに頷く。

「そしたら、びっくりだよ。ぜんぜんまったくちっとも面白くないんだ。おかしいだろう。あり得ないよ。確かに久しぶりだったけど、何カ月か前はそれでノリノリでぎゃがががってやってたのにだよ。まったく同じことをしてるのにここが」

胸を拳で叩いた。

「まったく弾まないんだよ。それどころか」

サドルはシトを手招きした。

シトが顔を突き出すと、深刻な声で囁《ささや》いた。

「馬鹿なことしてるような気になるんだ」

大きな溜息をついた。

「そんなことがあると思うか」

「昔楽しかったことが今は楽しくないって、あるような気もするなあ。ぼくは気が変わりやすいし」

んんん、とサドルは頭を抱えて考え込んだ。

「……なんかそんなことじゃないんだ。あのさあ、それが馬鹿なことなら、その時馬鹿だったってことだよね」

「っていうか、少し賢くなったってことじゃない」

「それだよ、それ。俺が馬鹿だったのなら、今も馬鹿でいたいよ。気持ち悪いよ。賢い人になっちゃうなんて」

なるほど、と思った。ちょっとだけシトにも彼の言わんとすることが理解出来た。つまり今までの自分と、そこからの自分とでは決定的に何かが違っているのが気持ち悪い、ということなんだろう。

「俺、思うんだけど、何かが俺を変えようとしてんじゃないのかなって」

「どういうこと」

「改造っていうか、そんなことを勝手にされちゃってるんじゃないかって」

サドルは本気だ。

ちょっと周りを見回し、声を落とす。

「そんなことをしている連中がどこかにいるんじゃないか」

「『インベーダー』だ」

「なにそれ」

「知らないの？」

シトは低い声ですらすらと台詞を言い出した。

「デビッド・ビンセントはとある夜明け、仕事を済ませての帰り、激しい疲労と戦いながら車を走らせていたが、迷い込んだ田舎道で、彼らインベーダーを目撃した」

サドルをちらっと見た。

「テレビだよ、テレビ。宇宙人が密かに地球にやってきて、地球を侵略しようとしているっていうドラマをやってるんだって」

「侵略！　それだそれ。間違いないよ。何かが俺を賢くして、馬鹿なことを馬鹿なことしか思わない人間に改造してるんだ。侵略だよ侵略」

シトは感心していた。

面白い。こんな面白いことを考えつく人間がいるんだ。

心底感嘆していたのだが、しかし、それを口に出していいのかどうかがわからなかった。面白がる、という態度を、馬鹿にしている、と捉える人間もいるからだ。後々そんな気遣いをまったく必要としない人間であることをシトは知るのだが、その時は色々と遠慮していたのだ。

とにかく、それから二人は地球の侵略を企てている何者かの話をしばらく続けた。楽しかった。

昼休みはすぐに終わった。

それから昼は弁当を食べ終わると、たいていサドルと過ごすようになった。

みんなは昼休み、食事を終えると追われるように運動場や体育館に出て行った。教室に残るやつは愚か者であり不審者だった。そんな中で、とにかく教室に残っているだけでもかなりの勇気を必要とした。しかしサドルはそんな勇気を必要とはしていなかった。シトは教室に居残ることに執着していた。多少は意地にもなっていた。が、サドルはそんなこととも無縁だ。ただ残りたいときは残る。出て行きたければ出て行く。思うがまだ。一個人としては当たり前のことなのだが、小さな世界の中では、それは当たり前では無かった。

無理をしていないことを知っているから、シトも相手をするのが楽だった。

期待よりも不安が大きかった新生活は、シトにとって幸先の良いスタートだった。すべてが順調にいくような気がしていた。

2.

体調が崩れるちょっと前、〝駄目になる〟という肉体からの警告を感じることがある。それはほとんど厭《いや》な予感に近い。その朝担任の教師が入ってきた時にシトはそれを感じた。本当にたちの悪い風邪を引いたのかと思ったほどに、身体がこれから起こる事を拒絶していた。

「1組の太田清が昨夜から自宅に戻っていない」

剣道部の顧問でもある国語の教師は、前置きもなく話を始めた。

「何か知っていることがあったら、教えて欲しい。最近連続して、君たちと同い年ぐらいの子供たちが行方不明になっている。警察からも先日注意があった。プリントにして配ったから君たちも見ていると思う。登下校時には注意すること。帰宅は出来るだけ数名の友人と一緒に帰ること。通学路で不審な人間に会ったら先生に報告するように」

教室がざわつく。

確かに先日プリントを配っていたが、その時はみんな他人事だった。同学年の級友がいなくなると、それが途端にリアルな出来事になった。太田はシトと同じ小学校から来た生徒だ。同じクラスになったことはないが、顔も名前も知っている。同じ小学校の出身者がここにも後七人いる。彼の失踪は手で触れる範囲にある身近な出来事だった。その日は休憩時間ごとに、誰がいなくなったとか、近くで目撃した不審者の話とかでみんな盛り上がっていた。シトももちろんサドルとその話をしていた。

「なっ、やっぱりおかしいだろう」

サドルの話に熱が籠もる。

「いるんだよ。そういう奴らが。子供を見つけたら攫《さら》って改造するんだよ。帰ってきたら絶対に前の人間と変わってるよ」

「帰ってくるの？」

「逆らわなければね。最後まで逆らったら……その時は帰れないかも。どうなるかはわからないけど、とにかく帰れないんじゃないのかな」

「どうやって改造されたってわかるんだい。やっぱり小指が曲がらないとか」

「そんなわかりやすい違いだとは思わないけどね。テレビドラマじゃないんだから」

「すみません」

シトが棒読みで言うと、

「いえどういたしまして」

棒読みが返ってきた。

「シト、テレビ良く見てるよな」

うんうん。

『『大人はわかってくれない』っていうテレビ漫画知ってる？」

「見たことない」

「ええっ、無茶苦茶面白いのに」

「いつやってるの」

「月曜日の夕方の五時四十五分から十五分」

「残念だけど、その時間じゃぼくは見られないよ」

「えっ、なんで。あっ、そうか。チャンネル戦争だよな。兄弟？　あっ、親がニュースとか見る時間だもんな」

「そうじゃなくて食事中だから」

「食事中だから、どうだっていうのさ」

「行儀が悪いから食事中にテレビを見ちゃ駄目だって」

「んなばかな」

サドルは笑った。

「テレビの時間だよ、食事中って。いや、うちはみんな食事がばらばらだから俺は一人で食べながら見ているけどね。普通見るでしょ、テレビ」

シトは少しだけ悲しそうな顔で苦笑している。サドルはそんな馬鹿なとしばらく首を捻《ひね》っていた。

「で、それってどんな話」

シトが話を再開させた。

「『チキチキマシン猛レース』みたいなやつ？」

「ギャグじゃない」

「じゃあ、『サイボーグ００９』みたいなの？」

「まだそっちがちょっと近いかも。ええと、オトナ人間っていう宇宙の首狩り族がいて、首狩り牧場に飼っていたコドモたちが反乱を起こして、オトナ人間軍とコドモ反乱軍とが長きに亘って戦いを続けているっていう話なんだけど」

「ちょ、ちょっと待って。色々ありすぎて良くわからないんだけど、とりあえず宇宙の首狩り族ってなに」

「しょうがないなあ。じゃあ説明してやろう」

得意げにサドルは話を始めた。

「オトナ人間っていうのは本来脳みそだけの生き物なんだよ」

永久に生き続ける脳がオトナ人間だ。身体だけは古びるので彼らは牧場でコドモを育て、時期が来ると首を切り落として、フレッシュな肉体に自分の頭をくっつける。そういう世界で、一部のコドモたちが牧場を脱走し反乱軍を結成した。そしてオトナ人間軍から子供たちを解放するために戦い続けている。

「そんなコドモ反乱軍の物語、それが『大人はわかってくれない』というテレビ漫画なのだ」

シトが黙っていると、わからなかったと思ったのだろう。さらに説明を続ける。

「設定はあれだけど、要するにひたすらコドモ反乱軍とオトナ人間軍が戦い続けるだけの十五分なわけだよ。一話完結になっていて、何しろ全部の話を十五分で終わらそうとしているので、慌ただしいんだけど、そのバタバタさも面白いんだよね。そうそう、コドモ反乱軍の少女将校ガウリーっていうのが可愛くて。ほら、1組に波津乃未明《はつのみめい》っているだろ」

「知ってる。近所だから昔から良く遊んだよ」

「ええええええ！」

サドルは大口を開き、ついでに目も限界まで見開いて叫んだ。

「幼馴染みってやつ？　ほんとかよ。ずるいなあ」

「なんでずるいの」

「だって波津乃さんだよ。無茶苦茶可愛いって。たいていの男子はもうメロメロだよ」

「いや、それって、なんていうか、騙《だま》されてると思うなあ」

「誰に」

「誰ってことないよ。ないけど、確かに綺麗な子だけどさあ」

「……わかった。シト、好きなんだろ」

「いやいやいやいや」

シトは全力で首を振った。

「それだけはない」

言い切った。

「なんだか良くわからないけど、まあいいや。とにかくその波津乃にそっくりなんだよ、少女将校ガウリーって」

「それで見てるんだ、未明そっくりの美少女がでてるから」

ニヤニヤしてシトは言う。

「それもあるけど、それよりも――」

「おおっ！」

シトが大声を出した。

「なに、どうした」

「今サドルの顔が赤くなった。びっくり。そんな可愛いところがあるんだ」

「赤くなってないし」

真っ赤な顔で否定した。

「えっ、なになに。もしかして本気？」

「何が」

「未明のこと好きなんだ」

「それはどうでもいいって。しつこいぞ、シト」

怒りだした。本当に好きなんだとシトは確信した。

「そんなことどうでも良くて」

自分から言い出したことを無視してサドルは話を続けた。

「問題はそのオトナ人間の戦い方なんだよ。毎回いろんな作戦をするんだけど、基本はちょっとずつコドモの心に潜り込んで、オトナ化していくんだよ。そのためにコドモらしいこと——たいていは馬鹿みたいなことを子供たちから取り上げるんだよ。な、これは絶対わかってやってるよ」

「わかって、っていうのは、つまり実際にオトナ人間が現実の社会でも侵略しているってこと」

「そういうことそういうこと。すんばらしい理解力。シトはすぐにわかってくれるから嬉しいんだよね」

サドルが嬉しそうにそう言うのがシトも嬉しかった。

「なあ、シト」

サドルがグイと顔を近づけてきた。

「この間ニュースでやってたんだけど、ほらキドカラー号って知ってるだろ」

「飛行船だよね。日立キドカラーの宣伝してる飛行船」

「そうそう、それがこの間徳島の方ですんごい風でワイヤが切れちゃって、もううんぎゃんうんぎゃんに」サドルは捕らえられたウナギのように身体をくねくねとして「大暴れしたわけよ。そしたらスタッフがもう駄目だってガスを抜いたんだって。多分もうこの飛行船が空を飛ぶことはないでしょうって言ってて、俺、ちょっと泣いたんだよ。あれかっこよかったよな」

うんと頷く。

「それがちょっと暴れたからってガス抜かれるんだぞ。ガス抜かれたらもう使われなくなるんだぞ。これがさあ、世の中っていうか、オトナ人間の作る世界なんだよ。許せないだろ」

　うんうんと、さっきよりは強く頷いた。

「だからさあ、俺と一緒に戦ってくれるか」

　少し恥ずかしそうにサドルは言った。

「本気？」

　明らかに本気の顔だったが、それでも確かめずにはいられなかった。

　そして思ったとおり、サドルは真剣な顔で何度も頷いた。サドルが真剣に提案したことで、つまらなかったことなど一度も無い。

「じゃあ、協力する」

　シトは手を出し、サドルと握手した。

「でも何をしたらいいのかわからないけど」

「それは大丈夫。俺が司令官だから。俺のいうことを聞け」

「イエッサー」

「奴ら、まずは親から侵略していくと思うんだ。だって元々がオトナ人間なんだから、大人の方が操りやすいだろ？」

「だよね」

「だから気をつけてくれ。最初の敵はすぐそばにいるはずだから」

「了解、将軍」

シトは背筋を伸ばし敬礼をした。その時にはその言葉の重さをまったく理解していなかった。

「今日もいちゃいちゃしてんなあ」

同じクラスの後藤だった。

ニヤニヤ笑いながら近づいてくる。

「なあ、オカマちゃん」

そう言ってシトの肩を叩いた。

シトは土壁を見る目でじっと後藤を見ていた。それがまた後藤を苛立たせる。しつこく絡んできた。

「『夜と朝のあいだに』、歌ってみ。ピーターっておまえの仲間なんだろう。おまえもオカマデビューできるんじゃないか」

「やっぱりあれか。おまえらちゅっちゅしてんのか」

後藤の後ろから調子に乗って加わってきたのは長谷川だ。彼は弱った獲物を発見すると襲いかかり、泣き出すまでやめないことで有名だ。

「いい加減にしろよ」

サドルが長谷川を睨《にら》んだ。

「怖い怖い。長谷川、行こうぜ」

「えっ、オカマはもういいの」

「馬鹿。御厨の相手はするな……」

何か耳元で囁きながら二人は向こうへと行った。

「感じ悪い奴らだ」

二人の後ろ姿を見ながらサドルは言った。

「まあいいよ。人間には色々な種類がいるってことだ」

諦《あきら》め顔でシトが言うと、丁度のタイミングでチャイムが鳴った。休み時間が終わったのだ。

皆それぞれに自分の席へと戻っていく。日常は日常へと帰っていった。ちょっとしたねじれを残して。

3.

大根のきんぴら、山盛りの炒飯に餃子、手羽先の照り焼き、温野菜と青じそのサラダとサンマのフライ。シトより遅く帰ってきたのに、あっという間に夕飯が完成した。

「ねえ、お母さん」

「なに」

「テレビつけてもいい？」

食卓のすぐ横にある大きな家具調のテレビを見て言った。木工家具に模した外見がその大きさの大部分を占め、実際の画面はそれほど大きくはなかった。電源が消された灰色のブラウン管はうっすらと食卓を映していた。

「駄目、お行儀が悪い」

予想通りの解答だった。

「でもみんな食事中にテレビ見ているよ」

「駄目」

餃子に箸を延ばし食事を始めた。

「どうしても」

「どうしても」

悲しそうな顔をするシトを見て、母親は言った。

「お母さん、贅人と話をする機会があんまりないから、食事中ぐらい話がしたいのよ」

そう言われると無理が言えないのがシトだ。黙って俯《うつむ》いてしまった。

「で、どう、学校」

「普通」

俯いたままシトは言った。

「普通はないでしょ。友達出来た？」

「前話してた子」

箸が止まった。

「それって、御厨悟くんのこと？」

母親の顔が夕立寸前の空のように曇った。

「そうだよ」

恐る恐るシトは言った。

「……あんまりこういうこと言いたくないんだけど」

本当に苦しそうな顔で母親は言った。

「その子のお家はあまり良い噂を聞かないのよ」

「どういうこと」

シトも箸が止まる。

「この間話したときはそんなこと言ってなかったよね」

「学校で色々と話を聞いちゃったからね」

シトの母親は中学校の教師だった。ただしシトが通っている中学ではない。学区違いだ。

「……どういうこと」

同じ台詞を繰り返した。我ながら馬鹿みたいだと思いながら。

「御厨君とこ、お兄ちゃんいるよね」

「うん」

「そのお兄ちゃん、何度か警察の世話になってるの、知ってる？」

「えっ」

「仕事の関係で色々と話を聞くことがあったんだけど、万引きと喧嘩で一回ずつ。補導も何度もされてて、悪い仲間が――」

「ナンセンス！」

意味もわからずシトは言った。

「何よ、ゲバルト学生みたいなこと言って」

母親の言うこともまたわからなかったが、とりあえず無視して話を続ける。

「それと悟は関係ないでしょ」

「関係ないわけないでしょ。一緒に住んでて血の繋がった兄弟なんだから」

「お兄ちゃんが警察に捕まるような人間だってのがもし本当だとして」

「本当だってば」

「やっぱりそれとサドルは関係ないよ」

サドルと呼んだことは聞き逃したようだ。

「関係はあります」

「じゃあ、じゃあ、家族だから関係あったとしてだよ、だからどうだっていうの」

「あまり一緒に遊んでほしくないなあ、警察の世話になるような人間には、近づいただけでも世間の人は何て言うと思う？　何もしてなくても同じ人間だと思われるんだよ」

「そしたら、もしぼくがそんな悪いことをしたら、みんながぼくに近づかなくなるの、お母さんは平気？　そうなって当然、仕方ないって思う？」

「シトがそんな、世間の人に後ろ指さされるようなことするわけないじゃない」

「そんなことわからないでしょ」

「わかるわよ」

「わからないよ」

そう言ってシトは声を張り上げた。

「ぼくはお母さんの思ってるような人間じゃないから！」

普段は内省的でおとなしすぎるぐらいのシトが、そう怒鳴り茶の間から出て行った。

二階に掛け上り、小さな小さな彼の城に入り込んで扉を閉めた。

鍵はついてないが、その扉にもたれて床にぺたりと尻をつける。この部屋は元々妹と二人で使っていた。去年妹は交通事故で亡くなり、この部屋は彼だけのものになった。彼のものになっても、妹の私物はほとんどそのまま残していた。彼は妹が大好きだった。その死を受け入れることは今でもできていない。それでも本来生真面目なシトは、通夜と葬儀の日を除いて学校を休むこともなかった。泣くときは風呂とトイレと蒲団の中と決めていた。どうしようもない喪失感は、胸の内に薄ら寒い焼き場の景色と共に押し込まれている。蒲団の中で身をよじって嗚咽《おえつ》しても、哀しみで死にはしなかった。

ノックの音がする。

「シト、出てきてちょうだい。ご飯も済んでないよ」

「もういらない」

「それでもいいから、とにかく出てきなさい」

「いやです！」

母親が絶句したのがシトにわかった。

生まれて初めての反抗だった。年齢的に言うならまさに反抗期だ。父親を幼い頃に亡くし、絶対に母親に迷惑を掛けてはいけない。それが何よりも大切なことであると信じていた。そのために自分を二の次にすることは、決して辛くはなかった。というよりその方が楽だった。首を横に振るより頷く方が数倍楽だった。自分を主張したところで、誰かに理解してもらえるとは思えなかったし、理解して欲しくもなかった。これまでは。

母親が部屋の前から去っていくのが気配でわかった。

厭な気分だった。誰かを厭な気分にするなら自分が我慢した方が良い。それがシトだった。そして自分を主張すると、思ったとおり厭な気分になった。胸の奥をがりがりと掻いたような痛みが残っていた。彼には秘密があった。死んでもそれを公表するつもりはなかった。たかだか部屋を出たくないと主張するだけでこれほど苦しいのだ。私の有り様をすべて認めよ、と口にしたら、その途端にぼくはきっと死ぬ。改めてそれが真実だと知った。

その秘密が、世界と自分との輪郭に明確な、そして歪《いびつ》な形を与えていた。ぼくは怪物だ。そう思い、輪郭に合わせ身体を歪《ゆが》める。それは自虐ではない。憐憫《れんびん》は求めていない。

その幼い孤高が彼をぎりぎりのところで支えていた。

唐突にサドルのことを想った。彼はもしかしたら唯一の理解者かもしれない。何故か確信があった。彼は裏切らない。ぼくが彼を裏切らないように。

シトは扉から離れ、大きなワードローブの前に立った。ローズウッド製の重厚なアンティークだ。これがシトの秘密のすべてだった。扉を開く。中に入っているのは妹の私物だ。十一歳で亡くなった妹の服は、祖母から譲り受けたこの古めかしいワードローブには相応《ふさわ》しくないものばかりだったが、玩具のような安っぽさが特撮で描かれる銀河の星屑を連想させた。つまりそれは怪物が、彼の神に祈りを捧げるのには相応しい場所だということだ。

このワードローブは彼の祭壇だった。

その扉の裏には、シトの描いた妹の肖像が貼られてある。

すみれ色のワンピースに同色のつばの広い帽子。　夏の装いの少女は、少し大人びた表情で顎をあげ、下を見ている。水彩で描かれた彼女は高潔で傲慢《ごうまん》で正しい。

それは彼が中学一年生になった頃に描いた水彩画だ。中学の美術教師は彼を天才だと褒めそやし、芸術大学に進むことを勧めていた。そしてシトもそのつもりだった。

シトはワードローブの中に入り込むと、中から扉を閉じた。

隙間なく吊られたワンピースやコート類の中に、シトは沈み込む。つるつると指先から逃れていくレーヨンが、シルクもどきの柔らかなジョーゼットが、ふかふかのニットが、シトの身体を粉雪のように包み込み抱きかかえる。シトはそこで、まだわずかに残っている柑橘《かんきつ》系のパフュームと、さらにわずかな石鹼のにおいを、森林浴でもするように深呼吸した。それは幸福の匂いだった。

それだけで妹の横で昼寝をしたあの時の時間に逆行出来た。そのままここでしゃがみ込んで眠ることもよくあった。幸せな夢を見ることが出来た。今日はそうしなかった。あまり良い夢は見られないような気がしたからだ。良い夢を見るためにはもう少し儀式を続けなければならなかった。

シトはいったん扉を開いて外に出た。

ワードローブの下の引き出しを開ける。細長い紙箱を出してきた。名のある茶器を桐の箱から出すように、その蓋を開き中からブーツを出してきた。膝まである編み上げのロングブーツだ。

彼女が、亡くなる数カ月前に母親に無理を言って買ってもらった合皮のブーツだ。安物だが、シトは黴《かび》がつかぬようこまめに手入れをしていた。妹が使っていたのと同じ靴クリームを今も使っている。

ズボンを脱ぎ捨て、白いブリーフ一枚になってぴかぴかに光っているブーツに足を差し入れた。妹は十代に入ってから急に背が伸びて、すぐにシトを追い越してしまった。しかし死んだ妹はそれ以上大きくならないが、生きているシトはまだまだ育ち盛りだ。今でも男の足にはかなりきつい。これ以上彼が大きくなったら妹のブーツは彼の足を受け付けなくなるだろう。

いや、先のことを考えるのはやめよう。祭壇の中で起こる事はすべて神の領域なのだから、彼が考えたところでどうなるものではない。

爪先まで押し込むと、紐を下から順に締め上げていく。ぎゅうぎゅうと革が鳴く。剝がれていた肌が皮膚へと戻っていく。髪の毛一筋の隙間もなくブーツはシトの足に張り付いた。

立ち上がってみる。

ワードローブの扉の内側にある姿見に全身を映した。膝から下には大きな感嘆符が二つ並んでいる。彼に彼が驚いているのだ。ハンガーからツイッギー風のミニワンピースを出してくるのももどかしく、頭から一気にかぶった。棒きれのように細いシトの身体に、すとんとワンピースが落ちてくる。

そして彼は海老のように背を丸め、踵《かかと》を肛門に押しつけ、ぎゅっと曲げた両の膝の間に頭を突っ込みブーツの甲に接吻《くちづけ》をした。右と、左と、右と、左に。胸と腹が圧迫され息苦しい。顔は真っ赤になり、頭の中は真っ白だ。視野がぎゅううと狭まり闇が迫る。

そして夢が始まった。妹とすごした黄金の日々の夢が。

4.

子供たちの今は永遠だ。昨日のように今日があり、今日のように明日がある。学年が変わるのに必要な一年間は、永遠に続く日常の果てにある。だから何もかも始まりは唐突だ。春に進学し夏へと向かう過程もやはり永遠に続き、唐突に夏休みが見えてくる。そうなった途端に足元を炙《あぶ》られるような焦りと期待と高揚感に襲われる。

まだ朝も早いというのに、太陽は嫌がらせのようにギラギラと輝いていた。

暑い。

ついでに蟬が鳴く。

うるさい。

いつもの通学路をシトはとぼとぼと歩いていた。乾いた風は埃《ほこり》っぽく、商店街はどの店もシャッターをおろしている。そのシャッターはどれも埃を浴び色あせている。町は、ひび割れてちょっと血が流れている唇みたいにパサパサに乾いていた。

「あそこ何があったっけ」

後ろからいきなり声を掛けてきたのはサドルだ。

指差す先にあるのは空き地だ。木造二階建ての古ぼけた家に挟まれ、歯が抜けたようにそこには何もなかった。そういえば、その前そこに何があったのかを覚えていない。

気がつけば空き地になっていた。毎日毎日は同じことの繰り返しなのに、少しずつ少しずつ何かが変わっていく。気がつくのは変わってからで、途中はほとんど覚えていない。

学校近くの文房具屋にいる子猫はいつの間にか積み上げたダンボールの上でずっと眠っているデブ猫になっていたし、男の子みたいだった同級生は夏休みが過ぎるとびっくりするほどの美少女になっていた。

時間はいつもそんな風に過ぎていき、たいていのことには後で気がつく。

「何かが進んでいる」

サドルは言った。

「それは間違いない。でも俺たちはなかなか気がつかない。奴らの侵攻はずっと前から始まっていたに違いないのに」

「ねえ、サドル」

「ん？」

「サドル、なんかときどき甘いにおいするよね」

「えっ、そう。今も？」

シトはサドルの首筋に鼻を近づけてにおいを嗅ぎ、うん、と頷いた。

「何のにおいかわからないけど、どっかで嗅いだようなにおいなんだよなあ」

「それはオロナミンCのにおいだな」

サドルは笑いながら言った。

「うれしいと眼鏡が落ちるんですよ、ってやつ？」

うんうんとサドルは頷く。

「飲んだことないけど、こんなにおいだったっけ」

「おおよそそんなにおいだな」

「元気ださなきゃならないわけですか、将軍」

「オトナ人間との全面戦争に備えてな」

「やっ！」

声と共にシトの肩に思いきりパンチを食らわしたものがいた。

「痛《い》て」

と振り返る。

人目を引く美しい少女がそこにいた。

「久しぶり、シト」

「あいさつ代わりに人を殴るのはやめろって」

「仕方ないでしょ。殴りたくなる肩をしてるんだから」

「どんな肩だよ」

サドルは大口開けて二人のやり取りを見ていた。

そのサドルの顔を見て、少女は言った。

「君たち仲良いよね」

え、あ、う、とサドルはまともに喋れない。代わりにシトが言った。

「見てたの？」

「見てたよ。明子姉さんみたいに柱の陰から」

「誰それ」

「『巨人の星』見てないの？　ああいう男臭い漫画嫌いだったよね、そう言えば」

「うるさいよ」

「ちょっとちょっと」

サドルがシトの肩を叩いた。

「おまえ、波津乃さんと親しいの」

耳元で囁いた。

「だから幼馴染みって言ったでしょ」

「いや、言ったけどここまで親しいかどうかなんか――」

「はじめまして。波津乃未明です」

ぴょこんと頭を下げた。

少し上で括《くく》ったポニーテールが本物の尾のように揺れる。

「いやあ、あの、俺は御厨悟です」

顔を真っ赤にしてそう言った。

ニヤニヤ笑うシトを睨みつける。

「ところで、チンタラしてる暇はないような気がするけど」

未明は腕時計を見て言った。

「今日は朝礼がある日でしょ。時間ぎりぎりだと思うよ。行こ」

未明はいきなり走り出した。

二人も猛ダッシュする。

息を切らしながらサドルが言う。

「腕時計！」

「お金持ちだから」

「あんな子なんだ」

「びっくりでしょ」

頷くサドル。

「問題ありだよ」とシトが言うと、即座にサドルが「問題なし」と言った。

二人揃って校舎に入る。未明の姿はもう見えない。

階段を駆け上り廊下を走り教室に飛び込む。ぎりぎりで点呼に間に合った。

席に腰を下ろす間もなく、担任を先頭にみんなでぞろぞろと講堂へと向かった。今日は校庭ではなく、講堂で朝礼を行うようだ。

暑い。

急いで学校に走りこんですぐ講堂にやってきた男子たちにとっては、死んでもおかしくないほどに暑い。

天井ではいくつもの天井扇《シーリング・ファン》が、ゆっくりと四枚のプロペラを回しているが、それがこの暑さをどうにか出来るとも思えない。今日は教師以外の大人たちも数名参加しているようだった。教師たちは、ひっきりなしにハンカチで首筋や額を拭《ぬぐ》っていた。

小豆色のジャージ上下を来た体育教師の杖野《じょうの》が壇上に現れた。生徒たちを起立させてから、校長を壇上に呼び出す。校長はいたって地味な年寄りだ。校長としての威厳すらあまり感じさせない。町で生徒が校長に会っても気がつかないだろう。スタンドマイクをとんとんと叩いてから、校長は聞き取りにくい小さな声で話を始めた。バスケット部が県大会で準優勝したことや茶道部の活動が新聞に報じられたことなどを話し、最後についでのように最近多発している子供の失踪事件の話を始めた。その対策として自警団を結成し、風紀の乱れなどを取り締まるための条例も市議で議論されていると説明した。そして来年の大阪万国博覧会エキスポ’70を無事成功させようと、ここ最近の決まり文句で話が終わった。校長が壇上から降りると、また体育教師が現れた。

「では今話があった自警団のことで、代表者となる榎美虎《えのきみとら》先生からお話があります。榎先生は全国で学生たちの生活指導に当たられ、教育評論で多くの著作がありますと同時に、ミトラドンの名前でテレビラジオでも教育活動を行っておられます。今回は特別にこの町の自警団の応援団長として、お忙しい中参加してくださることになりました。それでは先生どうぞ」

大きな拍手が起こった。

「ありがとう」

男は手を振り、巨体を揺さぶりながら壇上に上がってくると、ちょっとした歓声が起こった。榎はマスコミ御用達の教育評論家だ。就学前の子供たちと一緒に出演している子供番組もあり、知名度は抜群だった。

「ミトラドンです。どーん！」

最後の「どーん」で両掌を客席に向けて腕を伸ばした。子供番組でお馴染みのポーズだ。生徒たちから笑いが起こった。

「来年は万博だね。万博行く人」

ぱらぱらと手が上がった。

「ほう、いいねえ。これは国家的行事だからね、みんなで成功させよう。五年前の東京オリンピックのこと覚えてる人」

さっきよりも多くの手が上がった。

「これもたくさんいるなあ。もしかしてこれを切っ掛けにお父さんがカラーテレビを買ってきてくれたんじゃないかな」

笑いが漏れる。

「オリンピック、凄かったね。日本は十六個金メダルを獲得したんだ。跳馬の山下選手、かっこよかったよね。新山下跳びなんか忍者みたいだったよね。ぼくらも同じ日本人として誇りに思うよね。大盛況大成功のオリンピック。さあ、次が大阪万博だ。先進国の仲間入りを果たした日本の、さらなる躍進がこの万博にかかっているわけなんだ。君たちは皆二十一世紀に生きるんだ。未来は君たちの問題だ。君たちはもう子供なんかじゃない。大人なんだ。大人なのにあれしろこれしろって親に命令されるのはおかしいって思った人。うん、そうだね。わかるわかる。大人なら自分の判断で何でもできるはずって、そう思ってるんだろ。ところが大人ってのもいろんな人に命令されて、君たちみたいにイヤイヤやらなきゃならないことが山のようにあるんだよ。それに比べたら君たちの方がずっと自由だよ。でもね、自由っていうのはどうしても責任を伴う。つまり何をしても勝手だけどその結果は覚悟しておかなきゃってこと。その覚悟が君たちにあるかな」

ここで大きな身振りで榎は手を叩いた。

ぱん、と大きな音がした。

「大丈夫。心配は無用。まずは我々が責任を持って君たちを護ります。だから君たちは、先生方やご両親の言うことをよくきくようにしましょう。君たちの自由もそこまで。そして万博を成功させよう。じゃあ、またね」

榎は手を振ってさっさと壇上から降りていった。少し遅れて拍手が起こった。

いつもとは少し違った朝礼だった。自警団のことやミトラドンのことは、この後しばらく——つまりは放課後から少なくとも今日一日の間は話題になったがそれだけだった。

この時のことを何かの始まりだと思っていたのは、サドルとシトの二人だけだった。

5.

厭な予感がした。

目覚めたシトは天井を見詰めたまま横たわっていた。起きた瞬間から、胸の奥に重く泥のように厭な感じが居座っていた。このままだとここで黴びて腐って溶けてしまいそうな気がして頭の中でカウントダウン。バネ仕掛けのように蒲団を撥ねのけ一気に立ち上がった。

「今日は先に出ていくよ。ゴミ、出しておいてね。じゃ、いってきます」

一階から声がした。

慌ただしく母親が家を出ていくのが玄関の音でわかる。はいはーい、と適当に返事しながら洗面所に行く。歯を磨き顔を洗いと、いつもの朝の日課を続けた。ほとんど自分の意志などないロボットのような時間。そうしている間は少し厭な感じは失せていた。

多少時間があったので、いつもは見ないテレビを見る。子供たちの失踪事件がほんの少し、申し訳程度に報道されると、その後すぐテレビは大阪万博の話題へと移った。さあ、そんなことは忘れて、と言っているかのように明るい未来のことを、自らの手柄のように出演者たちが語っていた。次の、日本のGNPが西ドイツを抜いて世界二位になった話も、原子力船むつの進水式も、どれもこれもアナウンサーや司会者が我が事のように誇らしげに話していた。GNPが何かとか、原子力船ってなんだとか、まったく意味はわからなかったが何となくイライラしてテレビを消した。ブラウン管の光はしばらく残り、萎《しぼ》むように暗くなる。

そこに不景気な自分の顔が映っていた。

世界がスイッチ一つで消えてしまったなら、その後には己の憂鬱《ゆううつ》な顔だけが残るのかもな、と想像してますますうんざりする。厭な中学生だ、という自覚はあり、さらにうんざりだ。

そろそろ家を出る時間だった。厭な気持ちは抜けないまま、戸締まりして指定の場所にゴミを捨てて学校へと向かう。いつもと同じ一日が始まったのだ。最近は後藤がおかまおかまと執拗に絡んでくるようになった。サドルがいると適当なところでやめるのだが、サドルがいないときは、足を掛けたり嫌と言うほど背中を叩いたりと手を出してくるようになった。だがいつもシトは路傍の石を見るような目で後藤たちを見ているだけだ。そうしていると、しばらく騒いで飽きればどこかへ消えていく。あるいはサドルが来て逃げていく。彼らはサドルを怖れていた。正確には「相当なワル」と思われている彼の兄を。だがシトは後藤たちのことをサドルに伝えることはなかった。これは自分で解決すべきことだと思っていたからだ。

その日の昼休み、サドルはテレビ漫画『大人はわかってくれない』が急に打ち切りになった話を必死になってしていた。シトはタイミングが合わず、結局一度も見ることが出来なかったことになる。サドルは大きな声で陰謀だ陰謀だと連呼していた。『大人はわかってくれない』が真実の告発なので無理矢理止めさせられたんだ、それに決まっていると興奮している。

あれは俺たちが生きるヒントになるんだよ。ホントだよ。

念を押した。が、言うまでもない。シトはサドルの言うことを疑ったことなどなかった。この世で唯一信じられる人間がサドルだった。

「そうだ、サドルも補習受けることになってたよね」

英数国の三科目で授業中小テストが頻繁に行われる。八十点以下なら放課後に集められて補習授業を受けなければならない。

「補習ごときに俺の人生を左右されてたまるものか」

サドルがふざけて声を張った。

「いつもながら仲いいね」

割り込んできたのは未明だった。切れ長の大きな目も高貴な鼻も開花直後の桜のような唇もこの世のものとは思えない軽やかな髪も、すべてが正確なリズムと音程を保っている優れた楽曲のようだ。そしてこの年代特有の刹那《せつな》にして消えていきかねない儚《はかな》さも、その美しさ故に際だっていた。

「で、今日は何を企んでるの」

二人を順に見てニヤニヤ笑っている。どうしてこの容貌にこの性格が宿ったのか。シトには神様の悪戯としか思えなかった。

「なんにも」

サドルはせいぜい素っ気なく言ったつもりだった。が、既に頬が赤くなっている。

「嘘つけ、サドル。シトも無視するなよ」

「無視されたくなかったら、もうちょっと女を磨くんだね」

「んなもんいつも磨いてるよ。磨きすぎて女が小さくなっちゃってんだよ」

「そんだけ磨いてどうすんだよ。加減を知れよ」

二人の掛け合いを見てついサドルが笑った。

すると未明の矛先はサドルへと向かった。

「何か言いたいことでもあるの。そこの何の取り柄もない男子風情が」

さすがに一瞬むっとした顔で言う。

「感心するよ、その口の悪さ。俺だから耐えてるけど、他の男子なら即死レベルだぞ」

そう言うサドルに顔を鼻がぶつかるほど近づけて言う。

「口が悪くなんてないよ。性格が悪いだけ」

「そ、そっちの方が酷くないか」

顔を逸らし、ついでに視線も逸らしサドルは言った。

「かもね。でも美人だからかまわないんだよ。それで何を悪巧みしてたの」

「それは――」

喋り掛けたサドルの手をシトは引いた。

「サドル、駄目だよ」

「すまんすまん」

サドルは焦って額の汗を拭う。

「ほんと君たち、仲良しすぎ」

未明がそう言うと、試合終了を知らせるゴングのように昼休み終了のチャイムが鳴った。それまで廊下で待機していたかと思うぐらい、いきなり教室の中にみんながなだれ込んできた。

「じゃあね」

未明は手を振って教室を出て行った。

入ってきたクラスメートたちは左右に分かれて道を譲った。それからすぐに数名の男子が二人の周りに集まって来た。

——知り合い？

——誰？　誰？

——波津乃だよな。

——どっちが波津乃と知り合い。

——そう言えば一緒に登校してただろ。

いきなりの質問攻めだ。

順番にシトが答えていると、次の授業が始まってみんな席へと戻っていく。この話はここまで。授業が終わればまたそれぞれが別の何かについて語り合う。そしてまた授業。

こうして長い一日が終わった。

家の用事があるからと急いで帰ったサドルの後を追ってシトも帰路につく。自転車屋の息子であるサドルは、さすがに自転車通学をしている。後で自転車置き場を覗いたときにはもういなかった。

少しだけ寂しい気持ちになって、シトはぶらぶらと家へと歩き出した。途端に厭な気分が蘇《よみがえ》ってくる。結局は一日厭な気分のままだった。シトは溜息をつきながら家へと辿り着いた。いつもと同じように埃っぽい木造二階建ての素っ気ない建物がそこで待っていた。

玄関の硝子戸を開こうとするが、開かない。

鍵がかかっている。

インターホンを押した。中でのんきなチャイムが鳴っている。それだけだ。人が来る気配はない。

まだ帰ってないのか。

シトは独り言を言って鞄を探った。鍵はすぐに見つかる。

教師である彼の母親は毎日忙しい。シトに夕食を食べさせるため、夕方には買い物を済ませて急いで帰ってくる。たびたびシトよりも遅く帰る。担任は持っていないが、郷土史クラブの顧問をしていた。急がなくても良いのにといくら言っても、なんだか気が急くからとシトよりも先に帰っていようとする。シトにしてもそれを知っているから、早く授業が終わった日は校舎に残って時間を潰すことがあった。

最近特に帰ってくるのが遅いというわけではない。遅くてもシトが着替えている間には、たいていごめんごめんと言いながら戻ってくる。何故か最近機嫌がいい。笑顔の時間が増えている。溜息をつかなくなった。先行きの不安をシトにこぼすこともなくなった。良いことだと思うのだが、その変化が何となく不安だったりもした。今日は特に。

錠が開き、がたがたと建て付けが悪くなった扉を開いた。

玄関で靴を脱いでいると太陽を雲が覆ったのだろう。急に玄関が真っ暗になる。

ふと、不安になった。

今日は寄り道して帰ってきた。夕食の準備が始まっていてもおかしくない。なのに家の中に明かりはない。昼間の熱気がまだうっすらと残っている。誰かが寸前までいたかのように。

シトは壁を手探りして廊下の電灯を点けた。

蛍光灯の真っ白な光が、不安を吹き飛ばす。

「ただいま」

ちょっと大きな声で言ってみた。それからそれぞれの部屋の明かりをすべて点けて回る。どこにもだれもいないことを確認してから、居間の椅子に腰を下ろした。

そこでチャイムが鳴った。

玄関に行き覗き窓から外を見ると、母親が立っていた。

あわててシトは戸を開ける。

「お帰り」

「ゴメンね、遅くなっちゃった。あれ、シトも帰ったところ？」

制服姿の彼を見て言う。

それには答えず質問で返す。

「どこに行ってたの」

「協会」

買い物袋を持ったまま、キッチンに向かう。シンクで手を洗い、さっさと夕食の支度を始めた。

「えっ、教会って……」

「ああ、キリスト教の教会じゃないよ。コドモノヒ協会。知らないかなあ。榎美虎先生が中心になってやってる勉強会」

「榎美虎って、あのミトラドンのこと？」

「そうよ」

「この間学校で、今度この町で自警団の応援団長するとかなんとか言ってた」

「シトの学校にも来てたんだね」

「朝礼で紹介されて……」

「万博にも協力されているらしいわ。今一番子供たちの事をわかっている人だと思った」

「その何とか協会で榎の話を聞いてきたってこと？」

「榎先生でしょ」

「先生って、先生じゃないじゃん」

「呼び捨ては駄目。榎先生で良いでしょ」

「まあ、いいけど。で、何の話を聞いてきたの。やっぱり万博をみんなで頑張ろうみたいなこと？」

「榎先生はね、どうやってこの世の中を生きていけばいいのか。その方法を教えてくださるわけ」

「そんな方法があるの」

「一種の処世術よね」

何かを炒める音が盛大にしてきた。

焦げた醤油の匂いが流れてくる。

「シトも興味がある？」

「興味はないけど」

「あっそう」

落胆した声だ。

「ねえ、シトも今度一緒に行かない？　土日も講演をしてるし。けっこう子供連れも多いのよね」

「ぼくはいいや。ああいうの苦手だから」

「ああいうのって？」

「いや、だから偉い人から話を聞くことが苦手だから」

「そんなことが苦手な人いる？」

「ここにいるよ」

「面倒臭がってるだけでしょ。それじゃあ、今度一緒に話を聞きに行かない？」

なにが「それじゃあ」かわからないが、シトはそんなことを聞き返したりはしなかった。

「あのさあ、お母さん」

「何」

「一度講演を聞きに行ってもいいよ」

「ん？」

振り返り、シトの顔を見た。

「なにか悪巧み？」

「ほら、今週から実力テストが始まるでしょ」

「そうよね」

「一緒に勉強しようって誘われてるんだよね」

「誰に」

「御厨悟」

エプロンで手を拭きながら台所から出てきた。

「その話、前もしたよね。その子とつき合うのはやめなさいって」

「やめないよ」

不機嫌そうにそれだけ言い残すと、シトは二階へと駆け上がり、自分の部屋に入り込んだ。

そして声のない悲鳴を上げた。

本当に頭を殴られたかと思う衝撃だった。

妹のワードローブがなくなっていた。

「お母さん、お母さん」

悲鳴のような声を上げて階段を駆け下りてきた。

「ワードローブが無くなってる」

「業者に持って行ってもらったの。そのために一度戻ってたのよ」

「業者？　持って行った？　どういうこと」

「お母さんが何も知らないと思ってた？」

「どういうこと」

「何であんな気持ちの悪いことをしてたの」

「何が」

もうこれ以上聞く必要は無いと思いながら、口が勝手に動いていた。

「何が気持ち悪いの」

「ワードローブの服を着てたよね。大事なあの子の思い出の服を……。そんなの変態でしょ。こんなこと人に知られたら、どうしたらいいの。ほんとに恥ずかしい」

「そんな大袈裟《おおげさ》なことじゃないよ」

「こんなこと誰にも相談できない。ずっと悩んできたのよ。いずれ飽きるだろう。飽きたら治るだろう。そう思ってあなたには何も言わずにきたの。ようやく今日決意できた。でももっともっと早く言うべきだった。あなたがおかしなことをしでかす前に止めなきゃならないとずっと思ってた。つい最近まであなたを殺して私も死のうかと……」

喋るうちにどんどん激昂《げきこう》して声が震え、とうとう泣き出した。

「どうしてこんな出来損ないの子に育ったんだろう。私の何が悪いというの。何の不自由もなく大事に大事に育てて、どうしてこんな気持ちの悪い出来損ないになるの。何であの子が事故にあったんだろう。あの時あなたが死ねばよかったのに」

母親の声が頭の中で響き歪み渦を巻いている。毒液のような言葉が脳髄《のうずい》を腐らせていく。

部屋が小刻みに動いていた。

それは自分の身体がぶるぶると震えているからだということにシトは気づいていなかった。

居眠りでもしているように、がくりがくりと身体が前後に揺れだした。

もう駄目だ。

そう言おうと口を開いた途端に激しく嘔吐《おうと》した。

床に両手をつき、自らの吐物を見詰めるように跪《ひざまず》く。

「ああ、汚い。自分で片付けてよ」

俯くシトの横に、投げつけるように雑巾が置かれた。

ベルが聞こえた。

電話のベルだ。

この世の終わりを告げるように、耳障りなベルが鳴り続ける。

そうか、これが啓示というものなのかもしれないな。

一体何を考えてそんなことを思ったのかわからない。しかしシトは立ち上がり、汚れた口元を袖で拭うと、居間に置かれた黒電話の受話器を取った。

「シトか」

その声はサドルのものだった。

黒いエボナイトの受話器が、手の中で子猫のように動いた。

「うん」

シトはうわずった声で答える。

「今から出てこい。幽霊ビルディングで待ってる」

それだけで電話は切れた。

酷く興奮した口調だった。

つまりこれが啓示なのだ。

改めてそう思ったシトは玄関へ向かう。

自分でも意外なほどしっかりとした足取りだった。

「どこに行くの。まあ、全部そのままじゃない」

後ろから母親の呼ぶ声が聞こえたが、それは音でしかなかった。

靴を履き外へと走り出た。

蒸し暑い夕暮れだった。

雨が降ろうとしていた。

この時点でシトは自らの死を願っていた。願わくはその背中をサドルが押してくれますように。曇天《どんてん》の朧月《おぼろづき》を見上げてシトは祈る。

6.

そのこぢんまりとした雑居ビルは使われなくなってからそろそろ十年が経とうとしていた。シトたちが小さな頃からそれは〈幽霊ビルディング〉と呼ばれていた。地価が上がる一方のこの時代、使わないビルを放置しているのはかなりの贅沢と言えるだろう。だが十一年前の『肝取り不動産事件』の舞台がこのビルであったと聞けば誰もが納得するだろう。このビルの持ち主はこのビルに事務所を構える不動産屋だったのだが、彼は三十体を越える赤ん坊の肝臓を抜き取って、癌の特効薬として販売していた。このビルの屋上には焼却炉があり、内臓を抜き取られた乳児はそこですべて焼かれ、残った骨は不動産事務所に壺に入れて保存されていた。その男は逮捕後異例のスピードで死刑判決が下され、間を置かず刑が執行された。その後なかなか買い手がつかなかったのは当然だが、次にこのビルを手に入れた男が、それから間もなく家族揃ってこのビルの中で首を吊って死んでいたのが決定打となった。呪われていると噂されそれからは売却も叶わずそのまま放置されている。

いつ頃からか夏休みに入った小中学生の肝試しの場になり、やがては季節に関係なくここで遊ぶ子供たちが増えていった。何度か転売されたが所有者ははっきりしており明確にそれは住居不法侵入だ。捕まれば罰金懲役刑となる。しかも老朽化したこのビルは、中をうろつくのがかなり危険な状態だった。警察の何度かの指導で、現在の所有者はようやく入り口をベニヤで塞ぎ、裏口にも大きな錠を掛けた。しかし手を入れて修繕するわけでもなく、かといって解体するわけでもなく、ずっと放置されていた。結局警官の巡邏《じゅんら》のコースになり、さらに父兄や教師も巡回するようになった。だがそんなこともまた子供たちの冒険心をそそるわけで、不法に侵入するものの数は一向に減らなかった。

シトにしても、小学校に入った頃からこの〈幽霊ビルディング〉で遊んでいたのだ。一階裏口に掛けられたダイヤル錠を外したのもシトだ。彼は四桁の数字を０００から根気よく順番に試していき、四日目にとうとう錠を開いたのだ。ただしその番号は誰にも教えなかった。ここはシトの秘密基地の一つだった。二階に内科の病院があった。そこでは今も頭のおかしな医者が子供の内臓を抜き取っていると噂されており、シトはいつもそこの待合室で懐中電灯の灯りで読書していた。後でサドルと話して、彼もビルに忍び込みその病院で遊んでいたことを知った。一度も中で出会ったことはなかったのだが。彼ら以外にも、冒険好きの子供たちは独自の方法で侵入を試みていただろう。

ところが一年前、三日間行方不明になっていた中学生が、このビルの一室で発見され大騒ぎになった。肝試しと称して、他校の生徒を引き連れここにやってきて、部屋の中に閉じ込められたのだ。他校の生徒たちは閉じ込められたことも、それから彼が家に帰っていないことも知らなかった。結局警察が出る騒ぎになって、一緒に行った生徒たちの証言でようやく発見された。

この事件を契機に、近隣の小中学校の有志が出資することで、夜間は周囲をガードマンが見回るようになった。そうやりながらビルの所有者との交渉も続けており、おそらく近日中にこのビルは解体されることになるだろう。

そんなこともあってシトがここに来るのも久しぶりだった。かつて入っていた裏口の鍵は新しくなっていた。しかもダイヤル錠ではなく大きな南京錠だ。もう少し遅くなると警備員が見回りにやってくるはずだ。それまでに中に入らないと面倒な事になる。裏側に回って出入りするところはないかと探っていると、小さな窓を見つけた。わずかにそれが開いている。猫ならすり抜けられそうな隙間だ。少なくとも錠は掛かっていない。

シトは背伸びして、そのアルミサッシの窓を大きく開いた。手を掛け懸垂《けんすい》の要領で身体を持ち上げた。中を見るとトイレだった。そのまま頭を突っ込み、窓枠を摑んで前転して何とか床に無事着地した。窓からはうっすらと夕日が射し込んでいた。それでようやく室内を見渡すことができた。が、トイレから廊下に出ると明かりは失せ、闇は深まった。シトはしばらく闇を見詰め、目が慣れるのを待った。だいたいの位置関係はわかっている。壁や手摺りを触れながら、ゆっくりと進んだ。

埃と黴の臭いが濃い。喉につかえる。

咳払いして手摺りが壊れた階段を上がっていった。二階には噂の内科医院がある。受付前にある待合室に向かった。いつも本を読んでいた長椅子の所にまで進み、シトは言った。

「来たよ、サドル」

返事は無い。ここにいなければ病院の中だ。さすがに中はちょっと気味が悪い。だがシトには確信があった。

「いるんだろ」

いきなり顔に光が当たった。

眩《まぶ》しさに目を伏せる。

「何でわかった」

サドルは嬉しそうに言った。

「あの甘いにおいがしたから」

「匂うか」

「におうよ」

今日はいつもよりさらに濃厚ににおった。

図工の時に使う接着剤のにおいに似ていることに気がついた。

「屋上に出ようか」

「出られるの？　前に来たときには鍵が掛かっていたけど」

「ぶっ壊した」

サドルは自らの手元を照らした。

見たことがないぐらい大きな釘抜きを持っていた。油が薄く塗られ、黒くぎらぎらと輝いていた。

「カッコいいね」

「だろ。家から持って来たんだ。父さんにばれたらとんでもないことになるけどな」

サドルはにっと笑い「さあ、行こう」とシトの手を取って走り出した。懐中電灯一つで前を照らしている。丸く切り取られた光が激しく揺れる。階段まで来ると、そこから一気に駆け上った。屋上は五階部分にある。扉は大きく開かれ、その前に切断された鎖が落ちていた。二人一緒に外へと出る。

湿気た風が吹いた。

埃と黴のにおいが鼻先から消えていく。

「死ぬにはいい日和だね」

シトは言った。

サドルは少し眉根を寄せて、頷いた。

「四年前の今日、父さんが死んだんだ」

「それは……ごめん」

「いや、本当に死ぬにはいい日だなと思って」

「もしかして……サドル」

「絶対に死なない。死ぬよりも面白いこと見つけたんだよ」

サドルは再びにいっと口角を上げ、思いきりの笑顔になった。

「何、どうしたの」

「Q波を発見したんだ」

「キュッパ？」

「アルファベットのQに波でキュッパ」

「面白そうだね」

「面白いんだよ。とにかくシトにも体験して欲しくてさ。世界の真実だよ。２０２０年の挑戦みたいに、俺は今、２０３５年の未来から送られてきたXチャンネル光波を受信しているんだよ」

「ますます面白そう、わけわかんないけど」

「『大人はわかってくれない』の話は何度もしてるだろ」

「聞いてるよ」

「あれ、おまえ、ゲロ吐いた？」

「えっ、ああ、臭った？」

「ちょっとな。腹コワしたのか」

「そんなんじゃないよ。ちょっと体調が悪かったんだ。でも今は全然悪くない。で、あのテレビ漫画がどうしたの」

「アレは真実なんだよ。あのオトナ人間たちによる人類簡易奴隷化計画というのは本当に行われているんだよ」

「そんな計画があったんだ」

「そうか、シトは見てなかったんだな。まあいいや。奴らオトナ人間はきちんとしたルールってのが大好きで、ルールを破る奴が大っ嫌いなんだよ。きちんとルールが守られる優等生の世界を作るには、ルールを作るわずかな人間と、ルールがあれば必ずそれに従っちゃうその他大勢が必要なんだ。そういった人間を作り出すのが人類簡易奴隷化計画だよ。そしてオトナ人間に対抗するコドモ軍の武器がQ波なんだ。あのテレビ漫画はそんなオトナ人間たちの汚いたくらみを、俺たちのように未来からのQ波を受信出来る人間に知らせるために作られていたんだよ」

「なんでそんなことがわかったの」

「少女将校ガウリーに教えてもらったんだ」

「それって登場人物だよね、『大人はわかってくれない』の」

「それが夢に現れて教えてくれたんだ。あれはすべて真実だって。あっ、そんな馬鹿なって顔をしたな」

「いや、まあ、それは」

「わかるわかる。こんなこと説明されてわかるもんじゃないんだよ。とにかくQ波を受け入れる身体になってみよう。ちょっと後ろを向いて。直立不動。腕を脇にしっかりとくっつけて」

サドルは棒のように立ったシトを、後ろから手を回して抱いた。そしてシトの前で腕をクロスさせ、ぐいっと締め付ける。締め付けて仰《の》け反《ぞ》る。シトの足が床から離れた。胸を強く押されて息が苦しい。

「行くぞ、Q波!」

サドルはシトの身体をグルグルと回しはじめた。

胸はますます締め付けられる。
星屑と家々の明かりが一緒になって輝く空が凄い勢いで回転していく。
目が回る。
息が苦しい。
そして突然。
――キュッパ！
音がした。
光が目の奥に射し込む。
世界が白光に埋もれた。
何も見えない。
ポンプで押し込まれるように肺の中に空気が入り込んできた。
ぷふぁあああ。
大きく息を吸う。
そして自分の身体を見下ろしていた。
床に寝かされている。
その横に立っているサドルはニヤニヤ笑って上を見上げている。つまり頭上から彼を見下ろすシトを見ている。

で、突然知った。

世界の仕組みを。世界の秘密を。人類の意味を。

何だ簡単な事じゃないか。

目の前に軍服姿の少女が浮かんでいた。

少女？

「波津乃未明！」

「実際はガウリー将校だけど、今の間しか喋れないから言っておく。『大人はわかってくれない』は我々からのメッセージだ。おまえにはそれが――」

その時またキッュパ！ と音がしてシトはシトの身体の中へと戻った。

背中が冷たい。

シトはそこに横たわり夜空を見ていた。

ガウリー将校はもういない。

銀河は眼底に、星空がカタツムリ管に滑り込む。

渦を巻く星屑が闇夜の歌を歌っていた。

シトはゲラゲラと笑った。

何だ簡単な事じゃないか。

思ったことを口にする。

口にしてシトは気がついた。

目脂《めやに》みたいな薄汚い膜に目を塞がれていたということを。

耳垢《みみあか》のような薄汚い膜に耳を覆われていたということを。

垢のような薄汚い膜に身体を包まれていたということを。

そしてそれを拭い去る方法をサドルは思いついたんだ。そしてそれこそが――。

「Q波だよ。わかっただろ」

「わかったわかった」

そう言ってシトはゲラゲラと笑い続けていた。

「これで君は立派なQ波体質になったのさ。さっきみたいに身体から分離してユーレイにもなれる」

「幽霊？」

「『大人はわかってくれない』用語だよ。ほら、魂だけになってふわふわ飛べたでしょ。あれがユーレイ。あの状態で叫べばQ波を発振出来るんだ」

「はっしん」

「やってみたらわかるよ。とにかくＱ波体質になればいつだってＱ波を受信出来、発振も出来る」

サドルに手を摑まれ立たされる。

ひぃいいいよう！

込み上げてくる衝動を我慢しきれず、シトは叫びながらジャンプした。

いっほい！

サドルもジャンプする。

互いにジャンプし、奇声を発しながら正面から突きだした胸をぶつけ合う。

それが楽しくて仕方ない。

シトが側転をしてみた。

サドルが拍手する。

調子に乗ってゆっくり前転をしてからゴリラの真似をした。

うっほうっほ。

「馬鹿じゃないの」

笑いながらサドルが言う。

「馬鹿だよ」

シトは答える。

答えると、ぎゃあと叫びながらサドルに襲いかかった。

抱きつき耳を咬《か》む。

いでで、とサドルが言ってシトを突き放した。

突き放され尻餅ついて後ろに倒れ、それでもまだゲラゲラ笑っていた。

サドルの耳に血が滲《にじ》んでいた。

それがまた面白いと笑う。身をよじって笑う。

「なっ」

また手を貸してシトを立たせる。

「わかっただろう」

「わかったわかった」

世界がどれほどに不自由なものとして設計されていたかがわかったのだ。今彼の前に広がっているのはキラキラした新しい世界だった。

「オトナ人間たちは人類に憑依して、世界をさっきまで見ていたような錆びついたモノクロ世界へと固定していた。世界は不自由なものだった。だがそれはすべてオトナ人間から見た世界がそうだということに過ぎない。本当は世界はこんなに愉快で美しい」

「わかった。そうだったんだ」

さっきの母親はすっかりオトナ人間に憑《つ》かれていたんだ。だからあんな酷いことをして酷いことを言えたんだ。

「スッキリした」

シトは満足げに笑うと、サドルに手を差しだした。

「ありがとう」

そう言ったシトの手をサドルがしっかりと握る。

熱湯のような何かが手と手の間を流れていく。熱い。熱くて心地良い。

「おい、おまえたち何をしている！」

シトの顔をライトが照らした。

ライトを持っている人間の顔は影になって良く見えない。だがシルエットからそれが警官であることがわかった。

逃げなきゃ。

そう思って周囲を見回したのは一瞬だ。

屋上の出入り口は一カ所、今警官の立っているところだけだ。余計なことをしない方が良い。シトはすぐにそう判断した。横を見るとサドルが頷く。同じ結論に到ったようだ。

二人の人間が近づいてきた。

一人は背広姿の中年男。もう一人は警官ではなかった。警官そっくりの制服を着た警備員だ。

「すみません、昔良くここで話をしてたんで、ちょっと懐かしくなって。ほんと、すみません」

サドルはそう言って頭を下げた。

慌ててシトも頭を下げる。

「君たちここで何をしていたの」

中年男が同じことを訊いた。

「くだらない話をしてただけです。ほんと、すみません」

サドルはまた頭を下げた。

警備員がそのサドルに近づく。

鼻をひくつかせている。

「君、シンナー吸ってるよな」

いいえ、とサドルは驚いた顔で言った。

「そんなことしてませんよ」

「両手を挙げて」

万歳をしたサドルの服のポケットをすべて探る。が、わずかな小銭が出てきただけだった。釘抜きは屋上のどこかに置いてある。あんなのを持っていたら言い訳ひとつ聞いてもらえないだろう。

「ここに来る直前までプラモデル作ってたんです。その接着剤のにおいじゃないかな。あれ、頭がくらくらしますよね」

「何を作っていた」

「紫電改です。戦闘機好きなんで」

即答だった。もしかしたら本当に作っていたのかもしれない。

「通報があってね。それでここに来たんだ」

中年男はそう言ってポケットから名刺を一枚取り出して二人に見せた。そこには大きな文字で『子ども安全パトロール』と書かれており、その下にはコドモノヒ協会所属補導員八辻中也とあった。

「君ら、どこの学校。中学生だよな」

今度は警備員が訊ねた。

「県立魚金《うをがね》第二中学です」

サドルは本当のことを言った。嘘をついた方が後で面倒だと判断したのだろう。

「ここが立ち入り禁止だってことは知ってるよね」

「はい」

二人は一緒に返事した。

「すみませんでした」

と付け加えるのも一緒だ。

八辻が二人に近づく。シトの正面で立ち止まった。唇はにこやかだが、目は笑っていない。その笑わない目がじっとシトを見ていた。不快な厭な目だった。

「規則や規律を守るのが人間というものなんだ。みんながルールを守るからこそ人間社会は成立する。わかるね」

「はい」

笑顔でシトは返事する。Q波の高揚感がまだ続いていなかったら、ここまで堂々とした態度は取れなかったかもしれない。

笑わない目が不快な原因がわかった。妙に黒目がちなのだ。それがどこか悪霊を思わせる忌まわしい光を放っている。今にも不吉な何かを涙のようにそこから流し出しそうだ。

「嘘つき」

八辻は言った。

なんと言ったのかわからなくて、シトは聞き返す。

すると男はポケットから黒い革手袋を出してきた。この季節にあまり相応しくない。

男はそれをぎゅうぎゅうと音をたてて手にはめだした。

背後を見て警備員に言う。

「古市君、ちょっとの間目を閉じて耳を塞いでいてくれるかなあ」

警備員は言われるままに目を閉じ両手で耳を塞いだ。

「さて、駆け引きは無しだ。君たちは反乱軍を称するガウリー将校たちの仲間だね」

「何のことですか」

サドルは平然と聞き返したが、シトはそこまで気丈ではなかった。驚きを隠せない。

まさか大人の側から反乱軍やガウリー将校などという言葉が出てくるとは思わなかったのだ。

「だから駆け引きは無しだと言ってるだろう。奴らと接触した人間は少々厄介なんだ。

おかしな力を手に入れている可能性が高い。そういう奴らは簡単に我々の説得に応じない。面倒だ。実に面倒だ」

革手袋をしっかり指先まではめると、ぎしぎしと音をたてて指を動かす。

「言っておくが我々はおかしな能力なんか持っていない。ついでに光線銃もレーザーサーベルも持っていないし、改造人間だの怪人だの怪獣を操作したりもしない。ただ一番現実的な力を使う」

男は右手にポケットから取りだした数枚のコインを握った。

「暴力だよ」

ほぼ予備動作無しにいきなりシトの腹を殴った。

ぐえっ、と声をあげ腹を押さえるとその場に蹲《うずくま》った。

「君たちは何を知っている。もう接触はあったんだろう。コドモ軍は万博に何を考え何をしようとしている」

サドルが八辻に背を向け走り出した。

「あれ、あの子は逃げたよ。残念だな。友達はそれほど君のことを大事には思っていないようだ。裏切りは早くから経験していた方がいい。その方が傷つか……」

怒声をあげながらサドルが戻ってきた。

その手にあの大きな釘抜きを持っていた。

「死ね」

釘抜きを八辻の頭目掛けて背後から叩きつける。

八辻はそれを片手で受け止めた。

見てもいない。

捻《ねじ》りながらぐいと引っ張ると、それはあっさりとサドルの手から八辻の手に移った。

「君はなかなか壊れているなあ。こっちの子と違って人殺しも躊躇《ちゅうちょ》がないようだ。それともこれで頭を殴っても死なないと思っていたか」

ん？　と八辻はサドルに問うと、足元で蹲って動けないシトを見下ろした。

びゅん、と音をたてて釘抜きを振る。

釘抜きは大人の二の腕ほどの長さがある鉄の棒だ。それを右腕一本で軽々と扱っていた。その釘抜きに左手を添える。

シトを見下ろしにやりと笑うと、両手で握った釘抜きをシトの頭目掛けて振り下ろした。

サドルは咄嗟《とっさ》にその腕に飛びつこうとした。

罠だった。

振り下ろしかけた釘抜きは、途中でぴたりと止まった。

凄まじい膂力《りょりょく》だ。

このために両手で握ったのだ。

釘抜きはそこで方向を九十度変えると、腕に近づこうとしたサドルの顔面へと向かった。

到底避けきれない。

重い鉄の棒が、真正面から額に叩きつけられた。

サドルは吹き飛ばされ路面に転がった。

押さえた額から鮮血が流れる。

見る間に赤い仮面をつけているかのようになる。

「今のは死なないように手加減したけどな。なんでかって？　もう少し話をしたいからだよ。Q波のことは知ってるね」

「知らねえよ」

言いながらサドルは立ち上がった。

ニヤニヤしながら八辻は言った。

「知ってるな。それじゃあチトラカードは」

無表情を装うサドルの顔を見て八辻は言う。

「これはまだか。いやほんと、わかりやすいよ、君たち子供は」
暴力は人を酔わせる。
八辻は油断していたのだろう。
彼の足元でしゃがみ込んでいたシトがいきなり立ち上がった。
八辻の顎へと頭を突き上げたのだ。
八辻は避けられなかった。
岩と岩をぶつけた様な音がして、八辻は仰け反った。
タイミングを合わせてサドルは八辻の腕に飛びつき、再び釘抜きをもぎ取った。
なんの躊躇もない。
野球の素振りでもする勢いで、鉄の棒を仰け反る八辻の顔面に叩きつけた。
鈍い音がして、八辻は背後に倒れた。
頬が歪んでいる。
赤鬼のような顔でサドルはシトの手を引いた。
「逃げる」
宣言して走り出そうとした、その足首を摑まれた。
八辻だ。

サドルの足を持って立ち上がろうとしている。

「Q波だ、シト！」

サドルが言った。

その足を摑んで八辻は立つ。

そして足を持った手をグイと上に上げた。

もう片方の足が地面を離れ、サドルは上下が逆さまになった。

「Q波を使え！」

サドルは怒鳴った。

逆さになった顔がたちまち紅潮していく。

シトはさっき経験したQ波の感覚を思い出そうとした。

あの「キュッパ」と肉体から離れていく感触だ。喉の奥と下腹に力を入れる。自分が大きな空豆になり、端から指で押して皮を一気に剝く。そんなイメージだ。

さっきQ波を経験したばかりだ。

その時の高揚感もまだ残っている。

いつもなら考えられないような集中力でその時の全身の感触を再現しようとした。ほんの一瞬の間にそれは可能となった。

突然キュッパと音がした。
自分の身体が真下にある。そこから一メートルほど上からシトは見下ろしていた。
成功したのだ。
上から八辻を見る。
八辻には頭上にいるシトが見えないようだった。
サドルの両足を摑んで、振り回そうとしている。
壁にぶつけるつもりなのだ。
どうすべきか、シトには何故かわかっていた。
彼は大口を開いて八辻に向かい叫んだ。
叫び声というより、悲鳴に近かった。
自分でも驚くほどの大きな声だった。
それはエネルギーの塊となって大気を伝い、八辻を襲った。
サドルの足から手が離れた。
路面を二転三転してからサドルは立ち上がる。
八辻の身体が大きくぶれていた。
全身が細かく振動しているのだ。

バランスが取れず、その場で跪いた。

それでも自らの身体を支えられなかったのか、そのまま前に突っ伏した。

顔面がまともに路面へとぶつかる。

その間にシトは再び身体の中へするりと戻った。

「すげえなあ」

サドルが言う。

八辻の身体を爪先で仰向けに転がした。

八辻は白目を剝いて倒れたまま起きない。

気絶しているようだ。

「すごいよQ波」

「さあ、今度こそ」

サドルはシトの手を引き、馬鹿正直に目を閉じ耳を塞いでいる警備員の横を通って屋上から逃げ出した。そこから階下まで凄い勢いで駆け抜ける。

息を切らしてサドルが言った。

「上手くいった」

「Q波すげぇ」

再びシトが言う。

それから二人は顔を見合わせて吹きだした。笑いはしばらく止まらなかった。Q波の影響は残り香のようにまだ二人の中にあった。でなければ、この時これほど楽観的に笑ってはいられなかっただろう。シトも、そしてサドルも、抱える問題は何も解決していなかったのだから。

7.

一時間目が始まった途端に、シトとサドルは職員室に呼び出された。
失礼しますと声を掛け職員室に入る。職員室はやたら煙草臭かった。
赤いジャージが中で二人を手招きした。
体育教師の枝野だ。
近づくと立ち上がってアルミの灰皿に吸いかけのピースを押しつけ火を消した。
顎で奥にある応接室を指す。
二人を振り返ることなく、さっさと中に入っていく。ついて来いということだろう。
続いて二人も応接室に入った。

うっすらと靄《もや》が掛かっているようだった。

革の大きなソファーには校長が座っていた。クリスタルの灰皿には吸い殻が山盛りになっていた。校長はヘビースモーカーで有名だった。杖野がその隣に腰を下ろすと、校長はブルーの缶からピースを一本取りだして咥《くわ》えた。すかさず杖野は卓上に置かれた大きな電子ライターで煙草に火を点ける。

校長は深呼吸でもするように大きく煙を吸い込み、吐いた。

もちろんシトたちはその間そこに直立したままだ。

「なんで呼ばれたのかはわかっているな」

杖野が言った。

えっ、何でしょうか、という顔をサドルがしている。そう器用に演技できないシトは黙って頷いた。

「あのね」

校長がずれた眼鏡の上から二人の顔を見上げた。

「昨日の夜なんだが、前々から問題になっているビルね。君たちが幽霊ビルディングって呼んでるあのビル。あそこで注意されたでしょ」

話す度に、火を吐き損ねた龍のように口から煙が漏れる。

「はい、すみませんでした」

あっさりサドルは頭を下げた。ちょっと遅れてシトも頭を下げる。

「先日話したようにね、今この町で自警団が組織されているんですよ。これは、君たちを護るためにあるんだということをわかっていますか」

「もちろんです」

サドルが言った。シトはただ黙って俯いているだけだ。

「ところで、九栄君《くえい》はいなかったか」

「九栄って、あの双子の九栄兄弟ですか」

シトは言った。彼と同じクラスにいるのは兄の九栄真一だ。一卵性双生児の慎司は隣のクラスにいた。

「そう言えば今日来てませんでしたね」

「昨日一緒にいたんじゃないのか」

杖野が言った。

「いや、昨日は二人だけでした」

サドルが言う。

「おまえら、なんか知ってるんじゃないのか」

杖野は立ち上がり、シトたちの前に来ると順に顔を覗き込んだ。

「えっ、九栄君たち家にも帰っていないってことですか」

杖野は言ったシトを睨みつけた。

「あぁ、どうだ。なんか知ってるのか。後でわかったら酷い目に遭うぞ」

腕を組んで二人の回りを一周した。

することがいちいちチンピラじみている。

「いいか。おまえたちがくだらない悪ふざけをしたおかげで、山ほど苦情が来ている」

「えっ、あのぼくたちただ喋っていただけですけど」

シトが言った。

「ただ喋っていただけですぅ」

杖野は唇を歪めてシトのモノマネをした。

「小学生か、おまえは。くだらん言い訳をする人間はクズだぞ」

「すみません」

シトは頭を下げた。

「先生に謝られてもなんの意味もない」

鼻息荒く杖野が言うと、すかさずサドルが言った。

「それじゃあ、その苦情を訴えてきている人のところに直接」

「ふざけるな！」

大声で怒鳴ってサドルの前にある椅子を蹴った。

「杖野先生」

校長に言われて、杖野はこめかみの辺りをぽりぽり掻きながら、小声ですみませんと言った。

それからシトを睨みつける。

「おまえ、苦情は嘘だと思ってるだろう。俺は謝りにいったんだ。お宅の生徒さんがいつもこのビルに侵入しているって、あのビルの持ち主から言われていたんだよ。それで俺が行って頭を何遍も下げてきたんだよ。それが今までの経緯だ。大人がおまえたちのケツを拭いて回ってるわけだ。クソ漏らしたのはおまえたちなのにだ」

今にも唾を吐きかけそうな顔で杖野は二人を見回す。

「二度とこんなことは起こさないからと謝ってきた。それで納得してもらえたわけだ。これ、どういう意味かわかるか」

杖野は人差し指でサドルの額をこつこつと叩いた。

「おまえのような馬鹿にもわかるように説明してやるよ。おまえらのようなクズどもが二度とこんなことをしないというのが先方の条件だ。約束を破ると警察にまで話がいく。おまえたちが訴えられるというわけだ」

「御厨君、それから森君。我々はね、君たち生徒を守らなければならない。様々なことからね。社会的な制裁を受けるには、君たちはあまりにも幼いからね。だから君たちを我々大人は保護する義務があるんだ」

「校長は優しいからそういうふうにおっしゃってるがな、先生はおまえらがしたことでおまえらが警察に捕まるのは自業自得だと思ってる。警察に突き出すのが一番だとな。だが校長がこうおっしゃっているんだ。今回だけは見逃してやる。ただし二度目はなしだ。二度とこんなことをするな」

「はい、わかりました」

二人は頭を下げた。

「何もわかっていないなあ」

杖野が鼻で笑う。

「いいか、今後一切外出禁止だ。今日の放課後から、おまえたちがチンタラ遊んでいるのを見つけたら、即逮捕だ」

「えっ、それ、どういうことですか」

シトが思わず訊ねた。

「ほら、なんにもわかっちゃいない。条例が出来たんだよ。十八歳未満の子供は、午後六時以降外出禁止だ。違反したら警察が逮捕できる。そんなことがあったら今度はおまえら間違いなく退学だ。わかるか、た・い・が・く」

「まあまあ、そんなに脅かさなくてもわかってますよ」

背後から声がした。

振り返ると、そこににこやかな巨漢が立っていた。

「榎先生」

校長が立ち上がった。

ミトラドンこと榎美虎だった。

「彼らは賢い。私にはわかりますよ」

二人とも教科に偏りはあったが、比較的成績の良い方だった。

「だからもう馬鹿なことはしない。ですよね」

サドルもシトも曖昧に頷いた。

榎は得体の知れない怖ろしさがあった。それでようやくシトは気がついた。昨夜の中年男は誰かに似ていると思っていたのだが、間違いない。それはこの榎だ。容貌にはまったく同じ部分はなかった。しかしそんなことではなく、本質的なもので二人はまったく同質だった。二人に共通するのは禍々《まがまが》しさだ。人が決して触れてはならないもの。死と近接した怖ろしく穢《けが》れた何か。それが二人の中にあった。ところがそれを感じ取れる人間はそう多くないようだった。何しろ榎はテレビで大人気なのだから。

「酒癖が悪いから酒を断てと言われても、わかりましたとすぐに止められるものじゃない。そうでしょ」

榎は杖野に微笑みかける。大人にとっては魅力的な笑みだった。おそらく誰もが心を開くであろう、そんな笑顔だ。

「たしかにそうですな」

杖野が愛想笑いを浮かべた。

「それはつまり、病気なんですよ。どうしてもルールを守れない病気。そんな人達に必要なのは指導ではなく治療です。そのための施設も我々は有しています」

榎は笑顔でサドルとシトを見る。

「どうでしょうか。試しに見学に来られてみては」

そう言うと、今度は校長の方を見て話を続けた。

「今常習的なルール違反は病気であると市議会の方にも呼びかけていますし、いずれは国も対策をとるようになるでしょう。私は実験的にこの町を、そしてこの学校をその拠点とすべきではないかと計画を進めています。この学校が悪徳への防波堤となるわけですね」

「そういうことになりますかね」

校長は嬉しそうに言った。

「先生どうぞお掛けください」

杖野が椅子を勧めた。そして今初めて気がついたようにシトたちを見た。

「さあ、もういいぞ。出て行け」

そう言うと野良犬でも追い出すように手を振った。

§トルエンの雨／1969

1.

夢を見ていた。
凍える夜だった。
サドルは息を詰めて階段を駆け上る。
鉄の非常階段はカンカンと派手な音をたてて彼を煽《あお》る。
急げ！　急げ！　急げ！
急がないとぐしゃって潰れちゃうぞ。
急げ！　急げ！　急げ！
錆びた扉が見えてきた。
非常灯が照らす鉄の扉を、ぶつかるように押し開いて屋上に飛び出した。

「父さん！」

サドルが叫ぶ。

父は屋上を囲む手摺りの上に立っていた。

冬の夜だ。

月は高く、闇は凍っている。

冷たい夜を背にして父は綱渡りをする道化のように、両手を伸ばしてバランスを取っていた。

そしてふらふらと酔っ払いのように歩きだす。

ふらふらと。

病気の猫よりも危なっかしく。

足のサイズよりも狭い柵の上を。

ふらふらと。

「よう、悟」

楽しそうに父は手を振った。

「父さん」

ほとんど呟くようにサドルは言う。

身体から逃れるように白い息が口から出ていった。
「雪だ」
父は空を見上げた。
サドルに見上げる余裕はない。
父を見ながらゆっくりと近づいていく。
これで三度目だ。
二度は上手くいった。
今度も上手くいく。
少年は自身に言い聞かせる。
「なあ、悟」
父は笑顔だ。その笑顔が恐ろしい。
「お父さん、危ないよ。そこから降りてよ」
父親は手をサドルへと伸ばした。
もう少しで父親に手が届く。
指が触れ、彼は父親の手を握った。
冷たく乾いた手だった。

「宇宙のことを考えたことがあるか」

うん、とサドルは頷いた。

「お父さんは君ぐらいの歳に宇宙の広さを知ったんだよ。直径が九百二十億光年だと、その本には書いてあった。一光年というのは光が一年かかってたどり着く距離のことで、おおよそ九兆四六〇〇億キロメートル。それの九百二十億倍だ。なっ、頭がくらくらしてくるだろう。それはもう、人の尺度から考えると無限に限り無く近いものだ。君は宇宙の広大さを知ったとき、どう思った」

「ちょっと……怖かった」

「おおっ」

父親は嬉しそうに声を上げた。

「一緒、一緒。お父さんも怖かった。寝こむぐらい怖かった。いや、寝込んじゃった。知恵熱だって言われたよ」

「でも、お父さんは天文学者だよね」

父親は大学で天体物理学を教えていた。

「なんでそんなに怖かったのに、それを学ぼうと思ったの」

「怖かったからだよ。わけのわからないものをそのままおいておくと、どんどん怖くなる。逃げれば逃げるほど怖さは増す。夜道を一人で歩いていてさ、怖いなと思ったとき、こらえきれずに走りだすと、もっともっと怖くなったことってないか」

「あるある。必死になって走れば走るほど怖くなるんだ」

「だろ。だからコワイときはそれが何なのか、探っていくことが大事なのさ。そしてね、怖いものの正体を暴く手助けに、人はすごいことを考えついたんだ」

「すごいこと？　それなに」

「科学だよ」

　そう言ってサドルの顔を見、父親は笑った。

「そんながっかりするなよ。科学っていうのはね、無限とか永遠とか、人の手の届きそうにないものを理解するための大事な方法なんだ。それがあるから、人類は人の手の届かない恐ろしい物事に立ち向かうことができる。少なくとも立ち向かえる可能性を知ることができるんだね。すると、不思議なことに」

　静かに降る雪を、父親は見上げた。

「恐怖は、未知の世界への憧憬へと変わるんだ。わかるかな」

　微笑み、サドルの顔を見る。

「なんていうかな。大きな大きな果てを見ることも出来ないような巨大な絵物語の中に、ちゃんと自分の姿が描かれていることを発見したときの驚きと喜び、って言えばわかるかな」

サドルは目を輝かせて説明する父親に向かい、曖昧に頷いた。その曖昧さに気がつかないのか、それとも無視したのか、父親はさらに熱弁を振るう。

「しかもだよ、もっと探せば、親兄弟姉妹親戚友人知人、今住んでいる家から普段通っている学校、見たもの聞いたものがすべてそこに描かれているとしたらどう思う？　今日会ったあの人も描かれているかもしれない。いや、もしかしたらまだ会ったことのない人、いずれ会う人が描かれているかも。いつかこの人に会えるかも。いつかこの町に行けるかも。いつかこの山に登れるかもって、そんなことを考えながらその大きな絵物語を見てると考えたら、ほら、ドキドキしてくるだろう」

さっきよりははっきりとサドルは頷いた。

「その大いなる〈すべて〉の中に自分が含まれていたんだという事実は、喜びでもあり楽しみでもあり……それでお父さんはそれからもいろいろと考えた。君ぐらいの歳から今までずっと考え続けて、とうとうすごいことを発見しちゃったんだ。でも」

父親は溜息をついた。

白い溜息が夜に溶ける。

「それを今の君に説明するのはちょっと難しいなあ。とにかくまったく新しい、ここではないどこかへと通じる扉の存在を発見したんだ。Q波を使ってね。そしてそこにたどり着くには、ちょっとした勇気と冒険する心が必要なんだね。だから」

油断していた。

いつの間にか父親から手を離していた。

「またいつか会おう」

そう言うと父親は九階建てのマンションの屋上から飛び降りた。

雪が降っていた。

ひどく冷たい夜だった。

ひいいいい、と悲鳴じみた声を上げて目が覚める。

指先が冷たく震えている。

まるで今まで冬の夜にさまよっていたかのように。

部屋の中は蒸し暑い。

下で継父が仕事をしている音が聞こえる。本来は真面目な男なのだ。

サドルの本当の父親は、彼が物心つく前からずっと自殺志願者だった。

地下鉄のホームから飛び降りようとした時には、サドルが抱きついて止めた。トラックが激しく行き交う県道に飛び出そうとした時には兄と二人で止めた。まだ小学生だったサドルにその理由はわからない。ただただ怖ろしいだけだ。

そしてとうとう、あの何度も夢で再現することになる瞬間を迎える。

いや、夢で再現しているのではなく、最初からすべてが夢だったのかもしれない。なぜなら父親の死体は発見されなかったからだ。父親はその夜に失踪したことになっている。サドルにしてもあの屋上での記憶が本物なのか偽物なのか区別がつかなかった。屋上から飛び降りた父親が、すとんと地面に着地してすたすたと歩いてどこかへ行ってしまうのを夢のなかで何度も見た。

案外それが真実なのかもしれない。

サドルは時折本気でそう思った。

父親は勝手な男だった。まるで子供のように欲しいものを手にして喜ぶ。手に入らないと癇癪《かんしゃく》を起こす。頭は小さなときから図抜けて良かったらしい。天才児から天才少年になり、そのまま勤まる職業として学者を選んだのだった。そしてその職業すらまともに勤めることが出来なかった。ろくに資産を残していなかったのも父親らしい。が、家族にとっては「父親らしい」などと言っている場合ではなかった。成績優秀だった兄は母の勧めもあって、高校へは進学したが、大学進学は夢と消えた。サドルも母の望みどおり中学への進学を決めたが、本当はすぐにでも働きに出たかった。

専業主婦だった母親は近所のスーパーでパートを始めた。そしてそこでいつも昼飯を買いに来る男と恋に落ちた。自転車屋の店主だった。そしていつのまにか彼の家に二人の子供を連れて居候するようになる。彼は一度離婚経験があった。母親は最初それを死別したのだと勝手に思っていた。それ以外に誠実で優しく働き者のこの男と別れる理由がない。母親はそう決め込んでいた。が、そうではなかった。新しい父親はちょっと厭な事があると酒を飲んで暴れた。当時はアル中や酒乱などと呼ばれていたが要するにアルコール依存症だ。普段は声を荒らげることすら滅多にない男が、酒を飲むと怒鳴り喚き喧嘩をふっかける。同じ人間だとは思えない。元々は真面目で温和《おとな》しい人間なので、酒が醒めると一番落ち込むのが本人だった。だから母親もあまり強いことが言えなかった。それどころか子供たちが責めると必ず継父を庇《かば》った。

父を亡くした当初はきちんと学校に通っていた兄が、やがて悪い仲間とつき合うようになり、家に居着かなくなってしまった。サドルは兄を尊敬していた。兄は成績も良く学者肌で、父親の血を濃く継いでいた。サドルは亡き父の面影を兄に見ていた。

その日、外から帰ってきた継父がいつものように散々暴れてから台所で気絶同然に眠りに落ちた。そのぐにゃぐにゃした身体を母親とサドルが一緒に蒲団まで運んで寝かしつける。それから台風で屋根を飛ばされた家と間違えるほど荒れ果てた室内を、母親と一緒に片付ける。くたびれ果てた母親が眠りに就いた頃、誰かがシャッターを叩いた。サドルにはそれが誰かすぐにわかった。急いで土間に下り、シャッターを少しだけ開く。中古の自転車が所構わず並んでいる。ここが父親の仕事場だ。新品も売るが、ほとんどは自転車の修理と中古自転車の販売だ。酒を飲んでいないときは、ほとんどこの仕事場で中古自転車を修理している。

「よお、入るよ」

その隙間から、兄は布袋を引き摺って蜘蛛のように入ってきた。サドルとは五つ違いだが、親だと言えば通じるほど堂々としている。引き締まった身体はボクシングジムで鍛えたものだ。隣町にあるジムで、住み込みで働いていた。ボクサーではない。あくまで下働きだ。才能を見込まれ会長からはずっとプロテストを受けるように言われているが、本人にはそんなつもりは微塵《みじん》もなかった。

「アレは寝たか」

うん、とサドルは頷く。

アレというとき顔をしかめる。もちろんアレは父親のことだ。

布袋を床に置く。口を開いてざらざらと中身を床にぶちまけた。茶色の小瓶だ。一緒に王冠も転がり出る。

茶色の瓶はオロナミンCの空き瓶。王冠は国産のコーラのものだ。

「大トロ、全部かっさらってくぞ。アレがぎゃあぎゃあ騒いだら俺が持ってったって言え」

「いいの？」

「どうせ何もできない」

一度兄と父親は大喧嘩した。酒でぐにゃぐにゃになった父親と身体を鍛えている全盛期の兄とでは勝負にならない。塩胡椒を振る前のステーキ肉ぐらいぼこぼこに殴られぺしゃんこになった。それ以来、よほど酔ったときでも、兄の名を出すと静かになる。犬だな。

その時サドルは思った。力が強いものの尻についていく。叩かれたら尾を巻いて後退りする。それで恥じることのない生き方。それが継父のすべてだと。

サドルは仕事場の奥から大きなガラス瓶を出してきた。自転車の塗料を薄めたり、部品の汚れを落としたりするのに使っているトルエンのボトルだ。

サドルは小さな空き瓶に漏斗を突っ込み、兄がトクトクとトルエンを注ぐ。小さな瓶はすぐに一杯になる。一杯になった瓶を横に置いて次の瓶に。全部で五十本あまりを、あっという間に注ぎ終わった。それに一本ずつ王冠をはめていく。コカ・コーラの模倣商品はいくつかあったが、その中の一つの王冠がピッタリと合うことを発見したのはサドルだ。その時は曲がった王冠をまっすぐに整える仕事を任された。

すべてを詰め終わる頃にはトルエンの強烈なにおいが部屋中に充満していた。サドルはふらふらになっている。ふらふらのまま、それを袋に戻す。何故か袋にいくら詰め込んでも茶色の小瓶はなくならない。おかしいなと思って良く見ていると、袋の後ろに穴が空いていて、その穴から小瓶が逃げ出し、ぐるりと回って元の場所に戻ってきていた。これじゃあいくら詰め込んでもなくならないはずだ。奴らはニヤニヤ笑っている。兄さん、こいつら俺をなめてるんだと訴えてから、いつの間にか兄が姿を消していたことに気がついた。

上がり框《がまち》に腰を下ろし、ほっと息をつく。茶色の小瓶もそれを入れた袋も、どこにもない。

「またお兄さんに置いていかれたな」

隣に座った軍服の少女が言った。

「ガウリー将校、来てたんだ」

「決起の日は近い」

少女将校ガゥリーは背筋を伸ばし真正面を見詰めた。

「来年だよね」

「万博の地に奴らが照準を合わしているからな」

「我々が迎え撃つんだよね」

「社会的な欲望。それがオトナ人間の核であり本質だよ。人間のように自己が欲望を生むんじゃない。社会的な欲望がオトナ人間という自己を生む。欲望が自己より先にあっておかしいと思うかもしれない。違うんだ。〈社会的である〉という方向性を持ったある種のエネルギーこそがオトナ人間なのだよ。彼らは群生だ。個はなく全体がオトナ人間なのだ。憑依生物としてはたった一つだが、それを機能させるには物理的な肉体を必要とする。詳しく説明するなら脳と末梢が精神寄生体オトナ人間の自己を成立させている。オトナ人間はあくまで生き物なので、自己を増殖させようとする。オトナ人間の憑依は、普通の生物で言うなら生殖と同じ意味を持っている」

まったくついて行けないサドルは、ただじっとガゥリーの高貴な顔を見詰めていた。

「というわけで、社会的な欲望がオトナ人間を集める。ある種のフェロモンが昆虫を呼び寄せるようにな。そして博覧会は社会的欲の集積だ。全国のオトナ人間候補たちが大阪に集まるだろう。そして博覧会は子供たちの楽園でもある。我々の眷属《けんぞく》は、楽しげな未来に向かってわけもわからずデタラメに、ただただ気持ちの良い方向に四肢と身体を縮め伸ばすためにわくわくしながら集まってくる。そこにあるからだよ。二十一世紀が。心躍らせる未知の物語が。その期待が、その憧れが、コドモたちの心を躍らせる。その力が、我々コドモ軍の原動力となる。しかし何もせずに無防備なままでは、彼ら彼女らもあっという間にオトナ人間の餌食となる。このオトナとコドモの相克が、万国博というものの本質だ。我々は独自に試算したが、放置しておくと、おそらく七千万人近い人間がオトナ人間に憑依されてしまうだろう。それをなんとしてでも阻止しなければならない」

「ガウリー」

サドルは照れくさそうにその名を呼ぶと、無理矢理真剣な顔を作って言った。

「君の言うことはわかるようでわからない。いや、まったくわからないかも。でも要するに人に取り憑く怪物を退治しようって話なんだろう」

「戦争だ。これは戦争なんだよ。人間とは元々我々のようなコドモのことを言ったんだ。わざわざ人間のことをコドモと呼ばねばならなかったのは、オトナ人間が誕生したからだ。オトナ人間に憑依されていない人間の総称がコドモなのだ。奴らの侵略が始まってから、我々は延々戦い続けている。だが今回の大阪万国博覧会で我々の戦いにも一応の決着がつくだろう。だから我々は決して負けるわけにはいかないのだ」

「協力するよ。君の言うことはちんぷんかんぷんだけどね」

「かもしれない。でもそれでも私はあなたに説明を続ける。これも私の使命だから」

「馬鹿でごめん」

ガウリーはサドルの顔を見る。

その頬に手を触れた。

たちまち彼女の潤んだ瞳から涙が溢《あふ》れそうになる。

瞼《まぶた》が震え、濡れた睫《まつげ》が懸命に涙を支える。

歯を食いしばり、ゴクリと唾を飲んだ。

そして唇が開く。

そのすべてを、サドルはパンで皿のソースを拭うように、意地汚く見詰めていた。最後の一滴まで自分のものにしたかったのだ。

美しかった。

尊かった。

手に入らないことがわかっているからこそ、その影を、名残を、不遜と言われようと己のものとしたかったのだ。

「決戦の日は近い。万博を待って。その時あなただけが子供たちを救えるの」

一瞬だけ年相応の顔になってガウリーは言った。

「あなたの戦いはとても辛いものになるでしょう。でもあなたが、あなただけが子供たちを救えるの。お願い御厨。私たちを見捨てないで」

一筋の涙が頰をつたい、口角に触れて唇を濡らした。

「見捨てないよ」

サドルは言った。

「見捨てるわけがない」

「感謝する」

再び将校の顔に戻ってガウリーはそう言った。商店街から脳天気な歌声が聞こえてきた。こんにちは、こんにちはと繰り返している。三波春夫が歌う大阪万国博覧会のテーマソングだ。サドルはこれが大好きだった。この歌は無条件で人類の愉快で楽しい胸躍る明るい未来を約束していた。それは楽観的なサドルのテーマソングでもあった。大阪万博のテーマである「人類の進歩と調和」というものがどんなものか想像はできなかったが、胸の奥をざわつかせ、わくわくさせることだけは間違いなかった。それはおそらく、この時代この時のすべての子供たちが共通して持っていた、まだ見ぬ歓喜の時への予感だった。

2.

「なんだかおかしな雰囲気になってきたなあ」

いつになくサドルは真剣な顔だ。

「だよね」とシト。

昼休み。教室には二人しかいない。開いた窓から聞こえる校庭の歓声がどこか気怠《けだる》い。

窓の方をぼんやりと眺めながら、シトは言った。

「だいたい昼休みには全員校庭に出て遊ぶことって、おかしいよね」

「それがルールだからだ」

サドルが杖野の声を真似た。

「そればっかだもんな」

シトが心底うんざりした顔になる。

「何よりも問題なのは、ルールを守りましょうって、学校のみんなが言い出したことだよ。みんながみんな同じ方向を見るなんておかしいだろう。だいたい俺たちコドモってやつは、どこかで大人に逆らってるのが普通じゃないのかよ。それが全員揃って大人の味方って、おかしいよ」

　シトはサドルの熱弁に深く頷く。

「万博を待たずに、いよいよ本格的にオトナ人間たちの侵略が始まったんだ」

　サドルは心ばかり声を落とす。

「奴らは憑依してくる。大人なんて、要するにオトナ人間予備軍みたいなもんだろう。簡単に憑依されちゃうんだよ。ああ、早く来い万博」

　最後の部分だけは大きな声で天井を見上げて言った。

　シトは自分を激しく罵《ののし》った母親の、怒りで歪んだ怖ろしい顔を思いだして身震いしていた。あの時のことを母親は一言として喋らない。今まで通りの優しい母親に戻った。だが妹のワードローブは返ってこない。そしてその話題には絶対に触れようとはしない。

「もしかしたら教師は全員憑依されているかもしれない。俺たちの年代でも、どこまで抵抗できるかわかんないな」

「どうしたらいい、サドル」

「さあな。あまりまともに相手しないことだろうな。俺たちは馬鹿なことを真剣にやってたらいいんだと思うよ。なんなんだよ、あのコドモノヒ少年部会ってのは」

「お母さんはコドモノヒ協会によく通ってるみたい」

「あれはきっとオトナ人間の本拠地なんだ。そしてあのミトラドンがすべての黒幕だよ」

「お母さんは奴にあっさりと憑依されちゃったんだ……」

「待っていろ。万博の日に取り返してやるよ」

サドルは自信たっぷりだ。

「実は九栄から連絡があった」

「あの九栄兄弟が？　行方不明だったんだよね」

「兄貴の真一の方から手紙が届いていた」

「手紙？」

「会いたいって。大人は誰も信用できないって書いてあった。だからおまえに連絡したって。今日会いに行くつもりだよ。シトも行くかい」

「行く行く」

「場所は幽霊ビルディングだけどな」

「えっ……」

「退学覚悟で行くつもりだよ。いいよ、別にシトはこなくても」

「行くに決まってるでしょ」

「おいこら、クソども！」

怒鳴り声に驚いて振り返った。

いつの間にか後藤が立っていた。その後ろにはしっかり長谷川が従っていた。二人とも赤い腕章をつけていた。コドモノヒと大きく金文字で書かれてある。その下には少年部と治安部隊の文字があった。

「なんで教室にいるんだ」

サドルを睨みつけながら後藤は言う。

「後藤もいるぞ。長谷川もな」

にこりともせず、サドルは言った。

「クソはクソみたいな言い訳しかしないな。俺たちは仕事だよ。先生に任されているんだ。ルールを守らないものを指導するためにな」

「おまえらみたいに、人のいなくなった教室でいちゃいちゃしてる奴を告発するのが俺たちの役目だよ」

長谷川の目がぎらぎらと輝いている。今から心ゆくまで嬲《なぶ》っても大丈夫な獲物が目の前にいることに興奮しているのだ。

「なあ、サドル」

ニヤニヤ笑いながら長谷川はサドルに近づいた。

「どうだ。よっぽどシトはおまえのあそこ咥えるのがうま――」

最後まで言わせなかった。

躊躇《ためら》うことなく顔の中央を拳で殴った。

石と石をぶつけたような音がして、長谷川が仰け反った。

声にならない声を上げ、長谷川は顔を押さえた。手の内からダラダラと血が流れ落ちた。

長谷川はへなへなとその場に座り込んで泣き出してしまった。

後藤はそれを犬の糞を見る目で見下ろし、それからサドルを見た。

「今まで見逃してやってたのはなんでかわかるか。おまえが怖いからじゃない。おまえの出来損ないの兄貴が後ろに怖い人達をちらつかせていたからだよ。それがとうとう警察に捕まっただろ。よくあんなやくざものを」

サドルは前に一歩踏み出し、正拳を後藤の鼻へ叩きつけようとした。

後藤の頭がすっと下がった。

正拳は空を切る。

そして踏み込んできたサドルの鳩尾《みぞおち》に、拳が埋まった。

深く、強く。

声も出なかった。

サドルはその場に蹲った。

その顔がみるみる血の気を失い青ざめていく。

腹を押さえて胎児の様な姿勢でごろりと横になった。

後藤は小学校の低学年から、拳を当てる流派の空手道場に通っていた。

「ここでおまえらがおかしなことしてたって報告してもいいんだぜ。でもそんなことしたら一発でおまえら退学だ。もうちょっと遊ばせてくれよ。おい、長谷川、立て。保健室に行くぞ。転んで机の角にぶつけたって言うんだ。わかったな」

言いながら腕を取って無理矢理立たせた。

濡れ雑巾のようにぐったりとなった長谷川を引き摺るようにして、後藤は教室を出て行った。

「サドル！」

シトは横たわったサドルの背を撫でる。

「保健室行こう」

腕を掴もうとして振り払われた。今行けば長谷川と並んで横になることになるだろう。それはあり得ない。そう思うサドルの気持ちは充分にわかる。シトは背を撫でながら、頭の中でゆっくりと数を数えた。三十を数えたらもう一度声を掛けよう。そう決心し、二十六まで数えたときに、サドルは身体を起こした。顔が脂汗でぬるぬるになっていた。シトがポケットからハンカチを出して顔を拭く。

「大丈夫？」

サドルは青い顔で頷いた。

「あれ、本当なの？」

「なに？」

「お兄さんのこと」

「本当だよ」

サドルの兄は暴力団幹部をホテルのレストランで射殺した。事件後一週間足らずで彼は警察に自首してきた。いわゆる鉄砲玉だ。暴力団の抗争に、いいように使われたのだろうか。新聞でもテレビでもひっきりなしに報道していたが、未成年なので匿名報道だった。それでも、あっと言う間に噂は広がる。シトが知らなかったのは、彼には遠慮して誰もそんな話をしなかったからだ。

「兄貴はオトナ人間にはめられたんだ。だって兄貴は組に入ってなかったんだぜ。オトナ人間の犠牲者だ。後藤たちもオトナ人間の犠牲者と言えば犠牲者だ。同情する気はないけどね」

まだサドルは腹を押さえ、時折痛みを堪《こら》えて話が中断する。何か喉から込み上げてくるのだろう。何度も何度も地面に唾を吐いた。

「奴ら、これからますますぼくたちに嫌がらせをするんだろうな」

「だろうな。これがオトナ人間の攻撃だからな」

「こんなことで万博の日まで何とか無事でいられるのかな」

「弱気だな」

「だってサドルがこんな状態で、ぼくは助けることも出来なかったんだ。多少は弱気にもなるでしょ」

「生き抜くんだ。俺たちにはQ波がある。奴らがQ波に弱いのもわかったしな」

「あの八辻って奴は、オトナ人間なの」

「それ以外何が考えられる」

「あいつが憑依してくるってこと」

「オトナ人間は肉体を持っていないんだ。だからあいつは憑依された人間だよ。憑依するオトナ人間ってのは、魂って言うか精神って言うか、そんな見ることも触ることも出来ない奴なんだ」

「それがどうやって憑依するの」

「心の隙間に入り込んでくるって聞いてるけど、具体的にどんなことをするのかはわからない。でもな、心をしっかり持っていたら憑依出来ないらしいよ。自分の信念や考えみたいなのを疑うと、その心の隙間に入ってくるらしい」

「詳しいね。ガウリーに聞いたの?」

「ああ」

サドルは嬉しそうに頷く。

「よく会うんだ」

「それほどでもないけど」

「ぼくは一回しか会ってない」

「拗《す》ねるな。必要なときには向こうからやって来るさ、きっとね。それも信じて待とう」

「まあ、いいけど」

「じゃあ、放課後は幽霊ビルディングの例の場所で待ち合わせだ。今日はあまり馬鹿どもを刺激しないようにしよう。九栄たちのところまでついてこられるとまずいからな。さっきのことが堪《こた》えてしょぼんとしてるって思わせておこう」

「思わせておこうじゃなくて、確かにしょぼんとしてるんだけどね」

始業のチャイムが鳴った。

サドルは丸くなったシトの肩をポンと叩いた。

本当の戦争が始まったんだ。

シトは覚悟を決めるべく、それを頭の中で何度も唱えた。

3.

跳び箱にロイター板。土埃に塗《まみ》れた灰色のマット。石灰が詰まったラインカー。巨大な張りぼての紅白の球。綱引きのための太い縄。そして土埃と汗と太陽のにおい。

嫌なにおいではない。どちらかといえばシトはこのにおいが好きだ。こんな状況でなければ。

放課後、後藤たちから体育館の倉庫に呼び出された。独創性なんてのは便所に流してきたような発想だ。シトはその俗っぽさに眩暈《めまい》がする。腹を蹴られた痛みよりもその方が辛かった。

「オカマ野郎」

後藤はそう言ってシトに唾を掛けた。気持ちよさそうな顔だ。セックスというものがどういうものかわからないが、きっと後藤はその時にこんな顔をするのだろう。それを想像してシトは気分が悪くなる。一人になる時を狙っていたのだろう。サドルは今頃幽霊ビルディングに向かっているはずだ。

後藤はへらへらと笑いながら平手でシトの頬を撲《なぐ》った。大きな音がした。じん、と痺《しび》れたように痛む。だが耐えられない痛みではない。腹もそうだ。空手の有段者に蹴られたにしては痛みがない。それこそサドルのように蹲《うずくま》るかと思っていたが、そうはならなかった。手加減しているのかもしれない。確かにサドルに比べるとシトは何もかも華奢《きゃしゃ》だ。サドルと同じように扱ったら死ぬのではないかと思わせる。

シトの真正面に立っているのが後藤。後藤の背後にいるのが長谷川だ。絵に描いたような子分のポジションだ。そのさらに後ろに吉田と木下がいた。何かを期待して目がぎらぎらと輝いている。イジメでも人はああして輝けるのだと、シトは感心していた。

そして自分が奇妙なほど落ち着いていることを知った。今からどんな酷い目に遭うのかわからないのに、怖ろしくはない。Q波が彼の何かを変えてしまったのかもしれない。

少なくともシト自身はそう思っていた。後藤に呼び出されたとき、もう一度Q波を使っていったん肉体から離脱したのだ。ほんの一瞬だったが、それで恐れは消えた。

「吉田、木下、後ろからそいつを摑まえてろ」

後藤に仕事を頼まれたのがよほど嬉しいのか、二人はニヤニヤして互いに肘で突《つつ》き合いながら前に出てきた。シトの背後に回ると腕を押さえる。

「おまえさあ、ちんこどうなってんの」

妙に真剣な顔で後藤はそう言った。

「おい、みんなオカマのチンコ見たことあるか。ないよなあ。見てみようぜ。長谷川、森のズボン脱がせろや」

長谷川はいそいそとシトの前に立つとしゃがみ込み、ベルトを外しズボンを下ろした。生白く、一本の毛も生えていない脚が剝き出しになった。白い木綿の靴下よりも白い脚に、足首の二重の黒いラインが入れ墨のように見えた。

それは棒きれのような少年の脚ではなかった。かといって女の脚にも見えない。輝くようにつやつやした肌が、胸をつくほど生々しい。

「パンツも脱がせろ、馬鹿」

意味なく後藤は長谷川を罵った。

はいはいと浮ついた返事をして、長谷川は白いブリーフを一気に引きずり下ろした。

ワイシャツの裾が邪魔をして何も見えない。シャツを捲《まく》るべきかそれとも上も脱がせるべきかと逡巡している間に、シトは上履きを脱ぎ、足元に絡まっていたブリーフを自ら脱いだ。その時隙間から垣間見えるのは、肌と同じ色の生クリームを載せたような幼い性器だ。

シトは少しも恥ずかしがっていなかった。泣きながらやめてくれよと許しを乞うこともなかった。その目に怒りはない。怯えもない。あるのは病気の犬を見るかのような哀れみだけだ。何がどうなっているのか、後藤にはわからなかった。ただこの場の主導権を握っているのが自分でないことはわかった。早く取り返さねばならなかった。

「長谷川、アレ持って来たか」

掠《かす》れた声で後藤は言った。ぼんやりとシトを眺めていた長谷川は、あ、うん、ああ、と言いながらポケットからそれを出してきた。

「母ちゃんのだよ」

「誰のでもいいよ」

後藤はそれを奪い取った。

それは口紅だった。

「オカマ野郎、化粧してやるよ」

「自分でするよ」

後藤の手からそれを取った。

吉田と木下がもう腕を押さえていなかったことにすら後藤は気づいていなかった。

シトは部屋の隅に行き、そこにあった鏡の破片を手にした。もう誰も彼のことを止めなかった。

手慣れた様子でシトは口紅を塗る。

血を載せたような濡れた深紅が唇を彩る。

それだけのことだった。

だが塗りおえて振り返ったシトを見て、皆は言葉を失った。

長谷川も木下も吉田も、阿呆のように口をぽかんと開いてシトを見ていた。

ただ赤く紅を引いただけのことだ。

それが彼の顔を一変させた。

もともとその肌は陶磁のように白くなめらかだった。そこに引かれた紅は月を背に咲き誇る彼岸花のように歪《いびつ》で美しかった。

それが毒であることは誰が見ても明らかだった。が、世の中には毒から得る快楽があるのだ。その時未熟な男たちは、それを直感的に知った。知ってしまえば抵抗することは難しかった。だからシトがまっすぐ後藤に歩み寄ったとき誰も止めなかった。そして後藤はただじっと佇《たたず》み、運命が到着するのを待っていた。内緒話が出来る距離まで近づいたシトは、幼子のように小首を傾げた。そして鼻が擦れるほどに顔を近づけると、深紅の唇を後藤の唇になすりつけた。そして手練れの毒婦のように舌で唇を押し開け、口蓋を舌先で撫でながら液状の快楽《けらく》を流し込んだ。

生きて死に、死んで生きるほどの時間を経て、シトは後藤を押し離した。紅が移り、人でも喰ったように口の周りが真っ赤だった。

後藤は二三歩よろけ、へなへなと尻餅をついた。震える後藤は、まるで型から抜いた寒天だ。その股間は布を押し破る勢いで天を指し、滲み出たものが黒々と先端に染みていた。

シトは薄く笑ってそれを見ていた。

そしてぱんと手を叩いた。

止まっていた時が、その音で一気に流れ出した。

後藤はひいひいと情けない声を上げ、尻を床にこすりつけたまま後退る。と、バネ仕掛けのようにぴょんと立ち上がるなり、凄まじい勢いで倉庫から駆け出ていった。

すべてを案山子《かかし》のように立ち竦《すく》んで眺めていた残りの三人も、脱兎そのものの勢いで部屋から逃げ出した。

シトは笑った。

心から愉快そうに、腹を抱えて笑っていた。

4.

二階内科受付前にある待合室。

どうやらここはサドルたち以外の子供たちも、待ち合わせ場所に使っていたようだ。九栄真一が待ち合わせに指定したのもこの待合室だった。明かりはつけるな、と厳命されていた。そう言われなくとも、あの日以来警備が厳重になっている。安易に明かりを点けて探索しているとすぐに警備員が駆け付けてくるだろう。

一階裏口の南京錠は、真一の手によって開かれていた。そっと鉄の扉を開いて中へと入る。それから後はほとんど手探りだけで二階へと上がっていった。なんとか待合室の側まで寄って、じっと目を凝らす。

「真一、そこにいるのか」

サドルは声を掛けた。

「いるよ」

すぐ近くで聞こえて、サドルは飛び上がりそうになった。

「脅かすなよ、真一」

黒い人影がすぐそばにあった。天然パーマのもじゃもじゃ頭がシルエットになって見える。兄の真一か弟の慎司かは区別がつかないが、九栄であることに間違いなさそうだった。

「おまえたち、行方不明になってるよ。杖野が俺にも行き場所知らないかって訊いてきたよ」

クスクスと真一は笑った。

「あまり笑い事になってないみたいだぞ」

「だろうね。俺たち家出したんだ」

「家出？　楽しそうだね」

再びクスクス笑い。

「そんな人間だからサドルに連絡したんだ」

真一が言う。

「オトナには聞かせたくない話があるってことだろ」

「その通り。さすがサドルだね。話が早い」

「だから早く話せよ」

「なんで俺たち兄弟が家出したかって言うと……なんというか、説明が難しいんだよな」

「だから何だよ」

「あのさあ、パパとママが、二人ともなんか変だったんだよね」

「変？」

サドルは聞き返した。

「様子がおかしいんだ。なにがどうとかは説明しにくいんだけど、とにかく何か今までの親と違うんだよね」

「どう違う」

「それが言えないんだよ。説明することが難しくて、とにかく……なんだか別人、別の人なんだ。少なくとも親じゃない」

「なにそれ、性格が変わっちゃったとか？」

「違う違う。性格は同じだし、顔とか癖とか全部まったく同じなんだ。でも絶対別人なんだよね。考え方とかかな。どこがって説明出来ないんだけど、なんか変なんだ」

「良くわかんないけど、それで家出したってこと？」

「そう。避難したんだよ」

「親の偽物は何かおまえたちにする？」

「わかんない。わかんないけど、ぼくたちを仲間にしようとしているんだよ」

「もしかして真一……おまえはオトナ人間の陰謀を知ってる？」

「アニメの『大人はわかってくれない』だよな」

「アニメってなんだ」

「アニメーションの略。テレビ漫画もその一部なんだよ。で、アニメといえば東映動画と虫プロ、新しい所で東京ムービーが製作してるんだけど、オトワカはそれとは違って――」

「ちょっと待って。なに、そのオトワカって」

「『大人はわかってくれない』だよ。オトワカは大阪ヴァイタフィルム社が製作しているんだ。これが無茶苦茶先進的な手法を使っていて、あれ見ると『どろろ』が古臭く見えるよな」

「おお、おまえ凄いな。あれが今までの漫画映画とまったく違うってことは見ればわかるけど、製作会社のことなんかまったく考えていなかったよ」

「サドルは『佐武と市捕物控』観てるか」

「観たことある。チャンバラカッコいいよな」

「カッコいいなんてもんじゃないよ。大人向けとか言われてるけど、あれのすごさが大人になんかわかるもんか。で、オトワカはあれの数倍先を行ってると思うよ。爆発のシーンとか見たことのない手法が使われているし」

「ああああああ、それそれ！」

思わずサドルが声をあげる。

「あのどがーんって炎とさあ、煙がぶぁっふぁーって」

身振り手振りが激しくなる。

「一体どんなやり方してるのか教えて欲しいよ。打ち切りになっちゃったからもう見られないけどさ」

真一が言った。

「俺にはその解答が一部わかる」

「どういうこと」

「俺の言うこと信じてくれるか」

うん、と真一が頷くのを確かめてから、サドルは『大人はわかってくれない』が真実であることを説明した。人類簡易奴隷化計画は実際に進行しているし、コドモ軍はQ波を武器にオトナ人間と戦い続けている、と。

「だからあれはおそらく今俺たちの知っている技術以上の何かを使って作られていたんだ。オトナ人間の侵略を我々に知らせるためにね。だからあんな短期で好評なのに打ち切りになっちゃったんだよ」

「いやあ、それ納得だよ。凄く納得だよ。そう考えないとあり得ないよなあ、あの番組」

「で、オトナ人間は大阪万博を拠点として本格的な侵略を開始してくる。今はその下準備をしている段階だ」

「俺たちに出来る事って何」

「コドモ軍の武器はQ波さ。俺たちもそれで戦えるはず。早速やってみる？」

「やるやる」

薄暗い中、ある程度広い場所を探し出し、そこで真一を背後から抱きしめる。

「行くぞ」

声を掛けグルグルと回した。

ある瞬間、ふっ、と軽くなる。

視線を感じて上を見上げた。

そこで、ふわふわと浮かんで首を傾げている真一が見えた。

「なっ」

サドルが笑いかけると、返事よりも早くそれは身体に戻ってしまった。

「すげぇ」

「だろ」

真一は何度も何度も興奮して「すげえ」を繰り返した。

「オトナ人間が作り出す世界の薄汚さがわかるだろう」

「わかるわかる」

真一は何度も大きく頷いた。そしてサドルに手を伸ばす。

「戦おう」

しっかりと手を握って真一は言った。

「奴らから世界を奪い返すんだ」

「で、今日は一人？」

「一人。慎司は捕まったみたいなんだ」

「捕まったってどういうこと」

「まんまだよ。誰かが慎司を連れてったんだ」

「誘拐ってこと？」

「そうなるよね」

「どういうこと」

「さっき言ったけど、俺たち家出してたんだ。二人だからできたんだと思うよ。だって両親のどこがおかしいか、よくわかんないんだからね。一人ならきっと確信が持てずにただ悩んでたと思うんだ」

二人は家を出て、しばらくは友達の家の倉庫で寝泊まりしていた。

「古物商っていうのかな。古い家具とか美術品とか売ってる店をやってて、倉庫も三つもってるんだよね。その中の一つにこっそり住まわせてもらってたんだけど、いつまでもいられないし、それからはちょっと友達のお兄ちゃんたちに頼んで。学生運動って知ってる？」

「爆弾とか作ってる、あれ？」

「うん、ぼくもあまり良くは知らないけど、とにかくそういう人達の所を転々とね。大人と戦争してるんだって言ったら、なんかみんなに気に入ってもらえて。そうしている間に、どうやら両親が学校にも警察にも連絡を入れてないことがわかって」

恐ろしくなった。

親が親でなくなった、というのはもしかしたらただの勘違いで、家に帰ったらいつもの両親が心配して待っている。そんなことをどこかで期待していたのだろう。しかしいつもの両親なら、家出した二人をまったく探す気がないなんてあり得ない。やはり本当に両親は別の何かに変わったのだ。二人はそう確信したのだった。

「悩んだよ。帰った方がいいのか、それとも帰った方がまずいのかって。どっちにしても、世話になれる兄貴連中もそろそろいなくなってきたからね。決断しなきゃならなかったんだ」

「それで俺の所に連絡を入れたわけね」

「その前に、俺たちここでしばらく寝泊まりしてたんだ。で、三日前の昼頃に」

もっと長期戦にするのか、それとも短期決戦で思い切った行動をとる方がいいのか、そんなことを二人で話していた。すぐに腹が減ってきた。金がないからあまり食えない。食えないからすぐ腹が減る。

二人で行くと目立つからと、真一は一人で近所のパン屋に行った。菓子パンを買って帰るはずだった。

「急に、ずんと、腹に痛みを感じたんだよね。あいててってその場にしゃがみこんじゃったよ。腹を壊したって感じじゃないんだ。もろに鳩尾の辺りを殴られたみたいだった」

やられた、と真一は思った。

「やられた、っていうのは慎司が襲われたってことだよ」

彼ら兄弟は小さな時から、どちらかが怪我をすると、もう一人も同じところに痛みを感じた。痛みだけではない。痣《あざ》や切り傷も同じところにできる。真一が交通事故にあったときは、離れた場所にいた慎司も同じ場所を骨折し、医者に不思議がられた。傷は二人がどれだけ離れていても同じ時刻同じ場所にできた。いわゆるスティグマティック・ツインズと呼ばれる現象だ。

「だから間違いなく慎司は腹を殴られたんだって、俺は思ったわけだよ」

何も買わずにパン屋を飛び出し、真一は幽霊ビルディングへと走った。

「遅かったんだ。慎司はもういなかった」

二人は暗闇の中で黙り込んだ。

「……それでどうするつもりだ」

サドルが沈黙を破った。

「コドモノヒ協会って知ってるかな」

「知ってるよ。ミトラドンがやってる怪しい団体だろ。多分あれはオトナ人間たちの団体だよ」

「そうか、そうだろうなあ……。あのさあ、うちのパパが最初にハマったんだよ。コドモノヒ協会は面白いって。なにより元気になれる。希望が持てるって絶賛だよ。それで寄付とかしてたんだけど、すぐにママも連れていくようになったんだ。そうしたら今度はママがハマっちゃって……」

「家とか仕事とかほったらかし、みたいなことか」

「それならわかりやすいだろうな。新興宗教に洗脳されたって話と一緒だろ。そういうのなら相談するところもあるんだよね。ところがそんなんじゃないんだ。確かに熱心に協会のことを話したりするけど、ママはきちんと家のことをしているし、パパだってきちんと仕事をしているんだよね。寄付だってむちゃくちゃな額でもないんだよ。普通っていうか、そこに問題はなにもないんだ。ほとんど何も変わらないっていうか、どちらかというと明るくなって笑いが増えて、こうして話すと良いことばかりなんだよ。なのに……なんていうか、苦しいんだよ。ゆっくりと道が狭くなっていくみたいな……。具体的に何がって訊かれると困るんだけどね」

「しかも別人だってはっきりわかるほど、何かが違う」

「うん」

再び沈黙が流れた。

「どっちにしてもあの協会が関係していることは間違いない。だから、ちょっと中に入って調べてみるつもりだよ。慎司はきっと協会本部にいるはずだから」

「助けに行くのか？」

「そのつもり」

「手伝うよ」

サドルに躊躇はない。

「そう言ってくれると思ったよ。サドルだけは信用出来る男――」

サドルが「しっ！」と短く言って、真一の肩に触れた。

一筋の光が射し込んできた。

何かを求めて、光の輪が部屋の中を動いていく。サドルも真一も頭を下げて身体を低くした。

「真一、いるんだろ」

光源のそばから声がした。

「慎司！」

「やっぱり」

「馬鹿野郎、明かり消せ」

「ああ、すまんすまん」

光が失せる。

闇に慣れていた目が元に戻っていた。

闇はぐんと深くなる。

「どういうことだよ」

真一が訊ねた。

「ここで真一待ってたら、なんだか不安になってきて、すぐ後を追ったんだよ。そうしたら途中で車に撥ねられて……」

「はあ？」

真一が頓狂《とんきょう》な声を上げた。

「大変じゃないか」とサドル。

「大変だったんだよ。救急車で病院に運ばれて……。まあ、結局は打ち身程度でなんともなかったんだけど保険証もないし、金もないしさ、困って家に連絡を入れたんだよ」

「バカじゃないの」

「パニックだったんだってば。すぐにママが迎えに来てくれたんだ」

「それで、ママはなんて言ってた」

「心配していたよ。いろいろあったけど、とにかく帰ろう、家に」

二人が交互に話しているのだろうが、サドルには一人で場所だけを変えてしゃべっているように聞こえた。

「ちょっと待てよ。家じゃあ何も解決してないじゃないか」

「それが、何て言うか結局何もかも俺たちの勘違いだったみたいなんだよね。ほら、真一、よく考えてみて。パパともママとも腹を割って話をしてないだろ。なんかおかしいって思ってから、親に何も説明してないじゃん。だからまあ、早い話がぼくらの勘違いだったんだ。そのあたり詳しく後で説明するよ。とにかく一緒に家に戻ろう」

「わかった。いったん戻る。悪かったな、サドル、心配掛けちゃって。詳しいことがわかったら、明日早速報告するからな」

「ちょっと待てよ」

サドルがそう言った時には、もう二人の気配はどこかへと消えていた。

5.

昨日どうして来なかったとサドルに訊かれ、シトはごめんねと頭を下げた。後藤が原因かとサドルが問うと、小さく頷き、でもサドルが心配するようなことにはなってないから大丈夫と笑ってみせる。

「ぼくはサドルが思っている以上に強いんだ」

そう言ってシトが笑うと、

「知ってるよ。おまえは強い」

そう言って、サドルは息子との腕相撲で負けた父親のような複雑な顔をした。

後藤たちが遠くからちらちらと様子を窺《うかが》っている。サドルがそっちを見ると慌てて目を逸らす。何があったにしろ、シトが何かに負けたわけではなさそうだ。シトを信じよう。サドルは改めてそう決意する。

二時間目が終わって休み時間に入った時、九栄真一が登校してきた。公には二人とも感染症で入院していたことになっていた。昼休みになって、遊びに出ようとする真一をサドルが引き留めた。教室に残っているのはサドルにシトのいつもの二人だけだ。

「で、どうだった」

サドルが言う。

「どうって？」

「家のことだよ。両親は結局どうだったんだ」

「考えすぎだった。漫画じゃないんだから、親がそうじゃない何かと入れ替わったりするわけないよ」

「……まあ、そうだろうけど」

シトが真一から目を逸らしてそう言った。

「悪いな。呼び出したりして。いろんな所に迷惑掛けちゃってほんとにすまん」

真一が頭を下げた。

「謝るなよ」

サドルが言った。

「もういいよ。俺が……俺が何とかしてやるから待ってろ」

えっ？ と真一が聞き返した。

「なんでもない。質問終わり。もう遊びに行ってこい」

うん、じゃあ、と手を振って真一は教室を出て行った。

扉の向こうに真一が消えてから、二人は顔を合わせた。

「怖いよ、サドル」

シトがぼそりと呟いた。

「漫画だろ？」

サドルが言う。

「うん。漫画じゃないんだから、ってのはないよね」

「それ、漫画みたいな馬鹿げた話じゃなくて、って言ってるわけだろ。あの漫画映画マニアの真一がそんなこと言うわけないんだ」

現実と漫画を対比することがまず理解出来ないし、それが対立すると思っているのは大人だけだ。現実と漫画は並列だし、区別するなら面白いかつまらないかの違いだけだ。はっきりと言葉には出来ないが、漫画に対する意識の差は大きく、二人は一瞬で真一が、そしておそらく九栄兄弟がオトナ人間に憑依されたことを直感したのだった。

「相変わらずこんなところでうじゃうじゃしてるのか」

言われて二人は振り返った。

教室に入ってきたのは未明だった。雰囲気が一変した。濁った水がいきなり澄んだようだ。

「なんだよ、未明」

嫌そうにそう言うサドルを、シトがにやにやして見ている。

「太田清って知ってる？」

「ああ、行方不明になった奴」とシト。

「あれ、同じ組なんだけど、今日学校に来てるんだよ」

「で、何て言ってた」

訊ねたのはサドルだ。

「あまり覚えていないって」

「もしかして、失踪してた奴らがみんな帰ってきたのかもな。ただし、みんな今までの人とは変わっていましたってことだ」

サドルは独り言のように言った。話しながら内容を整理していく。止まることなく、走りながら考えるのがサドルだった。

「何がどうなってるのかわからないけど、ほんと気持ち悪い」

吐き捨てるように未明が言った。

「ところで未明、今日は暇」

サドルが訊ねる。

「ひまひま、ウルトラ暇」

嬉しそうだ。

「じゃあ、放課後付き合ってくれる」

「えっ？」

「ダメならいいけど」

「ぜんっぜん駄目じゃない。なに、どうしたの。珍しいなあ」

「うん、まあな。シトも来てくれるだろう」

「訊くまでもないよ」

「おまえもくんのかよ」

未明は憎々しげにそう言った。

「あれ、二人っきりで会いたかったとか」

ニヤニヤしながらシトが言う。

「バカ、おまえ、ほんっとバカ」

バカバカと連呼する未明と一緒にしばらく喋っていたら、あっという間に昼休みは終わった。

で、その日の放課後。彼らは三人一緒に学校を出た。学校の帰りに飲食店に寄るのは禁止されている。だが実際は多くの生徒が学校帰りに寄り道をしていた。ただし通学路からは少しだけ離れるぐらいの工夫はしていた。直接出逢いさえしなければ、教師も多少のことなら見逃してくれたのだ。これまでは。

三人は通学路から外れ、煤《すす》けて暗い路地を進み目的の小さな公園へと向かった。三方を金網とコンクリートブロックに囲まれた小さな公園は、いつも三角ベースをやっている小学生もいなかった。他人《ひと》に聞かれないようにこの公園を選んだのだが、それにしても酷く寂れた様子で、先頭を歩いていた未明が少し臆して立ち止まった。

「なに?」

こういう気配に気づかないのか肝が据わっているのか、未明を脇に避けてサドルはずんずんと中に入っていく。まるで最初から決まっていたかのように、セメントで出来たミニサイズのライオンとキリンとゾウに三人は腰掛けた。途中で寄った駄菓子屋で買ったバナナカステラを手に、サドルはゆっくりと周りを見回した。きついパーマを掛けた子連れの主婦が、厭そうな顔で目を逸らした。夏の夕暮れはまだ陽が高い。だが裏路地の雰囲気を引き摺ったように、ここもまた煤けて暗い。隠居然とした老人が、ベンチに腰掛けじっとサドルたちを見ていた。

サドルはカステラにかじりついてから、二人を手招きした。二人はコンクリートの獣から降りると、サドルを囲むように立った。

「仲間が必要だと思うんだ」

サドルが言った。

「今仲間が欲しいって言った？」

未明が笑いながら言うと、サドルは真剣な顔で「小さな声で」と言った。シトと未明はしゃがみ込み、サドルに顔を近づけた。その〝秘密〟感がシトも未明も楽しくて仕方がない。だがサドルは真剣だ。

「仲間が必要なんだ」

サドルは繰り返した。仲間は出来るものであって作るものじゃない。口にはしなかったが、サドルの態度はそうであり、友達作りとは無縁な人間だったはずだ。

「友達が欲しいんじゃないぞ。仲間がいるって言ってるんだ。奴らはどんどん仲間を増やしている。それを阻止するためにも、出来るだけ多くの人間と知識を共用しておく方がいい。それにもしかしたら俺たち以外にもコドモ軍と連絡が取れている人間がいるかもしれないじゃないか。そういう人間をどんどん――」

「はいそこまで」

みんなが声の方を向いた。

これといった特徴のない背広姿の男がそこにいた。見たことのない顔だが、サドルもシトも、それとまったく同じ印象の人間を知っている。

八辻中也だ。

その後ろに立っている二人は警備員ではなく、本物の制服警官だった。

「君たち、魚金第二中学だね」

制服を見て男は言う。

「まず第一に、公立中学では放課後の飲食は禁止されている。それから、市条例で午後六時以降、放課後屋外での三人以上の集会は補導の対象になる」

男は腕時計を見た。

「まだ十分ほどはあるが、こうしている間に六時は過ぎるだろうな。そうなると君たちは問答無用で補導だ」

「それはやり方がおかしいでしょ」

サドルが言うと男の顔が一瞬で紅潮した。怒りで目が吊り上がり、への字に結んだ唇は色をなくして真っ白だ。怒りを煮詰めたようなその顔でサドルを睨み怒鳴る。

「口答えするな！」

思わずサドルが黙るほどの剣幕だった。

「大人に逆らうんじゃない」

そう言って歯をきりきりと嚙みしめた。

「どうもすみません」

サドルは頭を下げた。

そしてその姿勢から、いきなり背広の男に突進した。

シトも未明もまさかと思った。シトなど小便をちびらなかったことに感謝したほどの、怖ろしい形相だったのだ。大人のそんな態度に臆せず突っ込んで行けるなんて信じられなかった。

後先考えず、サドルは頭頂部から男の胸にぶつかった。

不意を突いたのが功を奏したようだ。

男は背後に倒れ尻餅をついた。

「逃げろ！」

叫ぶと同時にサドルが走る。

シトと未明も走る。

まるで申し合わせたように三人がそれぞれ別の方向へと走り出した。

サドルとシトは本当に申し合わせていた。逃げ道に関しては集合場所からどう動けばいいのかを必ず話し合うようにしていたのだ。問題は未明だ。そう思ったシトが彼女についてこいと手を出した。その手を思いきり叩いて未明は別方向に走る。そこからは三人共に全力疾走した。

速い。

自分たちでも驚くほどに速い。

恐れとも怒りともつかぬ興奮が、普段出せない力の源だ。そうなると、この周辺を道とも言えぬ裏道まで熟知している三人に勝てる大人はいない。結局誰一人追いつかれることなく、それぞれの家に帰ることが出来た。

＊

シャッターを押し上げて家に入ると、父親が土間に座り込んでいた。脇に置いてあるのは一升瓶。手に持ったのは景品でもらったコップだ。

「何してた」

濁った目でサドルを睨んだ。

赤く充血した目が、粘る視線でサドルを捉える。

「答えろ。何してた」

「父さん、また飲んでるんだろ」

父親はコップと一升瓶を床に置いて立ち上がった。ふらふらとサドルに近づく。そしていきなりサドルの頬を叩いた。平手だが顎が外れそうなほどの一撃だった。一発で頬が真っ赤になる。

「馬鹿にしてるのか」

そう言ってサドルの襟元をねじ上げた。

「親を馬鹿にしているのかと聞いてるんだ」

「親を馬鹿にしたことなんかないよ」

「何してた」

「学校から帰ってきたんだ」

「なんでこんな時間になる」

「友達とちょっと喋って――」

脇腹を拳で殴られた。

押し潰されたような音が喉から漏れた。

そのサドルを床に投げ捨てる。

腹を押さえ立ち上がろうとした背中を蹴る。もう一度蹴る。蹴って背中を踏み付ける。

「どうせ兄貴みたいなろくでもない友達だろう。またおまえも逮捕か。おまえたち兄弟はどれだけ俺に迷惑掛けるんだ。馬鹿にしくさって。イライラさせるガキだよ」

喋りながら何度も蹴る。喋ることでますます興奮する。怒りが募る。

それから一時間あまり。殴り、罵倒し、飽きると蹴った。顔には最初の平手を除き手も足も出さない。暴行が見てすぐわかるような傷をつけないだけの分別は、アルコールに蕩《とろ》けた脳でもあるようだ。やがて疲れ果て、父親は再び土間に腰を下ろすと、崩れるように眠り込んだ。意外と早く済んだとサドルは溜息をつく。母親がいないので、一人で父親を引き摺って部屋まで運んでいく。身体中が熱を持って痛む。それでもなんとかやり終える。だらしなく横たわりいびきをかく父親を、サドルは見下ろした。まるで濡れたぼろ雑巾のようだ。

ほぼ毎日、こんなことを繰り返している。

殺そうか。

ふと思う。

映画やテレビでそうあるように、殺意などというものはもっと激しいものかと思っていた。しかし彼に関してはそうではなかった。頭の奥に浮かび上がるそれは冷たく乾いている。冷静だと言ってもいい。幾度も頭の中で繰り返した様々な殺しの方法にしても、熟練した機械工が手順を確認するような、熱のない淡々とした作業でしかない。それでも殺せばスッキリするだろうとは思う。だがその程度の気持ちよさと引き替えに失われるものは大きい。母親のためにも、刑務所を出てくる兄を迎え支えるためにも、いや、それ以前に世界を救うためにも、そんな馬鹿なことに時間を取られてはいられない。来《きた》る万博の日まで。

今のサドルには、大好きな父親が幾度も自殺を試みていた気持ちが少しだけわかる。あれは生きたかったのだ。生きたかったからこそ、死を経験しようと思ったのだ。死にたくなるような何かに、いつも父親は抗《あらが》っていたのだ。

俺も戦うよ。

未明も、シトも、俺が救ってやる。

ついでにクソみたいなこの世界も。

そのためにも、俺は生きる。生きて抗う。万博まで。決戦のその日まで。

あるかないかわからない神へ、彼はそう誓った。

＊

息を切らして家に帰る。鍵を開けて中に入る。おかえりと声が掛かった。シトはただいまと言わない。心優しいシトにとってはそれは精一杯の反逆だ。妹のものをすべて捨てしまったことを、彼は決して許していなかった。それがオトナ人間に寄生されているためだったとしてもだ。

晩ご飯はすぐ食べられるよ。

奥から母親の声がする。が、これにも答えない。腹は減っていたが、だからこそ餌付けされるような気がしてすぐに食べる気はしなかった。

無視して二階に上がる。

妹の痕跡が失せた部屋はがらんとして見えた。あれから何日か経ったが少しも慣れない。その違和感を押し殺し室内着に着替え、ちょっとだけ横になっていたらいつの間にか眠っていたようだ。時計を見ると三十分が経過していた。その間に母親は呼びにはこなかったのだろう。いつもの過剰に世話を焼きたがる母親はやはり消えたのか。

チャイムの音がした。

この時間だと郵便だろうか。

母親の声が聞こえた。

――ああ、こちらです。帰ってます。よろしくお願いします。

誰かが入ってきた。

階段を複数の人間が駆け上がってくる。

逃げなきゃ。

不意に思った。ここ数日の厭な予感の総ざらえだった。思わず立ち上がり、どう逃げるか頭の中で考える。いや、考える前に逃げろ逃げろ逃げろ。

ドアが乱暴に開かれた。

背広姿の男たちが飛び込んできた。

声をあげる間もない。

俯せに押し倒され床に押さえつけられた。

やめろと暴れると背後から脇腹を殴られた。

息が詰まった。

背中で腕を合わせて手錠らしきものを掛けられる。

「立て」

言われるままに立ち上がった。

これから何が行われるのか想像が出来なかった。

両脇から支えられ、引き摺るように階下へと下りていく。

そこに母親がいた。

「お母さん」

呼び掛けるがシトとは目を合わそうとしない。

よろしくお願いいたしますと男たちに頭を下げる。

「何言ってるの。なんでこんなこと」

「全部あなたのためを思ってやっているのよ。辛くても全部あなたのためなの。まともな人間になって戻ってきてね」

「お母さん！　お母さん！」

叫びもがいていると、口にテープを貼られ、頭に布袋が被せられた。そしてほとんど担ぎ上げられるようにして家から連れ出された。家の前に停められていた大きな4ドアのセダンに、荷物同然に投げ入れられた。家の前には近所の住人が集まって、成り行きを見詰めていた。遅れて出てきた母親が声をあげて泣き出した。隣人が横にやってきて肩を抱き慰めている。何もかも芝居掛かっている観客を残して、真っ白のセダンは出発した。そしてみんなは、今観たものの感想を語りながらそれぞれの家へと戻っていった。

§ならば犬になればいい／１９６９　夏

1.

全国の学生がほとんど夏休みに入ったその日、人類は月に立った。アポロ11号が月に着陸した時の映像は繰り返し幾度もテレビで流された。その日は宇宙になど何の興味も無い人間も、NHKの特番を遅くまで見ていた。世界中の人が同じ衛星中継の映像を見ていただろう。

それは夢が叶った瞬間だった。

この「夢」は願いとしての夢ではない。現実と対極にある「夢物語」の夢だ。その時、人が月面を歩くなどという夢物語が、現実になってしまった。その瞬間「願えばどんな夢物語だって現実になる」という思いが人々の意識の中に芽生えた。そしてそれを成し遂げたのは人類の英知と、その一つの到達点である科学という学問であるという事実も同様に芽吹いた。

理性と合理に飽くことなき探求への情熱があれば、夢幻に過ぎなかった何かが現実になる、という現実。

その時誰もが気づかないうちに世界は大きく変わったのではないだろうか。それはあらゆる夢が夢でなくなった瞬間だったのだから。どれだけ馬鹿げた大それた夢であったとしても、人は等しく手を伸ばせば必ず届く。つまり夢に届かない人がいるなら、その人は手を伸ばすのを怠っているのだ。

この中継以降、全国のあちこちで繰り返された言葉——「何しろ人類が月に行く時代だから」

そう語られるとき漠とした子供の「夢」は失せた。そこにある「夢」は大人たちの欲望の集積としての「夢」だ。

そして人々は一九七〇年を迎えた。

日本の一九五〇年代。太平洋戦争に敗れ、植民地を失い、経済的に大打撃を受け、日本は食糧も工業原料も満足に自給できない島に再び閉じこめられた。どん底からの出発だった。その後日本に与えられた政治及び経済の民主化が様々な形で人々の夢を耕し、その後の朝鮮戦争による軍需が水を撒いた。経済は目に見えて安定し、日本は高度成長期を迎える。死んだ女神ハイヌウェレから食物が生まれるように、敗戦によって死に体となった旧日本を糧として新生日本は蘇る。神武景気、岩戸景気と神威すら感じる好景気が続き、東京オリンピック誘致により生まれた様々な需要によって経済はさらに潤った。一九六〇年に池田内閣によって発表された所得倍増計画――十年間で所得を倍にするという計画は、なんと七年間で目標を達成し、一九六八年には西ドイツを抜いて日本のGNPは世界第二位となった。

大人たちの欲望としての「夢」がどんどんと現実になっていった一九六九年七月、アポロ11号は月に到着したのだった。あらゆる〈夢〉が現実に直結した。〈夢〉のハワイ旅行。〈夢〉の超特急新幹線。〈夢〉の家電三種の神器。夢はキラキラと輝く未来の上に載った射的の的だった。

そしてその翌年、一九七〇年。アジアで初めての万国博覧会が大阪で開かれる。

博覧会は〈夢＝欲望〉をそそる物品と情報のショールームだ。そしてまた五年前のオリンピックがそうであったように、インフラ整備に会場の設置など、建設業を始め多くの企業が潤うことになるイベントでもある。それも〈夢〉。大勢の観光客もまた大人たちの〈夢〉。

オリンピックの成功が実績となり、国際的なイベントへの国民の期待は高まる一方だった。輝かしい未来をこの時ほど無条件に信じられた時代はなかっただろう。公害のような明るい未来に影を差すものでさえ、日本を沸き立たせる時代の熱気の中では繁栄の一側面にしかならなかった。

この時代の趨勢《すうせい》に水を差すようなことは存在しなかった。存在したとしてもそれは見えなかった。聞こえなかった。感じとれなかった。

物質的に豊かになっていく未来にことさら異議を唱えるのは、大人のすることではなかった。青臭い理屈で反対のための反対を、しかも暴力的な方法で行う学生運動家でもないかぎり、この時代の空気に逆らいはしなかった。いや、学生運動ですら時代の活気を飾り立てた異形の花束だった。

人の欲望が大好物のオトナ人間たちがこの万博を前線基地として位置づけたのは、もっともなことだ。

そして大人たちの様々な欲望の発露である祭が、子供たちの視線で見ても別の魅力を持つ祭として成立するように、万博は大人たちの意向とは別に、子供たちにとっても魅力的な「祭」だった。それは本来の意味での夢を感じさせ、経験したこともないような未来世界を提示してくれていた。漫画週刊誌のカラーページで大阪万博が紹介され、そこではまるで怪獣のようなパビリオンが君臨するぴかぴかの未来像が描かれていた。多くの子供たちはそれに魅了されていた。

大人の〈夢〉と子供の〈夢〉が大阪万博へと収束されていく。シトもサドルもそれを実感として感じていた。

だが具体的に何がどうなるのか、そこまではわからなかった。何か大きな変化が起こりつつあるという高揚感は、彼らだけでなくこの時期日本国民の誰もが感じていたのではないだろうか。

歴史的な分岐点へと向けて、激流を下るような勢いで事態は進行しつつあった。

2.

車が去っていく音が聞こえた。

頭に被せられた布袋を取ったとき、最初にシトの目に入ったのは正面にあるコンクリートの箱のような建物だった。

それはくすんだ灰色で、一棟しかない小さな団地のようだった。が、良く見ると窓の数が極端に少なく、しかもどの窓にも鉄格子が塡《は》められていた。

今自分の立っているところは中庭で、四方を高いコンクリートの塀が囲んでいた。そしてその塀のさらに上には有刺鉄線が幾重にも張り巡らされていた。

両脇から腕を摑まれ、建物の入り口へと近づいていく。鉄製の門扉がぎちぎちぎちと音をたてて開く。電動の扉のようだ。

扉を潜《くぐ》ると広いホールに出た。

入れ違いにストレッチャーに毛布に包まれた人間が乗せられ、白衣の男たちに囲まれて走り出ていった。その辺りに職員らしい制服を着た男たちがたむろしている。

――人迷惑な。

――またかよ。

――死にたいならきちんと死ねよ。

どうやら今の人間は自殺して運び出されていったようだ。

大変なところにやってきたぞと思いながら、ホールを抜けて一階奥の扉へ。これもまた自動で開く。シトたちが入ると後ろで勝手に錠が掛かった。さらに奥へと行くと突き当たりに部屋があった。

院長室のプレートがかけてある。

部屋に入ると奥に大きなテーブルがあり、その向こうに椅子に納まらないような巨漢が座っていた。

榎美虎だった。

榎はシトを手招きした。

二人の男が両脇から抱え、爪先が床から離れる。そのまま手荷物のように榎の前に立たされた。

「君が森贅人《もりしと》君か。何度見てもただのガキにしか見えんがなあ」

テレビや講演などよりずいぶん口が悪い。

「私がここの代表者だよ」

シトは黙って榎を睨みつけた。

榎はふんっ、と鼻で笑った。

「こう見えてこの猪名川《いながわ》精神病院は並みの刑務所よりも外に出るのは難しい。そのために最新鋭の監視システムが使われている。ほら、あそこを見ろ」

榎はシトの後ろの天井を指差した。

「あれは監視カメラだ。二十四時間、おまえたちはあれで監視されている。この設備だけで、おまえには想像もつかないほどの金が注ぎ込まれている。何しろここは大人たちの前線基地だからな。万博の成功のためには、おまえのようなクズを矯正する必要がある。殺しもせず閉じ込めもせず、社会に馴染むように矯正するんだから、非常に慈悲深い仕組みだと思え」

睨みつけるシトを見て、榎は舌打ちをした。悪意が瘴気のように榎の身体から立ち上る。学校で見た榎とは別人だ。

「ちょっと指導してやってくれ」

榎がそう言うと、両脇で立っていた男たちは腰に吊した警棒のようなものを取りだした。

「それはキャトル・ブロッドといって、家畜用の電撃棒だ。どうやって使うかというと」

警棒の先に電極がついている。

弾けるような音がして、そこから火花が散った。

何気なく、その電極をシトの脇腹に突きつけた。

ばんっ、と大きな音がして小さな雷が走った。

シトはぎゃっと声をあげた。

激痛が身体の中で弾けた。

身体から力が抜け、へなへなとその場に座り込んだ。立ち上がろうと思うのだが、全身から力が抜けて動きが取れない。

「抵抗しないこと。従順でいれば、ここも天国だ。病院であり矯正施設で、刑務所じゃないんだからな。じゃあ、これで面談は終わり。部屋に案内してもらえ」

ぐったりとなったシトは、二人の男たちに引き摺られて、部屋から運び出されていった。

＊

二度目の子供集会を終えて第一会議室を出た。子供集会では『社会で守る二十五の約束』というものを毎回解説し、幾度も幾度も復唱させ覚えさせられる。親を大事にするだとか他人に迷惑を掛けないだとか、おおよそ当たり前の道徳的規範の中に、大人として社会に貢献するとか、子供は年長者に従えとかいった、オトナ人間にとって都合の良い教えが入れ込まれている。それを二回目にしてだいたいの〈患者〉たちが暗唱できるようになるのだ。病院に収容されている〈患者〉の七割は、年齢に関係なくなんらかの形でコドモ軍に関係しているが、三割はただ社会に対し反抗的な、あるいは生きづらさを抱えているだけの人間だった。

会議室を出ると電撃棒を持った職員に追われ、みんな足早に移動する。急いでてきぱきと移動しているという態度が必要なのだ。

皆に合わせ、小走りで廊下を進んでいるときだった。

シトは我が目を疑った。

そこに九栄真一がいたからだ。

すぐに話し掛けたかったが、監視カメラの下では避けたかった。職員たちの目もある。そっと近くに寄り自分の部屋番号だけを告げる。すぐに真一も番号を教えてきた。職員が近づいてきたので、真一から離れ足を速める。今はこれで充分だ。そう思いシトは自室へと急いだ。一日の行動は分単位で定められていた。指定の場所から次の目的地への移動時間は平均値が定められており、それを超えると警告される。さらに超えると罰則が、たいていは電撃棒の一撃を食らうこととなる。さらに逆らえば、中からは開けられない個室に入れられる。職員はあくまで個室と言い張っているが、これは独房だ。反省するまでは出してもらえない。

猪名川精神病院に運ばれてから一カ月が経っていた。ここは病院とは名ばかりの施設で、経営母体はコドモノヒ協会だ。そしてやっていることはオトナ人間の社会に馴染まない人間を収容して教育する場所とされていた。が、実際行われていることは教育というよりも洗脳に近かった。

だから既にオトナ人間に憑依されているはずの真一に、ここに送られる意味はないはずだ。なのに何があって真一はここにいるのか。

シトのいる部屋は二人部屋だ。同室にいるのは生田という男だった。大きな目を見開き、いつも周囲を見回している。よほど酷い目に遭ったのか、いつも何かに怯えていた。今はベッドに腰掛け、ぼんやりと壁を見詰めている。

シトも同様にベッドに腰掛け、壁の時計を見た。午後三時だ。今から三十分はこの部屋で休憩が出来る。三時半になると各班に分かれて清掃が始まる。

三十分あれば充分だった。

シトはQ波を受けて離魂する為に目を閉じる。己を大きな空豆だとイメージしてぎゅっと力を入れる。ぽん、と魂が飛び出した。

ユーレイは障害物をすり抜ける。シトは真一から教えてもらった部屋にまで直線のコースを選んで、飛んだ。

一部のオトナ人間――おそらく長期にわたって寄生されている人間はユーレイを見ることが出来る。しかし監視カメラには捉えられることがない。

一度ここから外に出られるのではないかと思って、建物から出ようとしたら庭先の犬が一斉に遠吠えを始めた。その鳴き声を聞いたら、しゅっと元の身体へと吹き飛ばされた。庭に沢山の犬が飼われている意味がそれでわかった。犬の遠吠え以外にも鴉《からす》の鳴き声にも弱いようで、鴉もまた昼夜問わず建物の周囲を飛び回っている。

ユーレイとなって外出することはかなり難しそうだ。が、外に出なければ、そしてオトナ人間に見つかりさえしなければ、強制的に身体に戻されることはなさそうだった。ユーレイになれば建物内を自由に移動出来る。職員に見つからないための工夫もいろいろと試みていた。人は室内で頻繁に上を見上げたりはしない、というのがその結論だ。だから基本的には天井裏をつたい、位置確認にときどき天井に出る。

今もシトはそうやって教えられた部屋の方へと向かっていった。何度か職員とも出会ったが、無事やり過ごすことが出来た。ユーレイとなって移動するのにも慣れてきた。迷うことなく教えられた部屋番号の前にまで来る。

番号を再度確認してから扉を越えて中へと入った。ここも二人部屋だ。一人はベッドに横になって眠っているようだ。真一はライティングテーブルに向かって何かを書いている。その目の前をシトは横切った。Q波を浴びた人間は魂が見える。

真一はすぐに気がついた。何を言うでもなく、静かに目を閉じた。そしていきなり魂が飛び出てきた。真一もいろいろと研究を重ねたのだろう。

「彼は大丈夫なの？」

シトは横になった男を指差した。

「大丈夫。こいつは一日の大半をこうして眠っている」

「よく見つからないなあ」

就寝時間以外の睡眠は禁じられているのだ。

「運がいい男なんだよ」

「それで、真一はなんでこんなところに」

「だよな。聞かれると思ったよ。慎司が俺を連れ戻しに来たこと、サドルから聞いたか」

シトは頷く。

「あの日、俺は慎司のことを信じられなかった。一卵性双生児だしな、さすがにおかしい事には気がつくよ。これはオトナ人間に憑依されてるなってな。でも、あそこで逃げ出したり喧嘩したりってのはまずいんじゃないかなと思った。それよりは信じた振りをしていったん家に戻った方がいいんじゃないかって」

家に戻ると、思ったとおり家族はすべてオトナ人間に憑依されていた。そのことを隠すつもりもないようだった。そして真一に憑依を試みた。元々オトナ人間に近い体質を持ったものなら、いくつかの質疑を繰り返すだけで憑依が可能なようだ。しかしQ波を浴びた真一にはそんなもので憑依することは出来ない。そうなると複数での尋問が開始される。それはほとんど拷問に近い。真一はそれに負けた振りをした。時間がちょっと欲しかったからだ。

憑依されたと信じさせ、慎司と二人きりになれる時を待った。そして慎司を背後から抱きかかえてグルグルと回した。暴れる慎司を振り回すのはかなり力がいった。しかも、新しく植え付けられた人格が抵抗したからだろうか。なかなかQ波が生じなかった。それでも汗だくになって格闘した結果、ようやくいつも通りの慎司が戻った。

「それからも憑依されたままだというような芝居を続けた。で、俺はサドルとの約束を守ろうと思った」

「約束って？」

「オトナ人間との戦いに決着をつけるってことさ。そのためには仲間が必要だった。サドルはどんどん同級生たちにQ波を浴びせていた。が所詮一人のすることだ。増やせる数に限りがある。で考えたんだ。Q波を受けたものたちはだいたいオトナ人間たちが手を焼いて、ここに送られてくる。つまり、ここにいればQ波を浴びた人間が何もしなくても集合してくるということだ。そうしたら案の定シトが送られてきたってわけだ。後はどうしてここを脱出するかだ」

「ちょっと待って。ただ脱出しても、すぐに捕まるだけだよ。捕まらないにしてもずっと逃げ続けるわけで、それはあまり良くないでしょ」

真一が不審そうな顔でシトを見た。

「なんかさきざきの段取り考えてるんだな」

「……オトナっぽいって思った？」

「だな」

「心配性なんだよ。サドルみたいに考えながら走るっていうか、走ってから考えるみたいなことが出来ないんだ。子供だけどね」

「……信じるよ」

「ありがとう」

「有り難がっている場合でもないんだよ。一度Q波を浴びると、今度は簡単に憑依されなくなるってのは知ってるだろ」

「うん」

「そういう人間のためにここが作られたらしいんだ。オトナ人間が憑くための方法がいろいろと研究されている。子供集会だってそうで、あれだけで簡単に落ちる人間もいるらしい。俺たちにはまだまだ手ぬるい手法で憑依を試みてるみたいだけどな。これからもっと手ひどい方法で来られたら、それに俺たちが耐えられるかどうかだよ」

「急がなきゃならないってこと？」

「その通り。じっくり考えている間がない。だから今弟と連携して、ここにいるQ波を浴びた連中を全員脱走させるための計画を進めている」

「どうやって外と連絡を取ってるの」

「後で教えてやるよ」

真一はにやりと笑った。

3.

どこをどう監視しているのか、放課後に寄り道するとあっという間に子供安全パトロールの補導員がやってくるようになった。かといって校内では後藤たち治安部隊が幅をきかせている。ちょっと後藤に逆らっただけで、職員室にまで引っ張られていく。横暴な態度をたしなめる教師もいない。そのためどんどん増上慢《ぞうじょうまん》する。そして高圧的な態度をとればとるほど、後藤たちに媚びる人間が増えていった。こんな学内の現状に、居づらいと思う生徒の数も増えているはず。そう思ったサドルは、休み時間を利用してそんな生徒にQ波を経験させ仲間に引き入れていった。サドルにしてはずいぶん地道な作業だが、今のところ飽きることなく繰り返していた。Q波を浴びせた生徒の中には、二重スパイをしてオトナ人間たちに情報を漏らしている生徒もいるかもしれない。が、サドルはそんなことをまったく気にしていなかった。彼は彼の運の良さを本当に信じていたのだ。だから状況が許せば次々にQ波を浴びせていく。

とはいえ、猪名川精神病院からシトたちを脱走させる計画がオトナ人間たちに漏れるのだけは、なんとしても避けてきた。

そしてようやく夏休みを迎えた。

学校を離れれば学校の監視からも離れられる。サドルはそう考えたのだが、それほど簡単なものではなかった。

子供安全パトロールという名の自警団は、町のそこかしこにいた。それはオトナ人間に憑依された人が増えてきていることを意味していた。シトの親がオトナ人間だったように、どこの家にもオトナ人間がいる。町中がオトナ人間だらけなのだ。だから夏休みだからといって子供たちも自由に行動出来るわけではなかった。たとえば対オトナ人間の対策を仲間たちと話すとき。周りにオトナ人間がいないところでなければならない。しかし町中がオトナ人間だらけなのだ。話し合うだけでも工夫が必要になる。

今、国中が新しい街造りに勤しんでいる。高速道路を始め道路は次々に整備され、夏草のように新しい建造物が町を埋めていく。町並みは見る間に真新しく光を放つ〈未来〉へと変わっていった。

しかし急《きゅう》拵《ごしら》えの〈未来〉の町はちょっと路地を逸れると、急激な開発から取り残された闇が潜んでいる。街灯の届かない袋小路の薄暗い私道には雨が降ると泥水が溜まり、三軒つながった木造長屋の、一間にも満たない狭い間口の玄関先に置かれた鉢植えの植物群と錆びた三輪車。濁った水の中でボウフラとメダカが共存している金魚鉢。そんな、人攫《ひとさら》いが子供をつれていくに相応しい、夜が沈殿したような仄暗《ほのぐら》い場所がそこかしこにあった。

そしてサドルのような子供は、日陰に咲く花や岩陰に潜む虫のように、そういった光の射さない場所を好む。そういった所には子供だけが通る道なき道――けもの道ならぬこども道が存在する。

そこを駆使すれば、オトナ人間に見つかることなく秘密の会合を開くことが可能だった。

今もサドルはその〈こども道〉を進んでいる。ブロック塀とブロック塀の間の、サドルたちですら身体を横にしないと通れない隙間を過ぎ、他人の家の中庭を抜け、小さな町工場裏の通路をしばらく歩くと、古びた煉瓦塀に登り、猫のようにその上を進んだ先に、彼らの〈第一会議室〉があった。そこは周囲を別々の家に囲まれた四畳半ほどの空き地だった。不動産登記簿を調べれば誰が持ち主なのかわかるかもしれないが、おそらく四方を囲んでいる家の持ち主もここが誰の土地かを知らないだろう。それどころか、ここにこんな空き地があることすら知らないかもしれない。この季節夏草の生い茂るこの場所が、サドルの秘密の会議室の一つだった。

昨夜雨が降ったので靄が出来るほど湿度が高い。草いきれに混ざり、腐臭がする。どこかで鼠が死んでいるのかもしれない。その小さな空き地で、黴《か》びて黒ずんだコンクリートの壁に向かってしゃがみ込んだ小さな男がいた。叢《くさむら》をじっと観察しているようだ。

「坂本さん」

サドルが呼び掛けると、男はゆっくりと後ろを振り向いた。

「おう、サドルか」

目が細くなってへの字になる。

愛想の良いニホンザルのようだ。

「草掻き分けてな、じっくり観てみ。ここバッタが一杯いるのな」

「持って来たよ」

サドルが大きな布袋を見せる。

振るとがちゃがちゃと音がした。

「坂本さん、確認してください」

袋を開き中を確認させる。茶色い瓶がぎっしりと詰まっていた。甘ったるいにおいが漂い出す。

坂本はそれを、ジャガーズの『君に会いたい』を口ずさみながら一本ずつ取りだして並べ始めた。

――わっかさゆえ～、くるしみ～、わっかさゆえ～、なーやみ～。

音程に幅がなく、どこかお経のようだ。

瓶は五本で一列。それを何列も並べていく。作業を続ける間、曲の冒頭の部分だけを延々と繰り返している。そのせいでいつまでもただ苦しみ悩み続けている。

「はい、大丈夫」

数を確認すると今度は再び袋へと戻す。戻すときも苦しみ悩む。最後にきゅっと袋の紐を締めると坂本は言った。

「あのさあ、俺、もうこの商売辞めるから、悪いけどこれが最後な」

「辞めるって、どうしたんです。何か始めるんですか」

「ほら、これ」

坂本は長袖のシャツをグイと捲り上げた。

二の腕にはボールペンで書いたような稚拙な龍の入れ墨が入れられていた。

「組に入ったんだよ。なんか最近よ、頭の切れるもんがどんどん組に入っていくわけだよ。俺の周りでな、どんどんどんどん。入らない奴も堅気の職に就いたりして、俺だけ取り残されちゃって。いい大人なのに情けなくってよ。まあ仕方ないよ。俺馬鹿だからさあ。ところが、この間とうとう話があってさあ」

嬉しそうだ。

「で、墨入れてもらったんだよ。これ高ぇんだぜ。それを組の兄貴が払ってくれて、その分組から借金してくれたんだよ。有り難いだろう」

それって騙されているんじゃないかと思ったが口には出せなかった。

「おまえの兄貴は見るからに頭良さそうだろ。実際頭いいもんなあ。組からも誘いがあったらしいぞ。ところがな、みんなが賢い事をするようになってうんざりだって言うんだよ。わかるか、弟くん」

もちろんわかった。馬鹿のままでずっといたいというサドルの気持ちと同じだ。

「やっぱ、おまえわかるのな。変な兄弟だよな」

「ですね」

サドルは何故か得意そうだ。

「でも兄貴のあれもな」

坂本は声を落とした。

「もしかしたらはめられたんじゃねぇのか。ずっと組に逆らってたかんな。大人になれよってさあ、俺、兄貴にいつも言ってやってたんだけどなあ」

「坂本さん」

「なに」

「お願いがあるんですよ」

「なになに」

「確かショベルカー運転出来るって言ってましたよね」

坂本は目の前で、手を横に激しく振った。

「だめだめ。免許持ってねぇから。無免許。昔ね、ドカチンの手伝いやってるときに、ちょっとこれ動かしといてくれって、頼まれてね、そんでほんのちょっと、こう場所を変えたりしてたんだよねえ。ほんとそれだけなんだな、あれは」

「それでも充分出来る仕事ですよ。まあ、今すぐじゃないんですけど、ほんのちょっと手伝って欲しいことがあって。すぐに坂本さんの顔が浮かんだんです。もちろんお礼はします」

サドルは坂本の耳元に口を寄せて金額を言った。

「うわっ、それは凄いね。いいお小遣いになるけど……、それは弟くんの小遣いからでてるの？」

「そうです。俺の金です」

「でもそれは——」

「お願いします。まだどんな内容かは言えませんが、手伝って欲しいんです。坂本さん、よろしくお願いします」

サドルは膝をつき、額を叢の中に埋めた。

「いや、待って待って。そんな事をされても困るよ。でもな、君の兄ちゃんにはずいぶんお世話になってるからなあ」

「よろしくお願いします」

「それはなあ……あのな、弟くん。俺が、みんなになんて呼ばれてるか知ってる？」

「ちい坊さん」

「そうそう。『さん』はついてないけどな。なんで俺がちい坊なのか知ってる？」

「いいえ」

「丁度弟くんぐらいの年の時苛《いじ》められててな。んでなんかいきなりズボン脱がされんのよ。こう、いきなりぐいっと。で、ときどき失敗してパンツまで脱がされて丸出しになるだろ。それを何度もやられるから最初はちんぽって呼ばれてたんだけど、さすがにそれじゃあ外で呼びにくいってことでちい坊って名前をつけてもらったんだ。ちんぽ、ちんぽう、ちい坊ってな」

そう言うと一人でゲラゲラと笑う。

「まあそれはいいんだけどね、でもなあ、できたらきちんと名前で呼んで欲しいわなあ。で、弟くんはきちんと俺の名前きちんと呼んでくれるだろう。嬉しいんだ、これが」

恥ずかしいのか顔を真っ赤にして坂本は言った。

「だからなんでも手伝うよ」

そう言うと顔中をくしゃくしゃにして坂本は笑った。

「じゃあ、またな」

袋を持って立ち上がった坂本は意外なほど機敏な身のこなしでキャットウォークじみた塀の上に立ってさっさと歩き出した。こう見えて昔サーカスの芸人だったんだ、といつも自慢していたが、まんざら嘘ではないかもしれない。

坂本を見送ると、サドルは壁にもたれ、叢に尻を落とした。小さなバッタが一斉に逃げ出した。むっとする青臭い温気を思いきり吸って、ゆっくり吐く。

虫になったような気分がした。

「決戦の時は近い」

隣に腰を下ろした少女将校ガウリーが言った。

「オトナ人間たちはその日に向けて時間軸に沿って移動している。その特異点に向けてな」

「お久しぶりです」

「私にはそれほど久しぶりだとは思えない。実際いつでも私はあなたといるからな」

「……そうなんですか」

「そうだ。さっきも言ったようにオトナ人間は時間軸に沿って決戦地へと移動している。しかし我々コドモ軍は主に子供たちの救出を目的とし、乗務員たるべき神の子供たちを招集していく旅を重ねている」

「俺も救出に来たのですか」

「あなたは救出を必要としているのか」

サドルは笑いながら首を横に振った。

「でもシトが捕まりました」

「心配か」

「そりゃあ、もちろん。あいつを救出出来るんですか」

「多分無理だ。我々の乗る巡洋艦はこの世界に現れるのにいくつもの条件がある。こうやってあなたの前に現れているのは、像だけだ。実は伴っていない。出来るのはせいぜい触れることぐらいだ」

そう言うとガウリーは細く長い人差し指で、サドルの額に触れた。

「冷たい」

ガウリーは薄く笑った。

「それが私の指だ。これが精一杯。本当の意味で我々が出会えるのは、最終的なオトナ人間との決戦の場、大阪万国博覧会という特異点でのみだ」

「良くわからないけど、万博会場で会えるってことかな」

ガウリーは頷く。

「それで、俺たちは万博でどうしたらいいんです」

「まずは大阪ヴァイタフィルム館というパビリオンを目指せ。我々の力が及ぶ各時間各空間の前線基地の一つがそれだ。後は向こうで誰かが指示してくれるだろう」

「誰かがって、誰かわからないということですか」

「でたとこ勝負だ」

そう言うとガウリーは笑った。

「それがコドモ軍らしさというものだ。計画的に合理的にやろうとすればするほど我々はオトナ人間に取り込まれていく。だから作戦のほとんどは行き当たりばったりだ。我々としてはオトナ怪人やオトナ怪獣かなにかと戦いたいところだがな。そんなものを出してこないからオトナ人間なわけだ」

ガウリーはそう言うと、ふふふと気の抜けた声で笑った。ああ、何て愛らしいんだと見とれかけて慌てて目を逸らした。言い訳でもするように早口でサドルは言う。

「なんとだって戦うよ。でも今はシトを救出しようと――」

「我々の邪魔をするために奴らはシトを措置入院させた。奴らが万博までにシトを解放するわけがない。つまり方法は一つ。今あなたが考えている、それしかない。しかし」

ガウリーはサドルの目をじっと見詰める。目を逸らしてはならない。にやにやしてはならない。サドルは必死になって目を見開き、真剣な顔でガウリーを見詰め返した。ガウリーは話を続ける。

「そんな事をしたら、あなたたちは社会的に抹殺される可能性が高まる。その時にはすべての大人が敵となるからね。はっきり言ってあなたたちに勝ち目はないだろう。だからシト救出を行うのなら、それはそのまま大阪万博での決戦に持ち込まなければならない。どういうことかわかるか」

「猪名川精神病院からシトを脱走させる時は、間髪容れずそのまま万博会場に向かうこと、ってことかな」

「そのとおり。奴らの力を馬鹿にしてはならない」

うむ、とサドルは考え込んでしまった。彼の性格からいっても、出来ることはさっさと済ませたい。勝つためにはどうしても事前に計画しなければならないにしても、最長準備期間はひと月が精一杯だろう。それ以上待つことなど、彼の人生にはないことだった。やったことがないのだから、やってみないとわからない。それがサドルの考えだ。

「いつ、攻め込んだらいい」

「一九七〇年四月二十六日」

「凄くはっきりわかってるんだな」

「その時、様々な要因が重なり、我々コドモ軍の力が大きくこの現世に影響を与えることが可能になる。そのエネルギーの通路が、その日、万博会場に開かれる。いや、開かねばならない。その最後の条件を、あなたたちに叶えてもらえなければならない。その時になればそれがどのようなものかあなたたちにわかるだろう。今の状態では我々にもそれがどのようなものかわからない」

「それじゃあ俺がわからなくても仕方ないよな。でもその場になればわかるわけだね」

「ああ、その通り。あなたなら出来る」

それがほぼ一年先の話。サドルにとって、この世の終わりまで待てと言われたようなものだった。

深く深く溜息をつく。

今すぐ始めたら駄目かな。

そう言いながら横を見ると、もうガウリーの姿は消えていた。

4.

液状の夜を掻き分けながら前進する超弩級巡洋艦〈テレビジョン〉。それは一つの都市を丸ごと抱え込んだ巨大な鯨だ。端から端まで歩けばたっぷり一週間はかかるこの巡洋艦の中で、あらゆる世界から救い出された寄る辺ない子供たちが暮らしている。〈テレビジョン〉は子供たちの痛み哀しみ絶望を、口腔にある味蕾《みらい》で探知する。その数や絶望の深さで数値化された子供たちの寄る辺なさに応じて〈テレビジョン〉は救出に向かう。探査対象は子供の存在するあらゆる年代のあらゆる世界だ。そこには虚構《フィクション》と事実《ファクト》の区別さえない。

たとえば〈テレビジョン〉の急襲部隊（日によって気分で部隊名は変わる）の隊長は、角前髪《すみまえがみ》に四つ身裁ちの羽織袴も愛らしい利発そうな日本人の子供だ。彼は『菅原伝授手習鑑《すがわらでんじゅてならいかがみ》』寺子屋の段の登場人物小太郎だ。菅原道真の息子菅秀才《かんしゅうさい》の身代わりとして、父松王丸に命じられ首を討たれる寸前、物語から救出された。彼は悲劇的な最期をただ大人たちへの見世物として提供するために殺された子供たちの代表として、オトナ人間たちと戦っている。

たとえば艦内の大きなパン工場を経営しているのは美貌の少女インゲルだ。アンデルセン童話の『パンをふんだ娘』で、靴を汚したくないが故にパンを踏んで地獄に堕ちた少女が彼女だ。インゲルもまた子供たちへの教訓のために地獄に落とされた。ただ美少女が不幸な目にあうのを見たいという欲望のためだけに彼女は生まれた。インゲルは地獄から救出され〈テレビジョン〉でパン工場を経営している。艦内で一番売れているのが「足を置くためだけに作られたパン」だ。赤いマントで身を包む赤ずきんの口癖は「おまえの腹を裂いて石を詰め込んでやろうか」だ。

虚構と事実が混ざり合うこの船の艦長はいつも言っている。

——我々は嘘とほんとの区別をしない。だいたい物語の中の人が、ここが嘘の世界かほんとの世界かなんて考えるはずがない。どんな世界の子供であっても、ぼくたちはただ不幸な子供を救出し守るだけだ。

その節操のなさが彼らの誇りだった。

ここに子供たちを傷つけるものは何一つない。だから子供たちが船の外に出たいと思う理由は一つもないはずだ。だがもしも、再び外の世界に出てみたいと思ったとしても、それはほぼ不可能だ。この船はさまよえるオランダ船のように、容易《たやす》く寄港出来ない呪いが掛けられていた。

巡洋艦が航行する〝液状の夜〟は操船しやすいように全体を感覚的にざっくりと捉えるための形を持った比喩だ。世界の実像がわかりやすいようにレンダリングして表示されているわけだ。

世界の実像は一涅槃寂静《ニルヴァーナ・ヴーパセナ》――10の-24乗秒ごとに切り取られデタラメにばら撒かれた断面の集積だ。世界は片付けられない男の部屋のように雑然として無秩序だ。しかしそれを脳が捉えたとき、断面と断面の間に因と果が生まれ繋がっていく。この断片と断片の繋がりが時間と空間を生む。この仕組みはアニメーションそのものだ。世界とは宇宙規模のアニメーションなのだ。そしてコドモたちの無時間で無秩序な世界は、このありのままのアニメーション世界と親和性が強い。

オトナはこの断片を見ることが出来ない。それが繋がって初めて世界として認識できる。それは人の目の構造と相似だ。人は静止した画像を画像として捉えられない。だから固視微動といって、目は絶えず眼球を動かしている。オトナの脳も常に断片と断片の間に因果を生んでその動きで世界を世界として認知する。

しかしコドモたちは、その親和性の高さ故に、無数の断片が並ぶ世界をそのまま認識することも出来る。だからこそQ波が使え、この不可知の領域に船を飛ばすことだって出来る。そしてこの世界との親和性が一定の数値よりも下がったとき、人は断片を感じ取れなくなりオトナになる。

オトナ人間はこの世界の構造を熟知している。無秩序無時間などというものは、寄生体であるオトナ人間にとっては不快で毒にも等しいものだ。だから彼らは世界と親和性の高いコドモに憑依しその肉体を乗っ取る。そして直線的な時間と秩序を与えようとすることで自由意志の介在しない完全に秩序だった世界を実現しようとしているのだ。そうそれはまるでSF映画に出てくるディストピアそのものの世界だろう。オトナ人間はそういう世界環境でないと生きていけないのだ。彼らがコドモに憑依することで人類の文明に干渉するのは、ある種の惑星改造《テラフォーミング》なのだ。

この巡洋艦の中はそういったオトナ人間の干渉から隔離された無菌室のようなものだ。

基本船の中の時間はただ循環している。

それと直線的な〈外〉の時間とは、船が停泊でもしない限りすれ違うだけだ。そのすれ違う瞬間のみ〈テレビジョン〉とその乗員たちは現実世界と干渉ができる。それも様々な条件が重なってようやく可能となる。この間に救出部隊はその世界へと舞い降りて、報われぬ生を受けた子供たちを救出する。

それは砂嵐のさなかに一粒の塩の結晶を摘まみ取るような繊細な作業で、普段はいい加減ででたらめな子供たちも、さすがにこの時ばかりは氷柱のようにカチコチだ。

今も迫り来る決戦の日に向けて、普段になく〈テレビジョン〉乗組員たちは真剣な顔つきだった。

船窓から見えるのはビニール製の夜の海――幼児領域《インファント・ドメイン》だ。幼児領域は、オトナ人間に不可知不可触の空域だ。決して手を出せないこの空域を、オトナ人間たちは『インチキの海』と呼んでいた。手の届かぬ美味しいブドウを羨んで酸っぱいブドウだと言うような名前の付け方は、子供たちの嘲笑の的だった。

今〈テレビジョン〉は、次の目的地に向けて標準時単位あたりの仮想距離を伸ばしていた。乗務員及び〈テレビジョン〉の隷属脳の主観時間はほとんど変わりがないが、外部の観測者から見れば倍ほど速度が跳ね上がっていた。

「急ぐ旅じゃないけどね」

艦長は誰に聞かせるでもなく言い訳を言う。一応彼はこの巡洋艦の中でもっとも偉い人間なのだが、そんな自覚などほとんどない。透明な硝子の内と外を這うカラフルな虫たち、という入力デバイスのデザインは艦長の趣味だ。操縦桿はアトラスオオカブトの三本角になっている。これを持って操縦するのは非常に難しいだろうが、基本的な操作は自動で行われており、角はほとんど艦長の身体を支えているだけだ。しかもいざという時に操船の中心となるのは鈴の音《ティンクル・オブ・ベルズ》たちと呼ばれる虫だ。〈鈴の音〉たちは燐光を放つ透明な身体と羽を持っていた。硝子細工のカマキリのように見えなくもない。ただし頭部には金色の長い髪があり、正面から見ると金髪の少女を撮ったピンぼけ写真、あるいはちょっと変わった心霊写真のようだ。彼女たち〈鈴の音〉は通常ティンクと呼ばれていた。

平べったい水槽のように見える操縦パネルの中や外を這っている虫もそれぞれ異なる色に輝いている。指揮棒を持ったティンクが、羊飼いのようにその微少な虫を規則正しく動かしている。光る虫たちの渦は幾筋にも分かれ渦を巻き螺旋《らせん》を描いた。渦はそれぞれが意味を持った単語となり文章を形成している。コドモ語と呼ばれるこの言語もまた、オトナ人間を排除する仕組みになっており、基本大人たちは読むどころかそれが文字であることが理解出来ない。

液状の海の背後から、強大な運命圧の力を受け大きな波動が引き起こされた。高圧的な分厚い波だ。この波に乗ればさらに高速で移動できるが、波に呑まれるとかなりの時間を浪費することになる。この船のティンクたちは経験豊富な水夫たちばかりなので、臆することなくこの波を利用する。

船が揺れた。

波の第一陣が〈テレビジョン〉に到達したのだ。

おうおうおうおうと唸り声が聞こえ始め、微妙に船が揺れだした。

艦長はさらに加速を感じる。

帆翼が開かれたのだ。

捻れ歪む水飴のような帆翼が四枚、大波を受けて羽ばたく。

夜に起きていることが〈テレビジョン〉をさらに興奮させ、半透明の帆翼が恥じらうように赤味を帯びた。

「艦長」

いつの間にか少女将校ガウリーが艦橋に入っていた。

「サドルの方は順調に進行しています」

「忘れましたか。我々が彼の地に寄港するための錨《いかり》となる人物です」

「サドルって？」

「ああ、あの子か。友達になれるかな」

「なれますよ。というか、なれなくても良いじゃないですか」

「仲良くないとなあ。虫が好きならいいなあ」

「それは我々が彼の地に上陸してからのお楽しみということで」

「そうだね。楽しみだね」

船はますます速度を上げ、おうおうおうと船が嘆いている。

「その前に一度干渉することが必要です。夢で幾度か連絡を取りながらやっていますが、そこでオトナ人間に邪魔をされるとちょっとややこしいことになります」

「じゃあ、その時ぼくを呼んでよ。一緒に戦うから」

「そうですね。総力戦とはいきませんが、手伝う必要があるかもしれませんね」

「ねえ、君ってそんな喋り方だった？　それってゴッコだよね」

「ゴッコだよ」

魔術師に種明かしされた観客の顔でガウリーは言った。

「ほぼ君のはコスプレだね」

「いずれにしても、私はどちらの世界でも虚像《アイドル》だから。どうせならあっちの世界で本体と入れ替わりたかったな」

「嘘だ。虚像の方が気楽で楽しいと思ってる」

「さあ、どうでしょうね。いずれにしても、私はどちらの世界でも虚像《アイドル》だから。どうせならあっちの世界で本体と入れ替わりたかったな」

「あらら、しゃっくりが始まっちゃった。もう報告は終わったんでしょ。消えて大丈夫」

「そんな寂しいこと言わないでよ。いずれにしても、私はどちらの世界でも虚像《アイドル》だから。どうせならあっちの世界で本体と」

不意にガウリーの姿が微細な光に拡散して消滅した。作り損なった花火のようだった。

しばらくしらけた顔でガウリーの消えた空間を眺めてから、艦長は呟いた。

「で、俺って虚像だったっけ。まあいいけど、どっちでも」

5.

コドモ道の果てにある小さな空き地をサドルは単純に秘密基地と呼んでいた。ここだけはオトナ人間の監視網からぽっかりと抜け落ちているようだ。少なくとも今のうちは。

今日ここに招いた客は九条兄弟の弟、九条慎司だ。

「最低の夏休みだ」サドルが言う。「どこにいっても見張られてる」

「学校でも同じだよ。俺なんか出来るだけおまえに近づかないように気をつけてるんだぞ。だいたいおまえ目立ちすぎだよ。俺もただでさえ治安部隊の連中に目をつけられているんだから、おまえと話しているなんてわかったら、即病院送りだよ。だから夏休みはまだ会える時間がたくさん取れる。今の間に病院の中と連絡を取って計画を立てておかないとな」

「計画ねえ」

溜息交じりにサドルは言った。

「こんなこと、さっと始めてさっと終わらしたいよ」

「サドルって、こんなこと本当に向いてないよな」

慎司が笑った。

「ちっともおかしくない。それより、真一から返信はあったのか」

ああ、と返事して慎司はシャツを捲りあげた。

剝き出しになった腹には、赤く蚯蚓腫《みみずば》れが出来ている。良く見ると、それは文字だった。アルファベットで二文字。

「ＯＫ、か」

「その通り。後は細かい調節だな。まあ、時間はたっぷりあるから、ゆっくりやっていこうぜ」

一卵性双生児である九栄兄弟は、どちらかが怪我をするとまったく同じ箇所に同時に怪我が出来る。スティグマティック・ツインズという不可思議な現象だ。それを使って九栄兄弟は連絡を取っていた。釘やカッターナイフを使って皮膚を傷つけ、それで文字を書くのだ。

「っちゅうかさあ、あんまり文字数多いと痛すぎる上に治るまで時間が掛かるから、次がだいぶ先になるし、そうなると緊急の連絡とか出来なくなるからね。いずれにしてもゆっくりゆっくりやっていこうぜ、サドル」

ニヤニヤ笑いながら慎司は言った。サドルをからかっているのだ。舌打ちしてサドルは言う。

「面倒くさすぎだ」

「決行は来年の四月だよな」

「四月二十六日に万博会場に向かう。まだ半年以上あるよなあ」

サドルは大きく溜息をついた。

「手を挙げてその場に跪《ひざまず》け」

突然の大声に、二人が飛び上がる。

「君たち、油断し過ぎ」

塀から大きくジャンプして飛び降りた未明は、開いた脚と前に伸ばした手で三角形を描いて蜘蛛のように着地した。

「カッコいい……」

思わずそう呟いてから、サドルは真顔に戻った。

「なんだ、脅かすなよ」

まともに相手を見られない。

「波津乃、カッコいいよな」

慎司が素直に感想を述べた。

「まあまあな」

相変わらず目が泳いだまま、サドルはそう言った。

「まあまあって、おまえが先に言ったんだぞ」

「言ってない」

「はあ？」

「言ってない」

「おまえねえ、堂々と言えばどんな嘘も通るとか思ってないか」

「思ってる」

「って、そこは正直なんだ」

「で、波津乃」サドルは話を変えた。

「何の用だ。大人に尾行とかされてないだろうな」

「別に用はないよ。ここに来たら誰かいるかと思ってきただけ」

「ここは秘密基地なんだから、そんな安易にここを――」

「不思議に思うんだけど」

未明はサドルに最後まで喋らせない。

「なんでサドルは無事なの」

「えっ？」

「シトが病院に送られたでしょ。なんでサドルは無事なの。おかしいでしょ」

「おかしいって言われても」

「怪しいよな」

慎司が話に載っかってきた。

「オトナ人間のスパイなんじゃないの」

「俺がスパイなら一瞬でコドモ軍潰れちゃうだろう」

サドルの台詞に、未明と慎司がケラケラと笑った。

「そりゃそうだよな。絶対君はスパイじゃないよ。そんな繊細な仕事が出来る人間じゃないっていうか、君がオトナ人間ならオトナって何？　って話になるよ」

未明が言うと慎司は大きく頷いた。

「おまえはいくつになってもコドモ中のコドモ。キングオブコドモだよ」

でもね、と未明が言う。

「でもだから思うんだ。どう考えてもコドモ軍の中心になるだろうサドルを、今のうちに潰しておこうとしないのかって。確かにシトも扱いにくいコドモだったとは思うけどさ、人を引っ張っていけるタイプじゃないでしょ」

「まあな」とサドル。

「サドルはむちゃくちゃだけど、人を引っ張っていく魅力はあるよね」

えっ、と未明の顔を見る。

「人としてって話だよ。男の子としてとか言ってないからね」

いや、そんなことは、いやいや、とサドルはしどろもどろだ。ついでに未明まで真っ赤になった。

「おいおい、俺だけぽつーんってことかよ。まあ良いけどさ」

「話を元にもどすぞー」

サドルが大声を出す。

「俺も思うよ。なんで俺がこうやってふらふらしていられるのかって。この場所まで大人たちはこられないと思うけど、途中までつけて来て、後で俺に訊くことぐらいできるだろ。ところがそんなことされたことないからね」

「泳がされてるってやつじゃないの。好きに動かしておいて後でみんなを捕まえちゃうとか」

「かもね」

突然考えるのが面倒になったサドルが言った。

「まあ、何がどうかわからないけどさ、まだずいぶん時間があるってことさ」

＊

その時のサドルにとって、翌年四月までのおよそ八カ月はほぼ永遠だった。しかし小学校を卒業する日など永遠にこないような気がしていた者にも、間違いなく卒業の日はやって来る。夏休みは気がつけば終わってしまい日は短くなり影は長くなり、気がつけば一年生は終わり、休みとも思えない短い休みを経たら二年生になっていた。

Q波を浴びて学校に留まっている生徒の数もずいぶん増えてきた。

そろそろ動き出そうぜ。

例の秘密基地で九栄が言った。

そうだよな。我慢に我慢を重ねて、ようやくここまで進めてきたんだからな。

サドルが言う。満面の笑みだ。

始まるんだ。

そう言って舌舐めずりをしたのは、その日も秘密基地にいた未明だ。

おそらく舌舐めずりというようなものとは、もっとも遠いところにいる容貌の少女だ。

斯《か》くして長い確執の一つの節目である久遠の紐の結び目がようやく彼らの前に現れようとしていた。

とはいえサドルたちにとってはそれもこれも楽しくも馬鹿馬鹿しい遊び以上のものでも以下のものでもなかった。たとえそれが人類の進歩を賭けた戦いであろうとも。

§ならば犬になればいい／1970　春

1.

コンクリートで囲まれた、ただそれだけの大きな箱のような部屋だ。

シトは全裸で椅子に座っている。

少しだけ肌寒い。手と脚が革のベルトで硬く縛られていた。ヘッドホンが耳を塞ぎ、口と鼻は革製の拘束具で塞がれている。わざと呼吸がしづらくなっている。しゅうしゅうと漏れる呼吸音がいかにも苦しそうだ。天井からシトを照らしているのは手術などで使われる無影灯だ。白く熱のない光が、白磁じみたシトの肌を文字通り影なくべったりと照らしている。白衣の男が剝き出しのシトの腕に、注射針を挿し入れる。薬液がシリンジでゆっくりと押し入れられていった。白衣の男はストップウォッチをじっと見ている。

最初にカッと頭が熱くなる。

鼓動が速くなり、耳の奥で脈打つ音が、ドラムのように騒々しく聞こえる。

肌がぴりぴりする。

酷く敏感になっているのだ。

針で刺すような痛みや、食い込むような痒み、急に寒気がして鳥肌が立ち、次の瞬間には汗が流れる。

そして明かりが消えた。どれだけ目を凝らしても何も見えない。闇が怖ろしい。五歳児のように闇に怯える。悲鳴を上げそうになるが口枷《くちかせ》が邪魔で声が出ない。

息苦しい。

死にそうだ。

死！

死ぬんだ。

死んでしまう。

急に目の前が啓《ひら》いた。

正面の壁に映像が映し出されたのだ。光の明滅がざらつく砂のように見える。いわゆるスノーノイズ。アナログテレビ放送で起こる電波障害だ。放送休止の時間にはこの状態になるので、シトも深夜や早朝に見たことがある。それが前面の壁いっぱいに映し出されていた。

ヘッドホンから声が聞こえる。

——お兄ちゃん、お兄ちゃん。

少女の声だ。

それがどこの誰かもわからない少女の声であることは理屈でわかっている。だがシトの頭は、それが妹の声だと判断する。思わず妹の名を呟く。するとスノーノイズの中に映像が浮かび出す。そんな映像など映っていない。ノイズの中に頭が勝手に見出している幻影だ。わかってはいる。わかってはいるのだ。だがしかし……。

道路が映し出される。

家の前の道路だ。

妹がそこに立っていた。

カメラを手にしている。シトが誕生日に買ってもらった大事なカメラだ。そしてシトは玄関の前に立っている。

お兄ちゃん、もうちょっと左。

ちょっと上を見上げてみようか。

カシャ、っとシャッターを押す。
いいねいいね。
カメラマン気取りで声を掛けながら、シトにポーズをつける。
ギリギリと音がする。
運命の邪悪な歯車が回転する音だ。
早く妹を助けなければ。
そこを退《ど》いて。
はやくそこを。
何度も夢で見た情景だ。
猛スピードでトラックが横切る。
妹の姿が一瞬で消える。
違う。
シトは頭の中で呟く。
こんなものを見てはいない。
確かにこんなことをしたのは覚えている。
だが、妹が死んだのは彼が見ていないときだ。

彼はその時いなかった。

——しかし、おまえは注意ぐらいできたはずだ。何が起こるのか予期できたはずだ。おまえは兄だ。幼い妹を守る義務がある。そしておまえはそれが出来たはずなのにしなかった。わかるか。つまりおまえは、妹を見殺しにしたのだ。

違う。

声を出そうとするが出ない。また目の前では彼にポーズをつける妹の姿が見えている。

——君が妹を殺した。それが事実だ。そしてその責任を取るのが君たちが大人であることの意味だ。大人ならその責任をなんらかの形で取る。取らなければならない。大人ならね。

目の前では繰り返し繰り返し妹が車にはねられている。耐えきれぬ情景が、くだらない喜劇として永遠に繰り返されている。

——君は我々が君の未来を乗っ取ると思ったんだよね。君たちから自由を奪い取ってしまうって。あのね、君たちまだ中学生だよ。はっきりいって子供だよね。そして君はずっと子供のままでいたい、ってそう思ったんだよね。我々は君にその願いを叶えてもらおうと、そう思っているのだよ。子供ならそんなややこしいことを考える必要なんかない。そう、君がそうしていたように、ただただ悲しんでいるだけでいいんだ。何故なら子供ってもともとそんな責任を持たされていなかったはずだから。だからこそ子供なんだよ。ところが君は不安で不安で仕方がなかった。どうしようかって真剣に考えて、でも押し潰されそうになって、忘れることにした。君が妹を殺したのだという責任問題のことを。それは上手くいったようだ。普段はね。しかし時折それは浮上してくる。もっともっと大きな不安となって、君を押し潰そうと浮かび上がってくる。なんでそんなに不安にならなきゃならないんだろう。おかしいと思わないか。

その声は耳元で囁いている。

だんだんと声が大きくなっていく。

――答えをおしえてあげよう。それは社会がおかしいってことなんだよ。ならばそれを解決するのはオトナの仕事だよね。社会をいきなりなんとかしろって言われても困るよね。じゃあ、この不安で不安で押しつぶされそうな君が助かるのにはどうすればいいんだろう。実はね、とても簡単な方法がたったひとつだけあるんだ。今日は特別に教えてあげるよ。よく聞いてね。君は犯した罪のことを忘れ不安をすべて消し去って楽になりたいんだよね。

声はそこで一呼吸おいて、最後の言葉を告げる。

——ならば犬になればいい。

この時腕がちくりと痛む。

注射されたのだ。

おそらく精神安定剤。

あるいは睡眠導入剤。

シトは急に眠くなって意識が白濁し、すぐに起き上がる。彼は彼の部屋で横になっていた。

今日の〈治療〉がいつの間にか終わったのだ。目が腫れ上がっているのがわかる。ずっと泣いていたのだ。〈治療〉はほぼ毎日行われる。することもほとんど同じだ。なのに毎回動揺し毎回怯え毎回号泣している。

疲れ切っていた。身体がだるく重い。〈治療〉の後はいつもこうなるのだ。普通の〈教育〉では効果ないと判断された患者は、こうやって〈治療〉を受ける。通常は週に一回だが、シトに関してはほぼ毎日だ。Q波の影響があるからなのだが、それでも良くここまで耐えて来られたと自分でも感心していた。

これは洗脳のようだが、少し用途が異なる。彼らオトナ人間は精神寄生体だ。人間によってはすぐに憑依＝寄生できる対象もいる。元々ある程度年を経た人間はオトナ人間に寄生されやすい。しかし子供に寄生するのは少し困難だ。困難と言うより、抵抗のある子供にいきなり憑依しても、憑依した方が不快であるらしい。快適に憑依するにはそれなりに手を掛ける必要がある。それをシトに語ったオトナ人間の職員は憑依前に相手の心を作りかえることを「そのまま食べられない料理の下拵えをするように、長い時間をかけて天日に晒《さら》し干し物にするような作業」と説明した。

つまりシトは旨い子供になるために、今下拵えの最中というわけだ。

卓上の時計が警告音を鳴らした。次の彼の行動を示唆しているのだ。重い身体を起こし、シトは第一会議室に向かった。そこで第三十二回子供集会に参加するためだ。途中職員に会うと深く頭を下げて待機する。出来るだけ微笑む。オトナ人間が憑依するに足る人間に、積極的になろうとしていることを主張しながら、時間に間に合うように急いだ。

2.

「おい、おまえ」

男はシトを指差した。

はい、と大きな声で返事し、シトは立ち上がった。

「おまえの余生があと何年か教えてやろうか」

「はい、お願いします」

「嘘だよ、嘘。そんなもんがわかるわけない。それにしてもおまえ元気だなあ。ここに来た頃とは大違いだ。そろそろ退院かもな」

「はい、ありがとうございます」

男はシトの方へと近づいてきた。

「嘘だよ」

鼻が触れるほど近づいて男は言った。

「おまえは無理だよ。嘘くさくて」

そう言ってじっとシトの目を見る。シトはにこやかに微笑みながら男の目を見返した。諦めたのか、男はシトから離れ大きな声で言う。

「はい、第三十二回子供集会はこれで終わり。次回はまた榎美虎先生がこられます」

おお、と小さな歓声が上がった。ここでも榎は人気だった。

「じゃあ、解散」

そう言うと男はさっさと会議室を出て行った。集まっていた患者たちもばらばらと部屋を出る。私語はほとんどない。足音と身を動かすざわざわした音が移動していく。シトもまたその一人だ。部屋まで無言で戻っていく。

ずっと同室の青年は、最初の頃に比べるとかなり落ちつきを取り戻していた。ここに来たときは群れを離れた小猿並みに膝を抱えて震えていたのだ。実は幾度かQ波を浴びせていた。それが原因なのか、シトと同室になってから落ちつきが生まれた。

部屋についたシトは壁に向かってあぐらをかき、じっと前を見詰める。その角度からだと顔が監視カメラに映らない。シトは目を閉じ、Q波を使い魂を肉体から追い出した。

ライティングテーブルに向かって日誌を書きながら、同じように魂を出した男が言った。

「九栄のとこ行くのか」

「待ち合わせているからね」

「ここを出るつもりなんだろ」

「ああ、出来るなら君にも協力して欲しいな」

「明明後日《しあさって》の朝だったな」

「四月二十七日午前五時決行。手順は当日みんなに発表する」

「協力はするけど、俺はここを出ない。おそらく何もしなくてもそろそろ出してくれるはずだ。俺はおまえほど疑われていない。従順な人間だからな」

「かもね」

シトが笑う。

「じゃあ、待ち合わせがあるからぼくは行くね」

手を振って、シトは直線で更衣室に向かう。水泳の時間があり、その時に水着に着替えるところだ。そこで待ち合わせし、誰もいないプールに向かうのがいつものコースだ。

更衣室では真一が待っていた。

「遅い」

「仲間を増やしていたんだ。きっとぼくたちに協力してくれるメンバーのね」

「今Q波を使える人間は何人いる」

「七十六名。ただ彼らみんなが全員ぼくたちに協力して一緒に脱出しようとしてくれるかどうかは不明。今のところはっきりと脱出を希望しているのは十五名だけ。多分みんなも慎重なんだと思うよ。スパイの存在がしれているからね」

「眠り男だよな」

それは真一と同室の男の仇名だ。一日の大半をベッドで寝て過ごしているので、眠り男。本名は知らない。

「まず間違いないだろうな。シトは頭がいいなあ」

「狡賢《ずるがしこ》いのさ」

スパイとして怪しい人間を複数ピックアップし、それぞれ別々にわざと異なったデマを流す。たとえばある特定の職員を襲撃するという噂。その職員が週に一度必ず訪れる場所があり、そこで○○時に襲う、というデマを流す。この職員がその日に限ってその時間にそこを訪れないなら、このデマを伝えておいた人物がスパイとなる。こうやって絞り込んでまず間違いなく眠り男がスパイであることがわかった。それは本当に国家間のスパイ戦などで使われる方法だったが、シトはそれを独自に考え出したのだ。確かに本人の言うとおり狡賢いのかもしれない。これは後にカナリアの罠という名で世間に知られることになる。

「だいたいいつも寝ていて職員に見つからないのがおかしいんだよ。あれはどう考えたって寝たふりして同室の人間が情報漏らすの待ってるんだよ。真一君もなかなかの重要人物だからね」

「おまえには負けるけどな。で、同室の男はどうだったの」

「多分大丈夫。もしスパイだったとしても今は違うと思う」

「なんでわかる」

「なんとなく」

「なんとなく、か。まあらしいな。あんたたちはお似合いのカップルだよ」

「サドルのこと？」

「ああ、おまえと違うようで似ているよ」

「それは真一君もだ。みんな共通している。だから協力出来る」

「確かにな。で、明日が決行日だってのはいつ伝える」

みんなにはもし情報が漏洩したときのことを考えて、四月二十七日が決行日だと伝えてあった。だが実際に行動を起こすのは二十五日の午後六時。そして翌日の早朝には万博会場に到着する予定だ。

「明日の夕方。大食堂に入る直前。で、大食堂で開始する。時間は午後五時四十五分。慎司君に伝えておいて。チャンスは一度だから」

「了解、待ち遠しいよ」

「ようやくこの日がきたんだね」

シトには興奮しているであろうサドルの顔が目に浮かぶようだった。

3.

前の晩サドルはなかなか寝付けなかった。

いつも酔って暴れる父親が、珍しく遅くまで仕事を続けていた。中古自転車を解体して新品同然に組み立て直す。酒さえ飲まなければ誠実で腕のいい職人なのだ。

廊下の陰から覗いているサドルに気づいた父親は、さっさと寝ろと声を掛けた。

おやすみなさい。

そう言うサドルに、大丈夫だ。今日は安心して眠れ、と独り言のように言った。

特別な日なのだ。

サドルは仄暗い廊下を歩きながら思う。明日が俺にとって特別な日であることを、誰もが感づいている。いや、すべての人にとって、明日が特別な日となるのだ。そのことを知っている人間も知らない人間も、近づきつつあるその日を肌で感じているに違いない。

始まってみれば、大阪万博は国を挙げてのお祭り騒ぎだった。毎日の様に報道される入場口付近の混雑ぶり。アメリカ館やソ連館に入館待ちの長い長い行列。

みんなが浮かれはしゃぐそんなお祭りの日々が、明日無茶苦茶になる。とことん無茶苦茶のグチャグチャだ。それこそ祭だ。そんな事をあれこれ考えている間にうとうとしだしたのはもう夜明け近くだった。眠ったつもりはなかったのだが、朦朧《もうろう》としながら夢の中でガウリーに会ったことだけは明確に覚えていた。ガウリーは潤んだ目でサドルを見詰め、最後にあなたに言っておきたいことがあるの、と悲しげな声で言った。夢はそこまでだった。言っておきたいことが何なのか聞かずじまいだった。翌日、酒の抜けた父親の仕事を半日手伝った。何年かぶりの親子らしい時間に、母親が涙ぐんでいた。だけど裏切るよ。

大人を感動させるために俺はいるんじゃないからね。

サドルはニコニコしてそんなことを考えていた。時間は迫るにつれてゆっくり進むような気がした。あまりにも楽しみすぎで気分が悪くなり、一度吐いた。

そして時が来た。

夕飯までに帰っておいでと上機嫌の母親が声を掛け、はいはいといい加減な生返事を返す。ポケットに手を入れて、万博の入場チケットを確認する。兄の伝手をたどって三枚手に入れた。代金は兄関係のかなり怪しいバイトをして貯めた。

一枚は自分、一枚はシト、そしてもう一枚は未明。一緒に万博に行きたい、と電話で言われたときは気が遠くなった。そうじゃないぞ、と頭で否定するのだが心の奥底では「でーとでーと」と連呼していた。

いやしかし！

サドルは首を振る。

それよりも面白くて大切なことがあるのだ。俺はシトと二人でこの世をぶちこわすのだはかいするのだめつぼうさせるのだ。そしてすべての大人に泡を吹かせてやる。蟹に変えてやる。ついでに食ってやる。この世界大人蟹化計画を実行するのだ。この作戦を世界大人蟹化計画と名付けたのはシトだ。サドルはシトの作り出す言葉が好きだった。

鼻息荒く国鉄に乗り猪名川精神病院前にまで辿り着く。大きな建物の西側。駐車場を囲んだブロック塀にもたれてその時を待つ。この為に買った安物の腕時計を見た。後十分。後五分。後一分。もう時間だ。一分過ぎた。三分過ぎた。チキンラーメンなら食べ頃になっているよな、などと思っている間に五分経つ。やっぱり来なかったか。しかたないなあ、自分でするしかないか。でもショベルカーの運転なんかやったことないしな。遊びで普通車の運転ならやったことあるから、なんとかなるか。ええい一か八か、と考えていたらエンジン音と共にショベルカーが近づいてきた。

「いよっ」

操縦席に乗った機嫌の良い猿のような笑顔の持ち主が手を振る。

「坂本さん！」

大声で叫ぶサドルの前でショベルカーは止まった。

「ありがとう。嬉しいです」

「悪いね。いつも人間いないのに、今日に限っていつまでもいなくなんないんだよ。まいったな」

この近所で連日家の解体工事が行われており、いつも日が暮れる前に仕事が終わる。その時キーのついたショベルカーをそのまま放置してあることをサドルは知っていた。そのショベルカーを持って来て下さい。サドルは坂本に約束通りの金を渡しながら言った。仕事が上手くいってからでいいよという坂本に、半ば無理矢理サドルは金を渡した。

「じゃあ、お願いします。あの道路脇の電柱です。線が全部切れるまで押し倒してください。ただし、誰かが止めに来たらすぐに逃げて下さいね」

「ああ、わかってるよ」

坂本はそう言うと意外ときちんとした陸上自衛隊式の敬礼をした。

ショベルカーが動き出す。

黄色と黒で塗り分けられた小型のショベルカーは、どこか南国の甲虫を思わせる。無限軌道車特有の、力のこもった一所懸命の走行がサドルには心強かった。ショベルカーは道路の脇を電柱目掛けまっすぐ進んでいく。

サドルは腕時計を見た。

よし、間に合った。ほとんど時間通りだ。

ショベルの先端が、電柱に当たる。あっという間にヒビが入り、コンクリートが砕け散った。

そのままショベルカーは前進する。

電柱が傾いだ。

コンクリートが砕け、鉄筋が剝き出しになった。

あと少しだ。

手を握りしめてサドルは作業の成り行きを見詰める。思った以上に時間が掛かっているような気がした。

やがてショベルの力に耐えきれず、とうとう電柱が折れた。

思わずサドルは歓声を上げた。

が、折れた電柱は電線に支えられぶらぶらと揺れている。

電線が切れていないのだ。

この時既に実行時刻を五分過ぎていた。

＊

午後の訓示が終わったら、みんなが一斉に大食堂へと向かう。食事の挨拶があるわけではないし、誰かが指示するわけでもない。それどころか患者の自主性が第一に考えられている。それなのにほぼ一斉に全員が食卓につき、同時に食事を開始する。自ら囚人の地位を嬉々として演じているようにも見える。

だが真一とシトの二人は食欲がないと、それぞれの部屋に残っていた。そして同居者がいなくなると同時に、Q波で肉体から抜け出した。真一と手分けして、脱走協力者七十六名に今から正しい開始の合図を告げて廻るのだ。

合図そのものは簡単だ。前々から取り決めてあったQ波のサインを出すだけ。一度Q波経験をしている人間なら、誰もが一瞬で告知の全容を知ることが出来る。Q波は視認できる範囲にいれば距離に関係なく伝わる。手分けしてやれば、七十六名全員に伝えるのに、ほんの四、五分あれば充分だろう。

実際行動開始時刻六分前でおおよそ伝え終わっていた。その時シトは最後のグループに伝えるべく、天井近くを疾走していた。

途中廊下ですれ違ったユーレイがいた。

一瞬だが間違いない。

それは眠り男だった。

あり得ないことだった。眠り男は今まで一度もQ波経験したことがないはずだ。だがそれを確認したわけではない。どこかの誰かが、ふざけ半分で彼にQ波体験をさせている可能性がないわけではない。

自らが魂として抜け出ることを滅多にせず、ただ他の患者たちの魂だけを観察していたとしたら。魂を目で追っているところを見つからないように、ずっと眠ったふりをしていたとしたら。今一斉にユーレイが動き出したのを見て、何事かと自らもユーレイとなって動きを観察していたとしたら。そしてシトたちの考えを見抜いたのだとしたら。

奴は大人たちに知らせに行く！

そのためには一度身体に戻らないとならない。大人の大半は魂が見えないし、その言葉が通じないからだ。

奴が大人たちに知らせに行くのを阻止するなら、シトも肉体に帰る必要がある。肉体の動きを物理的に止めたかったら肉体で阻止するしかないのだ。

シトは自室へと向けて飛んだ。

途中で誰かに見つかっても仕方ない。とにかく部屋目掛け直線コースを飛ぶ。

偶然ユーレイの真一に会った。眠り男はQ波を浴びていた。それだけ伝えるのが精一杯だった。

自室に戻ってすぐさま肉体に戻った。戻ってすぐ部屋を走り出る。まだ戻った魂と肉体の接続が上手く出来ていなかったのか、酔っているようにふらふらと足元が定まらない。

焦って壁にぶつかり、ぶつかった壁を撫でながら真一の部屋へと向かった。

どの部屋にも錠はついていない。いつでも職員が入れるようになっているのだ。

その扉が開いた。

眠り男だ。

すかさず全力でタックルした。

抱きかかえるようにして部屋に押し返す。

二人はもつれて床に転倒した。

シトが馬乗りになり、眠り男の肩を押さえた。

初めて眠り男の顔をまともに見た。細い吊り目に拗ねたように唇が尖っている。まるで狐だ。

「何するんだ」

眠り男が言う。初めて聞いた声は、喉に絡んで聞き取りにくい。
「裏切り者」
シトは言った。
「馬鹿か。人類を裏切ったのはおまえたちだろう」
「裏切り者のいいわけは聞くだけ無駄だ。ここからおまえを出さないからな」
眠り男がゲラゲラと笑い出した。
笑いながらポケットの中で小さなナイフを摑む。
刃先よりも速く殺意がシトを貫いていた。
ナイフで刺される映像が鮮明に浮かぶ。
即座にシトは飛び退いた。
脇腹を狙った刃先が、危ういところで空を切る。
シトが立ち上がるのと合わせて眠り男が立ち上がった。
シトが構える間もなく、再び腹を突いてくる。
ナイフを払おうと出した手を、細身の片刃が裂く。
身が引き攣《つ》れる感触が。続けて掌に鋭い痛みがあった。
反射的に手を握る。

シトの拳からぽたぽたと血が滴った。

二人は対峙した。

眠り男がニャニャ笑いながらシトの口調を真似る。

「ここからおまえをださないからなぁ」

そしてとびきり面白いジョークを言った時の顔をした。

床に落ちる血の赤。

冷たい痛み。

眠り男の薄ら笑い。

すべてがシトの頭の中で揺れていた導火線に火を点ける。

爆発するように膨れあがる感情が身体を動かしていた。

咆吼が漏れた。

獣の勢いで男に摑みかかる。

再び眠り男が突き出したナイフを、無造作に摑んだ。

刃先を摑み損ねた手が、眠り男の手首を摑む。

次の瞬間眠り男からナイフを奪い取っていた。どうやったのかわからない。身体が勝手に動いていた。

この男を殺してもいいんだ。

ナイフを手にしたシトにそんな天啓が訪れた。

神はそれをお許しになった、と。

そして実行した。

細身のナイフは、驚くほど簡単にシャツを裂き肉へと埋まった。

引き抜こうとしたが抜けなかった。

手が柄から離れた。

眠り男はその場に尻餅をついた。

脇腹から悪ふざけでもしているように柄が生えていた。

「いやだ。これ、いやだ。いやだ。いやだ」

眠り男は囁き声でいやだを繰り返す。

それは空気が漏れていく音だったのかもしれない。穴の空いた風船のように、眠り男の身体は萎み、ふにゃふにゃとその場に横たわった。

最後に首が二度三度、引き攣るように痙攣《けいれん》した。

「死んだ」

自分のしたことを確認するかのようにシトはそう言った。

何も感じなかった。

大事な何かが擦り切れてしまったようだった。それをシトは自分が冷静なのだと思っていた。

まずハンカチで切れた手をグルグル巻いた。傷は思ったよりも深かったようで、ハンカチは見る間に赤く染まっていった。

すぐに発見されるだろうが、それでも多少の時間を稼げるよう、眠り男をライティングテーブルの前に座らせた。監視カメラを背にしたいつもの居眠りポーズだ。

それから時計を見た。

もうほとんど時間がない。

真一が残りのメンバーに計画開始を伝えてくれたことを期待して、地下の機械室へと向かった。途中で真一に会った。

「酷い顔色だぞ」

真っ赤に染まったハンカチを見て真一は言った。

「大丈夫。それより何人かまだ告知してないけど、全員に伝えてくれた?」

「そっちは大丈夫。で、眠り男は……」

シトは真一の目をじっと見るだけで何も言わない。

「そうか」

どう納得したのか真一が頷く。それからはこの話題が出ることは二度となかった。

機械室はすぐに見つかった。機械室の鍵は昨日手に入れていた。監視体制が厳しいことに過信しているのだろう。そういった、物の管理はどれもこれも甘かった。

機械室の扉を開く。中は薄暗く油臭い。シトは再び時計を見た。蓄光の文字盤が、すべての明かりが切れる時間が近づいていることを示している。

中へと入り壁を探る。

電灯のスイッチを見つけ、押した。

白熱球がぼんやりとした明かりで機械室を照らす。まだ停電になってはいないようだ。停電になるまでにこちらの作業を済ませておく必要がある。非常用の懐中電灯が設置してある場所も確認済みだ。シトはそれを取り外した。

硝子の割れる音がして、シトは固まった。

真一だった。

緊急用に置かれている斧を取りだしたのだ。

「びっくりさせないでよ」

「予定通りの行動だろ」

「まあ、そうなんだけどさ」

「ほら、あれだ」

自家発電機はすぐに見つかった。

「よし、間に合ったな」

真一が言った。

「早速始めるぞ」

真一は子細を点検し、見つけ出した太い送電線を斧で断ち切った。

火災や地震の避難路の確保のために、停電になると自動的に正面玄関口、駐車場出入り口、関係者専用出入り口がそれぞれ開放されるようになっている。シトたちはそれを利用したのだ。

もちろんいつまでも開きっぱなしではない。自動で非常電源に切り替わると、災害のありように対応して職員が手動で防火シャッターを下ろすことになっていた。これは当然逃亡防止の意味もある。

しかし今、非常電源からのケーブルを断ち切った。これで停電になってもすべての扉が開いたままのはずだ。

すべてが順調に進んでいた。

後はサドルたちが電柱をへし折るのを待つだけだ。

時計を確認する。

既に約束の時間を過ぎていた。

三分が過ぎ五分が経過する。

このままでは、計画を告げたみんなが待ちきれず騒ぎ出すかもしれない。

停電のための作戦はすべてサドルに任せている。ここでシトが出来ることといえば祈ることぐらいだ。

シトはゆっくりと深呼吸をした。

「サドルは大丈夫なのか」

真一が言う。

「信じて」

シトが言う。

だがシトにしても完全に信じられるわけではない。いざという時の覚悟はしていた。このまま終わってしまうのなら、シトは無駄に人を殺したことになる。いずれにしても二度とサドルたちに会うことは出来なくなるだろう。シトは尻を炙《あぶ》られているような気分で、それでも努めて冷静な声で言った。

「大丈夫だよ」

＊

へし折れた電信柱が、電線に繋がれ下手くそなマリオネットのように揺れている。

坂本はショベルを操作してなんとか電線を千切ろうとしているのだが、コンコンと当たり電柱を揺らすだけだ。誰かが通報したのかもしれない。遠くからパトカーのサイレンが聞こえてきた。

「坂本さん、もういい。逃げよう」

サドルがショベルカーに近づいて怒鳴る。

聞こえていないはずがない。

なのに坂本は逃げない。

ショベルが象の鼻のように大きく上に上がった。

「駄目だ、坂本さん！」

叫ぶ声が悲鳴混じりだ。

電柱の重みでたわんだ電線に、ぎりぎりショベルの先端が触れそうだった。どう見ても坂本はショベルで直接電線を千切るつもりだ。金属の塊が電線に触れるのだ。それが危険であることは小さな子供でもわかる。

何度か空振りを繰り返し、とうとうショベルが電線に触れた。

その瞬間、爆発音と共に火花が散った。

ショベルが大きく弾かれる。

変圧器が炎と白煙を吹き出しながら地面へと落下した。

千切れた電線が火花を散らしながら暴れていた。

ショベルカーのそこかしこからも火花が散っていた。

操縦席の扉が、蹴り開けられた。

その時轟音と共に、中から深紅の炎が噴き出した。

それに押されるように、坂本が吹き飛ばされた。

捨てられた紙屑のように宙空でくるくる回る。それが路面に落ちると、嘘のようにきれいな前転を二度してからすくっと立ち上がった。

えっ？

思わずサドルは声をあげた。

道路の真ん中で、坂本は体操選手のように姿勢良く直立していた。本人も何がどうなっているのか良くわかっていないようだ。突然たたき起こされたような顔をしている。

サイレンの音が近づいてきた。

「逃げろ」

そう叫んだのは坂本の方だった。

言うと同時に自らが猛スピードで逃げ出した。

慌ててサドルも反対方向へと逃げ出す。

本当は最後まで見届けずに逃げる予定だったのだが、坂本が気になってついつい逃げそびれていたのだ。

そこからは必死で走った。走り続けた。

ここまでの全力疾走は、もう二度としないだろうと思うほど必死で走り続けた。

パトカーの音が少しずつ遠離《とおざか》っていく。

もう追われてはいないだろう。

跡をつけられないように、合流地点から逃れて路地から路地へと走っていた。が、もう逃げおおせたと考え、そこからはまっすぐ待ち合わせ場所へと走る。

そしてそれを見つけた。

路肩に停めてあるスバル360だ。サドルが兄の友人から貸してもらったものだった。

スバルの前に少女が立って手を振っていた。

末明だ。

露草のような淡い青のワンピースに、同色のつばの広い帽子を被っている。ノースリーブから真っ白な腕がでているのが、酷く生々しかった。

「なんだ、その恰好」

怒ったようにサドルは言った。

「おかしい？」

末明は不安な顔だ。

「いや、そうじゃなくてさ」

「似合わない？」

「いや、似合ってる」

「良かった」

本気で胸を撫で下ろした。

「でも、なんでそんな」少しだけ言い淀んで「きれいな恰好してんだよ」と早口で付け足した。

「デートだからだよ。言わせるなよ」

照れ隠しに、末明から腕を絡ませてきた。

サドルは釣り上げられた深海魚のように、口から内臓が飛び出しそうだった。

＊

明かりが一斉に消える。

それが合図だった。

七十六名の協力者が、一斉に立ち上がった。

大食堂には中庭に面した広い窓が並んでいる。そこに叫び声と共に椅子が叩きつけられた。硝子が次々に割られていく。そして非常ベルが鳴り出した。割るごとに職員たちの怒声が、患者たちからの歓声とヤジが飛ぶ。どうやら行動を起こしているのは協力者だけではないようだ。それにつられて多くの患者たちが興奮して暴れているのだ。そこまでがサドルたちの作戦の読みだった。止めようとする職員と患者たちがもみ合いになる。あちこちで喧嘩が始まった。職員たちが家畜用の電撃棒《キャトル・ブロッド》を持ち出してくるまでに、大食堂の騒動はフロア全体へと山火事並みに広がっていた。

この時、脱出組十五名はそれぞればらばらに食堂から走り出ていた。暗い廊下を全速力で走る。慌てて廊下に出てきた職員は皆懐中電灯を点けている。俺はここにいるぞと叫んでいるようなものだ。それをかわし、見送り、正面玄関へ、あるいは非常階段から裏口の小さな関係者用出入り口へと走る。この建物から出るにはこの二つと、そして地下駐車場からの出入り口の三つがある。

シトと真一がいる地下一階からは駐車場へと逃げる予定になっていた。

なんの予兆もなく機械室の明かりが消えた。いきなり墨で眼球を塗りつぶされたような闇に覆われる。どこに何があるのかは充分確認していたはずだったが、シトは一瞬パニックになりそうになった。

一呼吸して懐中電灯を点ける。

レンズをそのまま投影した巨大な目玉のような明かりが、機械室の中を移動して真一を照らした。

「行くぞ」

ニヤニヤ笑いながら真一は言った。少し遅れはしたが、すべてが順調にいっている。それが楽しくて仕方ないのだ。それはシトも同じだ。二人はニヤニヤしながら、機械室から出た。

「誰だ！」

呼び止められた。

幾条もの光線がシトたちを射貫いた。

笑いが一瞬で消えた。既に職員たちが機械室へと向かってきていたのだ。二人は顔を見合わせ、それから同時に走り出した。

「止まれ！」

職員が怒鳴った。

もちろん言うことを聞くはずもない。

廊下の突き当たりに駐車場への扉があった。駆け寄り開こうとするが開かない。錠は停電と同時に開いているはずだ。何度か体当たりを繰り返すとわずかに隙間が出来た。どうやら扉の向こうに何かが置かれてあるようだ。二人で押すとさらに扉は開いた。が、すぐ後ろに職員が迫ってきている。

「ここは俺が食い止める。逃げろ」

「はあ、なに馬鹿なことを」

「一度言ってみたかったんだよ」

そう言うと真一はしゃがみ込んだ。すぐにがくっと頭が垂れる。居眠りを始めたようだが、さすがにそこまで肝は据わっていない。

魂が抜け出したのだ。

真一のユーレイは天井近くまで浮かび上がると、駆け寄る職員たちに向けて顎が外れそうな大口を開き、吼えた。Q波が二人にだけ見える波紋を描きながら職員を呑み込んだ。先頭を走っていた数名が足をもつれさせて倒れる。オトナ人間に対してQ波は絶大な効果を発揮するのだ。

その間に、シトは必死になって扉を押した。渾身の力で身体ごとぶつかって、少しだけ開く。何度もそれを繰り返し、どうやらすり抜けられるだけの隙間が開いた。

「真一、行くぞ」

振り向いてそう言った時だった。前のめりになった職員が真一の身体目掛けて飛びついた。電撃棒が首筋に触れた。炸裂音と共にスパークが散る。職員はそこで力尽きたようだが、座り込んでいた真一の身体がぴょんと跳ねた。ユーレイがあっという間に肉体へと吸い込まれた。

「痛っ」

そう言って真一は床に崩れた。

起き上がろうとするのだが、手も脚も芯が抜けたようにぐにゃぐにゃだ。

「駄目だ。動けん。先に行け」

喋るのも不自由なようで発音が不明瞭だ。シトはぐったりとした真一の身体を抱き上げ扉まで引き摺る。だがわずかに開いた扉を、真一を抱えてすり抜けることは難しい。

この向こうが地下駐車場だ。そこでサドルと待ち合わせている。職員たちはすぐそこまで来ていた。シトはとにかく隙間から自分が出て、真一の身体をそこから引きずり出そうとした。

無理だった。たちまち追いついた職員たちが、真一の身体を捕らえた。

「行け」

真一は不明瞭な声で言った。

その身体が引きずられていく。

「ごめんなさい」

シトは立ち上がった。

スチール製の扉を閉じる。

扉の前には大量のダンボール箱が置かれてあった。誰かが道具類を放置していたようだ。それを押して、再び扉を押さえた。

「シト！」

呼ぶ声が聞こえた。間違いなくサドルの声だ。

スバル360がシトへと突っ込んできた。

危うく轢《ひ》きそうになって停止する。

扉が開いた。

シトが飛び込む。

「無茶だよ、サドル」

シトの言葉は無視してサドルは「真一は」と訊ねた。

シトはただ項垂れただけだ。

それだけで何を察したのか、サドルは「行くぞ」と声を掛けて急発進した。

＊

久しぶりに散歩に出た仔犬のように、サドルは大はしゃぎだった。

窓を開いて風を浴びて歓び、すれ違う人に挨拶をし、狭い運転席で歌って踊って奇声をあげた。このまま熱を出して寝込むんじゃないかというはしゃぎぶりは、しかし三十分と保《も》たなかった。

道路に走り出てきた猫を避けて、ガードレールに激突したのだ。

まるでリボンを畳むようにガードレールがくしゃくしゃと折れ曲がり、バンパーからボンネットにまで食い込んでいた。

三人にほとんど怪我はなかったのは奇跡だが、スバルは前進も後退もできなくなった。

歩こう。

サドルが即座に決断して、三人はスバルを棄てて歩き始めた。シトと未明が不安そうな顔になるのは当然だろう。だが事故を起こした当人のサドルはいたって陽気だ。アクシデントもまた楽しくて仕方ないようだ。シトを救出する計画を実行するための、彼にとっては地道な努力がよほど苦痛だったのだろう。シトと出会ってからのはしゃぎぶりは、事故程度では止まらなかった。

しかしシトは。

「どうした、暗い顔して。事故ぐらいどうってことないよ」

サドルがそう言った。歩き出してからシトは一言も口をきいていなかったからだ。シトは少し躊躇し、足元を見ながら言った。

「ぼく、人を殺しちゃったよ」

それからぽつぽつと、眠り男を刺したいきさつを説明した。大きな溜息と共に話を終えると、サドルはすぐにこう言った。

「まあ、仕方ないね。それも経験だ」

何も考えていないようなサドルの発言に、「そんなに簡単に言うけど、人を殺したんだぞ」

と思わず怒鳴ったシトは、それで感情の箍《たが》が外れたのだろう。まるで赤ん坊のように声をあげて泣きだしてしまった。

それでもサドルは平然と言った。

「要するに道を踏み外したってやつだろ」

そして泣き止まぬシトに「なあに、取り返しのつかないことなんかこの世にはないのさ」と、慰めているのかどうだかわからないようなことを言った。つまりサドルはいつも通りのサドルだったわけで、その時シトは泣いていることが急に恥ずかしくなったのだった。

馬鹿じゃないの。

そう言ったのは未明だ。

「世の中に逆らおうとしてるのに、それぐらいの覚悟無しってのはどういうことよ」

「ごめん」

頭を下げるシトを見て、未明は苦笑した。

「そういうところが問題だって言ってるの」

「ごめん」

再びシトは頭を下げた。

その様子がおかしいのか未明が声をあげて笑い、つられてサドルが笑った。

「何だよ。笑うなよ」

シトが抗議するとますます二人は声をあげて笑った。終いにはシトまでが笑い出した。

「結局スバルで来られたのはここまでだったね」

笑い疲れたシトが言う。

病院を抜け出してちょっと走っただけだ。

「考えてみたら、良くここまで来られたとも言えるけどね」

後少し歩けば、昨年出来たばかりの西武秩父駅に着く。放置したスバルが見つかれば、どこの駅に立ち寄ったかはすぐにばれるだろう。いずれにしても、彼らにぐずぐずしている時間はないはずだ。

「俺はあのまま大阪まで行けると思ってた」

「サドルは暢気《のんき》すぎ」

そう言ったのは未明だ。

「すぐに止められてもおかしくなかったんだから。見れば中学生が運転してるなんてすぐにわかるからね。警察に通報されたらそれでおしまいだよ」

ニヤニヤ笑っているサドルを見る。

「そうなったら映画みたいなカーチェイスしようとしてたでしょ」

「してた」

未明が鼻で笑う。

「走り出してすぐにガードレールにぶつかった人間がよく言えるね」

「うっせいよ」

「まあ、その暢気なところにぼくたちもいろいろと救われたりするわけだし」

シトがサドルを擁護した。サドルが口で負けそうになると、いつもシトがそうやって手助けしていた。

「はいはい、仲良し仲良し。で、これからどうしようか」

多少は早足で駅へと向かっていた三人のスピードが徐々に落ち、ここに到ってとう立ち止まってしまった。

「ここからなら西武池袋線使って東京駅まで二時間あまり。東京駅からはあの新幹線があるんだよね。夢の超特急ひかり号なら、なんと大阪まで三時間十分で到着。すごいでしょ」

シトが言うと、サドルと未明はうんうんと黙って頷いていた。あまり素直過ぎて気持ちが悪い。

「反論はないの？」

「反論よりも……」

サドルと未明が顔を見合わせ、声を揃えた。

「腹へった」

「反論する元気もないからね」

サドルが言う。

「じゃあ、何か食べていきましょうか。でも……」

「お金だろ。新幹線代が残るかどうかが心配なんだよな」

サドルはニヤニヤしてシトを見る。

「大丈夫大丈夫。任せとけ」

ばんと己の胸を叩いた。

ひかり号で行くなら三人で一万円を超えるだろう。大卒男子の平均初任給が三万七千四百円の時代だ。中学生が簡単に稼げる金額ではない。だがサドルは、ただの中学生ではなかった。兄とつながりのあるコネを利用してこの日のための資金を貯めてきたのだ。当然非合法な仕事ばかりだったのだが。

「じゃ、あそこにする？」

シトは小さな土産物屋を指差した。周りを見回しても、近くに食事出来そうな店が一つもなかったのだ。三人は中に入り、食べられそうなものを物色した。

店内ではラジオ放送が大きな音で流されていた。パーソナリティーが女性アナウンサー相手によど号事件の話をしている。もし乗っている航空機がハイジャックされたらどうするか、というくだらない話だったが、その途中でニュース速報が入ってきた。

猪名川精神病院で患者が暴れだし、重軽傷者が出た。脱走した患者もおり、警察が出動する騒ぎとなっている、というような内容だ。

「聞いた？」

二人を呼び寄せて未明が言う。

「俺たちのことだ」

サドルが声を潜め、しかし嬉しそうにそう言った。

「そうだけど、重軽傷者が出たって言ってたでしょ」

未明が笑顔で言う。

その意味が分かってシトは「あっ！」っと声をあげた。

「そうよ、死者が出たとは言ってないの」

「助かったんだろうか」

シトは今にも泣き出しそうだ。

「とりあえずはな」

サドルはそう言って、おめでとうと声を掛けた。声をあげて泣きそうになり、シトは慌てて店を飛び出した。

4.

満員の新幹線は、土曜日の最終にもかかわらず大勢の子供たちが乗っていた。そして子供も家族も友人も親類も知人もそうじゃない人も、満員の新幹線の中が笑顔で溢れていた。いや、笑顔でない人でさえ心の底に子供っぽいわくわくを抱いていた。そこでは不安すら希望へのスパイスだった。この数カ月間、日本国民の心を浮き立たせているもの――日本万国博覧会がすぐそこにある。今この時新幹線に乗っている人間のすべての頭の中に、同じ形のステキな未来像が居座っていた。それは雑誌やテレビで見た人間洗濯機や巨大な鳥にも似た太陽の塔やアメリカ館に展示されている本物の月の石など、具体的な形を持った未来の夢だった。その熱気は、そのままサドルたち三人の気持ちへと反映されていた。つまり三人はいつも以上に興奮し、はしゃいでいた。新幹線の中は、家族連れがほとんどだった。その中では中学生の三人組もそれほど目立つことがなく、少なくとも通報されることはなさそうだった。

車窓から見える夜景からでは、時速二百十キロをあまり実感出来なかった。しかしそれでも家々の光が瞬く間に遠離っていく様子を、三人は飽きることなく見続けていた。土産物屋で買った冷凍ミカンはとっくに食べてしまっていた。シトの情報で、新幹線の中には食堂があって、そこできちんとした食事ができるということだった。しかし新幹線に乗るだけで三人はほとんど持って来たお金を使い果たしていた。念願のビュッフェに夕食を食べに行ったのだが、カレーが五百円もすることを知ってすごすごと席に引き返してきた。百円を超えるカレーなど食べたことがなかった。それからも三人は用もなくあちこちうろつき回り、トイレの水を流す音を真似して大笑いし、ぐっすり眠っている赤ん坊を静かに観賞し、シートを倒したり起こしたりして後ろの席のおじさんに叱られ、退屈などと縁遠い三人にとっては三時間十分など瞬きする間に過ぎてしまった。まもなく新大阪に到着しますというアナウンスにもう胸が弾み、駅構内に入るずいぶん前から出口付近に荷物を持って並んだ三人は新大阪駅に一番乗りを果たした。そしてどこか浮き足だって興奮している人の群れに押され改札を出て、ようやく「さて」と立ち止まった。帰路のことなど頭から考えていなかったが、既に万博会場も閉館している。地下鉄御堂筋《みどうすじ》線と北大阪急行電鉄の直通列車ももうない。大量の乗客はタクシー乗り場や地下鉄などに向かい、新大阪周辺の宿泊施設へと消えていった。

三人にはこの夜をどこでどう過ごせばいいのかわからなかった。だがそれでも、少しの不安もなかった。万博の気配がいつでも彼らを応援していた。最初は新大阪駅構内で眠れそうな場所を探していたが、すぐに駅員に見つかった。ここでもめて警察でも呼ばれるとことなので、三人は「知り合いの所に泊まりに行きます。ご迷惑をお掛けしました」と頭を下げて駅を出た。

しばらく休憩出来そうな場所を探して駅周辺をうろちょろとしていたが見つからず、仕方なくバス停のベンチに座って休んでいた。街灯の明かりのせいか、未明の顔色が酷く悪いのにサドルは気づいた。大丈夫か、と訊ねると未明は不機嫌な顔で大丈夫と答えた。

「なにを怒ってんだよ。心配して訊いてるだけだろう」

「あのさあ」

シトが言う。

「多分女の子扱いされるのが何となく嫌なんじゃないかな」

「どういうこと」

そう言ってシトを睨んだのは未明だ。不機嫌な未明の顔はきれいなだけに怖ろしい。

「女の子だからって特別扱いされることが嫌なのかなって。男の子と同じように扱ってくれればいいのにって、思ったんじゃないの」

「だったらどうだっていうの」

「どうって言われても……」

シトが言葉に詰まる。

「今俺思いついたんだけどさあ」

サドルが真剣な顔で言った。

「ここまでかなり計画通りにやってきただろ。それがさあ、なんか違うんだよ」

サドルはしかめっ面で腕を組んでいる。

「何、どういうこと」

「シトが心配性で計画をきちんと立てる性格だっていうのはわかるよ」

「う、うん」

「でもそういう段取りを考えて何かをするってのは、それってオトナ人間みたいじゃないか」

「どういうこと」

「俺たちはもっとさあ、デタラメで馬鹿じゃなきゃ駄目なんだよ。そこ大事だから」

「……もしかして、ぼくがオトナ人間に憑依されてるって言いたいの」

「そうじゃない。でも取り憑かれやすいと思うんだ。そういう考え方をしてると。というわけで、俺は思いついたチンコ」

シトと未明は、いきなり眼前で脱糞した人を見る目でサドルを見た。

「はあ？」

二人の声が揃う。

「初心忘るべからず。俺も危ないところで子供の心を忘れる所だった。これからは心機一転、語尾にはちんこからうんこをつけることにしたでちんこ」

「ほお」

未明がサドルの顔をじっと見てそう言った。感心した「ほお」ではなく、もっと攻撃的な「ほお」だ。

「じゃあサドル。同じ『んこ』がつく仲間なのに、マ――」

「やめろおぉおおおぉっぉぉ」

サドルは両耳を指先で閉じたり開けたりしながら叫んだ。

「それは駄目絶対駄目おまえが言っちゃ駄目」

面白がって未明は目の前に行ってその続きを言おうとする。サドルは目を閉じて「あああああああ」と連呼していた。

「未明、わかってあげてよ」

シトに言われ、笑いながら未明は顔を遠ざけた。

シトがサドルの肩をぽんぽんと叩いた。

サドルが目を開き、シトを見る。

そして叫ぶのを止《や》めた。

「と、いうわけだちんこ」

「それは止めないんだ」

未明がニヤニヤしながらサドルに言った。

「やめないよ。やめないんこ」

「なんかちょっと変わってきてるけど」

「その話はちょっと後でした方が良さそう」

シトはそう言うと、厳しい顔で道路の向こう側を睨んだ。そこには街灯に照らされ、幽霊画のような灰色の影が佇んでいた。陰になって顔ははっきりとは見えないが、背広姿の男だ。陰になった顔に、ぽっかりと開いた穴のような瞳でシトたちを見ている。

八辻中也、コドモノヒ協会の補導員だった。

「どうしてここがわかったのか」

喋りながら八辻は近づいてきた。

「君たちが一番訊きたいのはそれかな」

「別に訊きたくないうんこ。ここにいることがすべてだちんこ」

話しながらサドルは肘でシトを突いた。

シトは未明の手を握る。

せーの、で走り出す寸前。

「逃げようと思ってるだろうけど、無駄だ」

八辻はそう言って左右を見た。右にも左にも数十名の背広姿の男たちが道を塞いでいた。痩せた男、でかい男、小さな男、シルエットは様々だが、どの男も暴力の臭いをぷんぷん振りまいていた。道路は広いが、あの男たちの手をかいくぐって逃げられるとは考えにくい。

「逃げるのは勝手だが、万に一つも君たちが逃げられる可能性はない。ただ面倒なので逃げ出すのを止《や》めてくれればありがたい」

シトは八辻の喋る言葉に違和感を感じていた。違和感の正体は摑めないが、何かが決定的に違っている。どこを聞いても自分たちが使っている日本語と同じだ。にもかかわらず、八辻の言葉からはまるで新鮮なサラダに砂が混ざっていたような不快な違和感を感じるのだ。

「諦めろ」

溜息交じりに八辻は言った。

「もう諦めて帰るんだよ。それなりに処罰はされるだろうが、三日ぐらいの拘束で済むようにしてやるよ。そうやって万博が終わるまでじっとしていれば、それでおまえたちは何事もなく解放される」

八辻が喋っている間に、左右から男たちがじりじりと近づいてきていた。

「解放っていっても、その時にはすっかりオトナ人間に憑依されてるわけだろう。行方不明になって帰ってきたみんなみたいに」

サドルが言い終わる前に八辻は話し出した。

「君たちは勘違いしているよ。彼らをさらったのは君たちに指示しているコドモ軍の人間なんだぞ。我々はそれを救出して家に戻してあげたんだ」

シトには八辻の声が生理的に耐えられなくなっていた。糞を耳になすりつけられているような不快感があるのだ。

「だからその時にはオトナ人間に——」

サドルの台詞は再び途中で遮られる。

「憑依憑依と言っているが、あくまで相手の同意がないと出来ないんだよ。シト君、君だってあれだけ長い間あの病院にいても、自分を変えられることはなかっただろう」

自分に話し掛けられ虫唾《むしず》が走った。はっきりとわかった。八辻の言葉は穢《けが》れている。おぞましい呪いに曝《さら》されている。

シトは風邪でもひいたように悪寒が走り身体が震える。指先から滴るほど汗をかいていた。そして気がついたときには身体が動かなくなっていた。隣の未明を見る。彼女も目を見開いて八辻を見ていた。瞳だけが動いてシトを見た。やはり彼女も動けないのだ。

「問題は自分の意志だ。そして我々は決して君たちを取って食おうとしているわけじゃないんだ。それを理解して欲しい」

このままじっとしていてはいけない。すぐに行動を起こすんだ。戦え。いや違う。逃げるんだ。逃げろ。みんな逃げろ。

頭の中で逃げろ逃げろとシトは連呼するのだが、それだけだ。指一本動かしていない。動かせないのではない。動くのが怖いのだ。動くことで取り返しのつかないことになってしまいそうな気がするのだ。

他の二人も動かない。同じようにただひたすら怯えているのだろうか。

「私は君たちの味方だよ。いつも大人たちのワガママに振り回されている君たちに、どうすれば楽に生きられるのかって方法を教えたいだけだ。ほんとそれだけのことなんだ。たとえば」

八辻はサドルを指差した。

「君は毎日の様にお父さんに暴力を振るわれている。お母さんもそれを止めようとはしない。だから君はいつもこう思う。この男を殺してやろうか。でもぎりぎりで踏みとどまる。君は頑張っている」

「なんでそんなことを……」

サドルが呟いた。

——駄目だ！

頭の中でシトは叫ぶ。舌が強《こわ》ばって喉が狭まり、声が出せないのだ。

——話に乗せられたら憑依されてしまうぞ。

シトはじっとサドルを睨む。睨むことでそれが伝わるとでも思っているかのように。

八辻の話は続く。

「でも、それってなんのための頑張りなんだろうか。なんで君はそんな辛い決断を毎日しなけりゃならないんだろう。まだ中学生なのに」

八辻はサドルの真正面に立っていた。

じっとサドルを見詰めている。

「そうなんだよね。君たちまだ中学生だよ。はっきりいって子供だよね。子供ってそんな事まで考えなきゃならなかったっけ。第一子供ってもともとそんなことを解決出来る力を持たされていなかったはずだよね。だからこそ子供なんだから。君はお父さんを殺そうと思った。いや、今も思っているよね。それを選ばないのは様々なしがらみを君が感じているからだ。おかしな話だよ。それもまた子供のすることじゃない。君は子供であるのに大人のように振舞い大人として苦しむ。これほど馬鹿なことはないよ。君もおかしいと思わない？」

Q波！

今更のようにシトは思いついた。身体は動かないが魂なら動くだろう。集中し、身体の中から魂を弾き飛ばすのだ。大きなサヤエンドウを頭に浮かべ、魂を弾き飛ばすべく精神を集中する。

と、いきなり脇腹に激しい痛みを感じた。

全身から力が抜け、シトはその場に日向の老犬のようにぺたりと座り込んだ。ユーレイとなって抜け出すのにしくじったのだ。

見ると背広の男がすぐ横にいた。その手に棒を持っていた。猪名川精神病院で散々痛めつけられた家畜用電撃棒《キャトル・ブロッド》だった。今となっては見るだけで身体が竦《すく》む。

八辻は話を続けた。

「それは社会がおかしいってことだよ。そしてそれを解決するのは我々大人の仕事だよね。それをいきなり任されても困るし、責任問題なんてことにされても君にはどうしようもない」

床に崩れた不自然な姿勢のままでシトは気づく。

――この男の話はきっと聞いてはならない呪文なんだ。

「おかしな社会が与える不安や絶望。それをすべて消し去って楽になりたい。そうだろう？　じゃあ、そのためにはどうすればいいんだろう」

――サドル、耳を塞げ！　聞くな！

思うだけで、今のシトは小指一本動かすことが出来ない。

八辻はサドルの真横に立ち、その耳朶《みみたぶ》に顔を近づけて言った。

「実はとても簡単な方法がたったひとつだけある。今からそれを教えてやろう。よく聞くんだ」

サドルは正面を見てじっとしている。危険が近づいていることはわかるのだが、どうしようもない。悪い夢でも見ている様だ。真横の八辻の顔が、見えもしないのにほくそ笑んでいるのがわかる。そして八辻は耳元でこう囁いた。

「ならば犬になればいい」

ああそうか。

すとんとその言葉が心の中に落ちた。

そうだ。親父だ。親父のように強いものに頭を垂れ尾を振り涎を垂らし弱いものを殴り蹴り怒鳴り散らし生きていくのか俺は俺はあの犬の子だからな。犬として生きて当然なんだ。なあんだ、こんなに簡単なことだったんだ。もう辛い事も悲しいことも何もない。

俺は救われたんだ。

――そこまでだ。

声がした。

清い水が耳から流れ込んできたように聞こえた。

穢れた言葉が流れて出ていく。

毛穴という毛穴から毒々しい膿《うみ》がにゅうと押し出されたような気分だ。

「逃げろ」

そう言って目の前に立っているのは軍服を着た少女――ガウリー将校だ。

「ガウリー……」

そう呟いてようやく気がついた。

腕が動く。

脚が動く。

サドルは自由をとり戻していた。

長い病が突然癒《い》えたような気分だった。

「急げ、時間がない！」

ガウリー将校が厳しい口調で命じた。

呪いはすべて解けた。

「行くぞ、シト、未明」

「サドル、すまん」

シトがしゃがみ込んだまま言った。身体が痺れて動けないのだ。

サドルが前にしゃがみ込んだ。

何とかその背にもたれると、サドルが背負う。

「行くぞ」

動けるようになった未明と共に、サドルは走り出した。彼らが動けるようになったのと同時に、八辻たちの動きが止まっていた。静止画像のようにじっとして動かない。彼らの時間を止めたわけではない。時間に干渉してサドルたちの時間を縮めたのだ。

走り去っていく三人を見送ってから、ガウリーの姿が消えていく。彼女がこの世界に干渉できる時間ぎりぎりだった。ガウリーが失せれば時間の流れは元に戻る。

サドルに耳元で囁くために、老人のように腰を屈めていた八辻が、サドルが消えていることに気づく。何が起こったのかはわからなかったが、己が滑稽《こっけい》な失敗をしたことはわかった。八辻は腰を伸ばし、舌打ちをした。奥歯を嚙みしめているのか、こめかみがひくついていた。

「追うぞ。行き先はわかっている。二度と逃がすな」

八辻はほとんど自分に言い聞かせるような小声でそう呟いた。

5.

新大阪駅から万博会場まで距離は十キロちょっと。大人の足なら三時間足らず。既に疲れてきている彼らでも、倍は掛からないだろう。歩いて歩けない距離ではない。そう考えてサドルたち三人は夜道を歩くことを選んだ。

　駅前からしばらくは、僅かばかりの街灯に照らされた住宅街だった。八辻たちに待ち伏せされないように、裏道ばかりを選んで歩いていた。すれ違う人などひとりもいない。三人の声だけが街中に響き渡る。あまり声が大きくなると、たいていはシトが人差し指を唇に当てて「しー」と注意した。確かにこんな時間に子供だけで歩いていたら警察に通報されかねない。静かにそっとと思えば思うほどおかしくなる。笑い声を上げる。ついついはしゃぐ。そしてまたシトが注意する。そんなことを繰り返している間に、人家の灯りが少しずつ少なくなっていった。ちょっと前までは野ウサギ狩りをしていたような場所だ。多くは雑木林で人家はわずかだ。もう周囲に話し声を気遣うこともないような侘《わび》しい田舎道を、三人は歩いていた。が、周囲は侘しくとも当人たちはいたって元気だ。陽が昇る前には万博会場に到着するさ、と言うサドルの楽観がすっかり感染《うつ》っているのだ。

「問題は二点」

　シトが言う。

「一つは会場に着いたとして、どうやって九時半の開門までの時間を過ごすか。もう一つは――」

最後まで言わせず、サドルが言葉を挟む。

「それは着いてから考えりゃいいんだうんこ。時間通りにたどりつけるかどうかもよくわかんないしな、ちんこ」

「この男を作戦会議に加えるのが間違いなんだよ」

未明がサドルを睨む。

「それは確かにそうだね」

シトが言う。

「おい、待てよ。せめておまえぐらい俺の味方しろよ」

「味方とかなんとかじゃなくて、それはほら、事実だから」

「よけい酷いぞ」

情けなさそうにサドルが言うのがおかしくて、未明とシトは腹を抱えて笑い出した。

「わかったわかった。真面目にやろう。っていうか俺は真面目にやってるうんこ」

それを聞いてさらに未明とシトが笑う。これ以上笑っていると死ぬかもしれないと思えるほど笑って、死ぬ寸前で笑い終えた。

苦しそうに肩で息をしながらシトが言う。

「もう一つの問題は、どうやって万博会場に潜り込むか」

「えっ、入場券見せて入ればいいんでしょ」

　未明が言った。

「ぼくたちが明日万博会場を訪れることは、オトナ人間たちも知ってるわけだよ。これが総力戦ならば、オトナ人間たちが四つの出入り口を確実に見張っているよね。普通に行列に並んでて、大丈夫なのかということです」

「その時になればなんとかなるうんこ」

「絶対ならない、何っていうか、もういい加減変な言葉くっつけるのを止めてよ」

「止めないちんこ」

「言うだけ無駄だよ、未明。こういうおふざけは人間関係を壊しても止めないからね、サドルは」

　シトの台詞は少しだけ誇らしげだ。それから皆が適当なことを言い合い、どれを採用するかじゃんけんにするか尻取りで決めるかでまたもめ、一向に話がまとまらない。

　不意に会話が途絶えた。

　周囲は田圃《たんぼ》に囲まれた田舎町だ。

　街灯の数もしれている。

それよりも月明かりが頼りだ。

意識すると途端に闇がずっしりとのし掛かってきた。

「こいつ絵が上手いんだよ」

いきなりサドルが言った。

「ほら、これ」

財布を取り出して、中から小さく折りたたまれた紙片を取りだした。それを丁寧に開いていく。

「ああ、見えねぇよ」

言いながら一番近い街灯へと駆け寄った。みんなを手招きする。

「うわあ、すごい」

覗き込んだ未明が驚いた。

それは鉛筆で書かれたサドルの顔だった。夜目にもそれが怖ろしく精密であることがわかる。写真以上にそれはサドルそっくりだった。得意げな幼い表情は不安定で、次の瞬間いきなり笑ったり泣いたりしそうだった。中学生の画力とは思えない。

「こいつがチョコチョコって描いたんだけど、すげえだろ」

我が事のように自慢する。

「そんなの持ってたんだ」

「嬉しくてさ」

照れくさそうにそう言うと、慌てて「ちんこ」と付け加えた。

「んでな、漫画家になれって言ったんだけど、嫌なんだってさ」

「嫌じゃないよ。話を作れないから無理だって言ったんだ。ぼくは……画家になりたいんだ。だから美大に行こうと思ってたんだけど、もう無理だね」

「おまえは画家になる」

「えっ」

「画家になる。絶対なる。間違いない」

サドルは怒ったように連呼した。

「そうだね」

シトは静かに微笑んだ。

「なんだよ、この仲良しが。いい加減にしろよ」

拗ねたように未明は言った。

「未明は将来のこと考えたことある?」

シトに訊ねられ未明は即答した。

「花嫁」

シトとサドルの顔を見る。

「何キョトンとしてるの。本気だし、絶対なってやるからね。とびきり幸せな花嫁さんに」

「ちょっと意外だな。ファッションモデルとか女優とか、そんな職業に就きたいんじゃないかと思ってた」とシトは言った。

「モデルでも女優でも新聞記者でもカメラマンでも花嫁にはなれるんだよ」

未明はそう言って笑った。

成る程とシトは得心する。

「で」

未明とシトはサドルを見る。

「俺？　俺かあ。わかんないなあ。だいたい明日だってどうなるかわからないのに、なんで先のことを思いつくんだよ。俺は俺だよ。俺のままだ。俺は俺になるうんこ」

「らしいよな」とシトが笑う。

誰に言われるでもなく三人は夜空を見上げた。初夏と呼ぶにはまだ早かったが、昼間歩けば汗ばむ季節だった。が、陽が沈み時間が経つと吹く風も涼やかで、心地良い。闇は彼らを祝福している。

「未明！」

突然サドルが大声を出した。

「夜中に大声出すんじゃないって、言われないとわからないのか。そんなことだから……サドル……」

半分冗談混じりに説教を始めた未明は、サドルがじっと自分を見詰めていることに気がついた。

「なに？　気持ち悪いんだけど」

「未明に会えて嬉しいんだ」

なに馬鹿なことを、と笑いながら言いかけて気がついた。

「サドル、泣いてない？」

未明が訊ねると、サドルは涙を拭って不思議そうな顔をした。

「ほんとだ」

「自分が泣いてることも気がつかないの？　知らない間に死んでてもわかんないじゃない？」

それまで黙って聞いていたシトが、未明とサドルをいきなり両腕でぐっと抱きしめた。

えっえっ、と未明が戸惑う。特にシトはそんなことをする人間だと思っていなかったからだ。

「みんなありがとう」

シトは言った。

「愛してる」

そう言ってぱっと腕を離した。暗いのでみんなは気がつかなかったが、シトは真っ赤な顔をしていた。

「二人ともなに。へんな薬飲んだ？」

未明が言うとシトが即座に答えた。

「夜に酔ったんだよ」

そう言うシトの目からも涙がこぼれていた。

照れ隠しからか遠くを見遣る。夜を透かして切り紙細工の街が見えた。

汗ばんだ月の苦笑い。

星々が子猫のように笑う。

夜の子供たちはいつだって心躍らせている。

未明がサドルと手を繋ぐ。サドルはシトと手を繋ぐ。

奇跡のように次の一手が訪れるだろう。

三人は同時にそれを確信した。

シトも未明も、根本の部分でサドルを信頼しているのだ。彼の楽観は世界を変えるのだと。ある意味サドルは万博そのものだった。

「ところでかなり時間が経ってるけど、道、合ってるのかなあ」

今更のことをシトが言った。

「俺たちの歩いているところが道だ」

険しい顔でサドルは言った。

「いや、まあそりゃそうだけど、当たり前のことを大きな声ではきはき言ったところで当たり前なだけだよ。まあいいや」

シトはポケットから地図を取りだした。

近くにある街灯の下に行く。他の二人もぞろぞろと付いてくる。

「多分今このあたりなんだけど」

ポケットから取りだした方位磁石と見比べ、道を指でなぞっていく。その時サドルは、街灯に照らされる未明の顔を見ていた。その顔はあまりにも青ざめ色を失い、向こう側が透けて見えそうだ。気が緩んだ瞬間、表情に疲労の色が濃く浮かぶ。体調が悪いのは明らかだった。

よしこっちだ。

サドルは地図を畳んで歩き出したシトの横に行くと、「未明の顔色」と囁いた。シトは頷く。サドルよりもずいぶん前に気づいていたようだ。幾度かシトが疲れたと言って、未明に文句を言われながらも何度か休憩していたのはそのせいだったのだ。サドルはようやくそのことに気がつく。未明に大丈夫？　とか、疲れてない？　とか言うと間違いなく怒り出す。怒り出すとよけいに無理をする。その性格を考えてのシトの行動だった。それからはサドルも一緒に、何かと理由を付けては休んでいた。そのせいでどんどん時間は遅れていく。現地に着いて時間を余すかどうか、この調子ではわからなくなってきた。サドルの言うとおり、行ってみないとわからない、のだ。

結局万博会場に到着した頃にはすっかり夜が明けていた。

6.

国際社会に一歩も二歩も遅れて参加した明治政府以来、日本は西洋に遅れを取らぬよう努力を重ねてきた。亜細亜《アジア》圏で一番の先進国であろうとし、西洋列強国と肩を並べ国際社会を牽引する一流国たるべく精進を続けてきた。日本にとっての万国博覧会開催は、文化経済政治が欧米と比しても決して引けを取らない、それどころか一歩先んじていることを国際社会に表明する晴れ舞台のはずだった。が、その道程は困難の連続だった。まずは明治六年に七年後に東京で万博を開催する提案が成されたが、これは時期尚早で果たせなかった。その後国内で大規模な博覧会を繰り返し、満を持して明治四十五年に万博の計画が進められたが日露戦争で挫折。次に昭和十五年開催を目指して各国に招請状を送ったがイタリア・ドイツ・ブラジルの三国しか参加表明がなく、前売り券まで販売されながら開催は延期された。それから後も二度の世界大戦の中、幾度か万博の計画は立てられては潰《つい》えた。あげくの大阪万博だった。念願の国家的事業開催は、とうとう日本が大国と肩を並べたことを意味していた。未来へのあこがれと希望が形を持って目の前にあるのだ。高度成長期の日本国民すべてが、このお祭り騒ぎへと呑み込まれていった。その尋常ではない熱気が、会場周辺に近づくだけで物理的な力を感じるほどの力を生じさせていた。その熱に呑まれるように、サドルたちは入場待ちの列に加わった。

四つある入場口のうち、一番入場者数の多い中央口前。開門を待つ長い人の列に、三人はばらばらになって並んだ。その方が人混みに紛れることが出来るはず、というのが彼らの唯一の作戦だ。みんなそれぞれ、前後にいる子供たちや大人に紛れてまるで家族のようにふるまって並んでいた。

八辻の姿は見なかったが、背広姿のうろんな人物が列に並ぶことなく周囲をうろちょろしていた。それが近くに来る度に前にいる大人に話し掛けたり子供たちの陰に隠れたりした。

万博の警備に当たっていたのは官民合わせて千二百名あまりの万博警備隊。それに対し中央口だけで一日一万人を超える観客が通過する。それは警備側の当初の予想を大きく越えていた。そのため開催当初から、開門と同時に人気パビリオン目掛けて殺到する人の波に呑まれ怪我をする人が続出した。それに対処するため、この日に到るまでに警備員の人数から警備する位置と方法に試行錯誤を繰り返していた。最終的にはゲートを通った観客が走り出す前に、交互に立った警備員が会場案内のパンフレットを手渡すことである程度観客の暴走を食い止めることが可能になった。

テレビや新聞紙上で、入場口で走り出し事故になったという報道が幾度もされていたこともあり、この頃には入場と同時に一斉に走り出すことはなくなっていた。バッファローの群れに喩えられていた入場口の暴走があれば入場門を潜ってから見つかることなく目的地にまで行けたかもしれない。しかし今それを望むのは難しい。日曜日なので平日よりは人出は多いだろうが、それだけで八辻たちの目を逃れることは難しいだろう。

どうしようかと悩む間にも開門の時間は迫っていた。それにつれて、シトは不穏な気配が高まるのを感じていた。その正体が何かはわからないが、周囲の人間が浮き足立っているのがわかる。列の半ばに、友人同士二家族が連れだって並んでいる。シトはその間に埋まるようにして順番を待っていた。その家族連れの大人たちがこそこそと話す言葉が聞こえてくる。

――アメリカ館で入場制限が

――過激派が来ていて

――ソ連館も昼までには閉館

――閉館が続くらしい

――早く観ないと閉館になるところが

どこが出所かわからないがそんな噂が一気に広がっているようだ。先頭の方でもざわついている。

早く行かないと閉館になってしまう。

行列の中でその思いが野火のように広がっていく。

特に門の直前で待っている人達には緊張が高まっていた。走るにしろ走らないにしろ、その騒動に巻き込まれるのは必至だからだ。

和装の女性が草履《ぞうり》を懐に入れて構えている。小さな子供を抱き上げるお父さんもいる。

そして門が開いた。

すぐに先頭近くで大声がした。

「走れ。アメリカ館が閉館になっちゃうぞ」

走れ、走れの声がそこかしこから聞こえだした。

後ろからどんどん人が押してくる。

門を潜った人間から全力で走り出した。老若男女がそれぞれに必死だ。アスリート並みの全力疾走するものがいる。走り出すと同時に転《こ》けかかるものもいる。年寄りや子連れが脇に寄ろうとするのだが、それも困難だ。この混雑の中で突然立ち止まり地図を見ようとするものまでいる。警備員たちがバッファローの暴走と怖れた気持ちもわかる。もし不用意に前に立ったら、あっという間に弾き飛ばされているだろう。足元を見れば脱げた靴や、破れた紙袋が散乱していた。

収拾のつかない騒ぎに、警備どころではなくなっていた。

暴走に巻き込まれないように脇に避けた警備員たちがハンドマイクを持って叫んでいる。早くも喉が嗄《か》れてきている。

歩いて下さい！

走ると危険です！

走らないで下さい！

懸命の呼び掛けにも耳を貸すものは少なかった。とはいえパニック状態は半時間も続きはしなかった。アメリカ館の閉館がデマであることが放送されたからだ。しかしそれでも、最終的に数名の怪我人を出して治まったのは、警備員たちの懸命な誘導の賜物だった。

騒ぎの中、雪崩のような人の流れからなんとか逃れたシトは、完全に観光客の顔で周囲を見回していた。真正面に立っている塔が太陽の塔だ。金色の鳥のような顔がついたその塔は現代美術家の岡本太郎によって作られた大阪万博のシンボルなのだが、シトには怪獣にしか見えなかった。それ以外のパビリオンにしても、奇怪さを競っているように歪で未来的で怪物じみた建物ばかりだった。それら異形の建造物の間を歩いているのは、一張羅《いっちょうら》を着込んだ大人たちに、はしゃぐ子供たち。観光地に出掛ければ必ず出会う典型的な家族連れたち。かと思えば、ファッションショーから抜け出てきたような奇抜な服のコンパニオンの女性たちや、制服姿の警備隊員。そして田舎住まいではほとんど出会うことのなかった肌の色の違う〈ガイコクジン〉。シトにしても白人と黒人を映画以外で見るのは初めてだった。その混沌とした熱気に揉まれながら、シトはパンフレットの地図を広げ大阪ヴァイタフィルム館を目指した。人混みと熱気に当てられ、夢の中で道に迷っているような気分だった。お祭り広場を右手にまっすぐ進む。浮ついた気分ではあったが、それなりに周囲には気を配っている。背広姿の人間もたくさんいるが、暴力的な気配だけは消せない。幾度か、らしい人間を見つけ人混みに逃れながら、タイの寺院建築を思わせるパビリオンを左に折れ、それらしいパビリオンにようやく行き当たった。瓦屋根の町屋を思わせるこぢんまりとした木造建築だ。その壁に「大阪ヴァイタフィルム館」の文字が書かれていなければ、パビリオンかどうかもわからない地味な建造物だった。あまり人気がないようで、誰も並んでいない。入り口で少し待っていると未明が、さらにしばらく待つとサドルがやってきた。

「見ろよ、これ」

嬉しそうに掲げているのは万博のパンフレットだ。

「ほらこれこれこれ」

広げたパンフレットの中央に象牙海岸館のスタンプが押されてあった。

「そんな時間よくあったね」

呆れるシトにサドルは満面の笑みを浮かべて言った。

「やる気だよ、やる気、ちんこ」

「さあ、行くよ」

未明に引っ張られ、シトに背中を押され、サドルは大阪ヴァイタフィルム館に入っていった。

扉を開けて中に入ると受付があった。そこにいる中年の女性がお待ちしておりましたと言って奥の扉を指差した。

そこに入れということらしい。

三人は扉を開きぞろぞろと中へと入っていった。四十人座れば一杯になるようなその部屋にはパイプ椅子が並べられ、正面に大きなスクリーンが掛けられてあった。彼ら以外に客はいなかった。席に着くといきなり明かりが消えた。真っ暗な中、正面のスクリーンに映像が映し出された。真っ赤なリュックを背負ったその男を見て、サドルが息を呑む。

「……お父さん」

喉に絡む声でそう呟いた。スクリーンの中の男は、六年前に亡くなった父親にそっくりだったのだ。

「ええと、最初に言っておくけど俺はサドルの父親じゃない」

スクリーンの中の男はそう言うと頭を掻いた。

「似てるよな、そりゃあ。似てるけどお父さんじゃないんだなこれが。まあ、お父さんのオバケぐらいでいいかな。さてと、君たちはガウリー将校からここに来いって言われたんだよな。ええと俺がこの場所にいられる時間は限られているので手短に説明しよう。俺は君たちの知ってる『大人はわかってくれない』を作った男だ。大阪ヴァイタフィルム社の創始者というか、協力者でもある。そしてもちろんオトナ人間と君たちコドモ軍との戦いのことも知ってる。そして君たちの協力者だ。大人だけれどオトナ人間じゃない。ついでに言うと中央口でデマを撒いて観客を煽ったのも俺ね。驚かない驚かない。それぐらいしないと、簡単にオトナ人間にやられちゃうからね」

スクリーンに映った男の顔にざあざあと雨が降るようなノイズが重なった。

「ああ、位置と時間がずれてきた。君らには移動してもらわないとならないのだが、いちいち列に並んでパビリオンに入っていたら時間が足りなくなる。だから君たちはユーレイに……時間が……自動車館へ行け」

ぷつりと映像が途絶えた。三人は顔を見合わせた。

「どういうこと」

サドルが言う。

「多分、自動車館へ行って映像を見るとわかるんじゃないかな」とシト。

「ユーレイがどうのって言ってたぞ」再びのサドルの疑問に答えたのは未明だった。

「ユーレイならどこにでも忍び込めるから、ユーレイになって行けってことじゃないのかな」

サドルは周囲を見回し、いいこと思いついたという顔で言う。

「じゃ、ここに身体を置いてユーレイでパビリオン巡りをしようぜ」

「遊びじゃないんだぞ」

「シト、いつからそっち側に廻ったんだよ。これは遊びなんだよ」

サドルは自信たっぷりにそう言った。

「確かに遊びだよ。そう考えた方が私たちらしいと言うかサドルらしいよ」

未明が賛同する。そうなるとシトももともとは遊びたいのだ。サドルの計画を実行することにした。サドルはそれが決まると同時に身体から抜け出した。慣れない未明を、シトは後ろから抱えてグルグルと回す。キュッパっとユーレイが抜け出た。シトもそれに続く。三人の身体は椅子に座って眠ったままだ。

「さあ、レッツゴー」

サドルを先頭に壁を抜け大阪ヴァイタフィルム館を出た三人は、上昇して俯瞰で自動車館を探す。電気仕掛けの未来カーに乗れる交通ゲーム広場が目印だ。すぐに見つけてパビリオンに入る。ここでは『1日240時間』という安部公房脚本のSF映画を上映していた。途中から三人はそこに潜り込んだ。するとスクリーンに、いきなりさっきのオバケと名乗る男の顔が映った。

「続きを話す。しっかり聞いてくれ」

オバケが言った。周りの観客の反応を見る限り、三人だけがオバケの映像を見ているようだった。

「さてと、手短に話をするよ。俺はあまりここにいられないんでね。君らはこれから太陽の塔に昇ってもらう。そこでコドモ軍の使者が待ってるんだ。太陽の塔には大出力の狗線《ドギーレイ》放射装置が設置されている。オトナ人間が極秘裏に巨額の資金を注ぎ込んで作ったものだ。万博が始まってからずっと狗線を照射し続けているんだ。狗線はとても緩やかに、しかし確実に意識を変貌させていく。狗線の影響を受けるとどんどん自由を不快に感じるようになる。オトナ人間は自由が大っ嫌いなんだ」

ここで再び雑音が入り画面が乱れた。

「次はせんい館に移れ」

慌ただしくオバケが告げて画面から消えた。三人はすぐに自動車館を飛び出す。せんい館はすぐに見つかった。かなり特異なパビリオンだからだ。外壁には工事中の足場が残され、ヘルメット姿の作業員が作業を続けている。そのすべてが偽物だということは、外観すべてが明るい赤で塗りつぶされていることでわかる。現代美術っぽいこの外観は横尾忠則プロデュースによるものだ。三人はするりと中へと入り込んだ。そこは様々なオブジェと多面スクリーンが組み合わさった複雑な映像ドームだった。そこでもすぐにオバケが顔を出してきた。やはり観客の反応は皆無だ。

「オトナ人間の狗線は基本的に君たちのQ波と同じものだ。Q波を受信すると逆に自由じゃないと死んじゃうぐらい自由が必要になるんだけどね。狗線とQ波は効果は正反対だけど、発生のメカニズムは同じだ。つまりオトナ人間たちが狗線を増幅して日本中に放射するための放射装置は、同時にQ波の増幅照射装置でもあるわけだ。これが我々にとってもオトナ人間にとってもかなり危険な作戦だってことはわかるよね。いや、頷かなくてもいいよ。オトナ人間もこの万博でコドモ軍が攻めてくることを知っているわけだから必死だよ。奴らは今追い詰められているのさ。学生運動だのなんだの、オトナ人間的な〈社会〉を否定する人間たちが力をつけてきている。ということは精神寄生体であるオトナ人間が弱体化しているんだね。このままだと日本からオトナ人間が完全に駆逐されてしまう。だから奴らはこの勝負にすべてを賭けてきている。ああ、もう終わりだ。次はオーストラリア館で」

巨大な腕が投網を投げ広げたような不思議なドームがあるオーストラリア館からオランダ館の多面スクリーン、絵に描いたような未来的建造物のタカラ・ビューティリオンでは球形のスクリーンに、次々と場所を変えオバケは三人に説明を続けた。すぐに脱線する彼の話だったが、すべきことはたったひとつ。太陽の塔にある増幅照射装置を使って、日本中にQ波を照射すること。狗線の放射装置は高出力のQ波に、あまり長く耐えられない。おそらく五分も掛からず過負荷で壊れる。

「奴らが何十億と掛けて五年あまりを費やして作られた狗線増幅照射装置はそれでくたばる。使い物にならなくなるんだ」

そう言ってオバケは嬉しそうにけけけけと笑った。

しかし壊れるまでQ波を照射したからといってすべてのオトナ人間を消し去ることが出来るかどうかは運次第。照射時間にもよるが確率は低い。とはいえオトナ人間に取って相当な痛手になることは間違いない。しばらくはコドモの天下が続くだろう。

それだけを聞いてタカラ・ビューティリオンを出た三人は電気通信館に展示されていたワイヤレステレホンでフジパン・ロボット館へ行けと指示を受け、そこでブリキのおもちゃのようなロボットが三枚のカードを出してきた。

「これはチトラカード」

ロボットはオバケの顔でそう言った。

カードには枯れ葉に、焦げたような色で図形らしきものが描かれてあった。三枚とも異なる文様だ。

「これを」

重ねた三枚のカードの、文様側をみんなに見せた。それをぱらぱらぱらと素早く捲《めく》る。細かい作業などできそうにない金属の指なのにマジシャン並みの手捌《てさば》きだ。そうやって何度かカードを捲っていく。やがてぱらぱら漫画の要領で、文様がぐねぐねと動いているように見えた。

「これに何の意味が」

「このチトラカードというのは、それを組み合わせて動かして見せると時空に影響を与えることが出来るカー

＊

激痛と共にシトは目覚めた。自分の肉体を、苦痛と共に感じた。身体へと引き戻されたのだ。気がつけば床に俯《うつぶ》せ、男たちに囲まれていた。シトは身体が痺れて動けない。そこに歩み寄ってきた男を、瞳だけ動かして見た。楽しそうにシトを見下ろしているの

は八辻中也だった。病気の老犬のように俯したままのシトを、八辻は爪先で蹴り上げた。ごろり、と仰向けにされる。

サドルと未明が同じように寝かされているのが見えた。ここは大阪ヴァイタフィルム館の受付の前だ。八辻たちに身体を発見されてしまったのだ。

「さてと、残りの二人もここに戻ってもらおうか」

そう言って八辻は掌を上にして男たちに見せた。すぐに駆け寄ってきた男が、その手に電撃棒を置く。それを握ると無造作に電極をサドルの首筋に押しつけた。

蒼白いスパークが怖ろしげな音とともに走った。

釣り上げられた魚のようにサドルは身をくねらした。ユーレイが戻ってきたのだ。意識は肉体に戻ったが、電撃棒の影響で身動きは取れない。まともに喋ることも出来ない。

続けて未明の首に容赦なく電極を突きつけた。女であるとか子供であるということに、なんの配慮もない。びくりと震え、未明にもユーレイが戻ってきた。動けないのはサドルと同じだ。

「ここは大阪ヴァイタフィルム館の中だ。身体を八辻たちに見つけられたんだ」

目覚めた二人に説明する。だが身体が痺れ、きちんと発音できない。話しながら、シトはなんとか身体を動かせないかと手を開いたり閉じたりする。さっきまでよりは自由が利くようになっている。だからといって何か行動できるほどでもない。面白そうにそれを見ていた八辻が、ようやく動くようになった掌を踏んだ。

「ユーレイになれば大人に見えないと思っているかもしれないが、見える人間がいるんだよ。我々が配置した〈見える人間〉がすぐに馬鹿面晒《ばかづらさら》して空を飛んでいるおまえたちを発見したんだ。それで身体を探した。すぐに見つかったよ。子供の考えることはたかが知れている。さて、おまえたちの目的はあの目玉男だな」

「なに、それ」

「太陽の塔を占拠した男だよ」

「えっ、それどういうこと」

「本当に知らないのか」

八辻は疑い深そうにシトを睨んだ。

「何も知らないよ。それ、なんなの」

「じゃあ、あれが偶然だと言うのか」

「だからあれって何のこと」

「太陽の塔の金色の顔があるだろう。あそこの目の部分に男が立てこもっているんだ」

「一人で？」

「そう、一人で。クソ、白々しい。知らないわけがないだろう。いくらなんでもタイミングが合いすぎなんだ。そんなものバレバレだ。あの男に会って何をするつもりだった。それともユーレイになってもう会ってきたか」

「だから知らないんだって。いい加減信用してよ」

「おまえたちを信用するバカはいない。そうだ、いいことを教えてやろう。あの目玉には五キロワットの電球が入ってるんだよ。本来ならそろそろ」八辻は腕時計を見た。「点灯する時間なんだが、点灯したら目玉男はオーブンに入れられた豚肉のようになるだろう。つまり間違いなくあの男は焼け死ぬ。目玉男の目玉焼きだな」

八辻は喉の奥でくくと笑った。

「そのための許可をもらおうとしているんだが、これがなかなか返答がこない」

「……人を殺すことがそう簡単に認められるわけがない」シトが言った。

「人殺し程度のこと、場合によっては簡単に許されるんだよ。死刑制度というものがあるのを知らないのか。君たちも凶悪なテロリストであると報道されたら、我々によって殺されたとしてもそれほど問題視されることはないだろうね。正義は倫理に優るんだ。中学生にはちょっと難しいかな。さてと、君たちがあの太陽の塔で何かをしようとしているなら、つまりそれは狗線が放射されているのを止めようとしているわけだろうなあ。

無駄だけど」

「黙れチンコ野郎」

そう言ったのはサドルだった。

「無駄じゃないんだよ。必ず止めてやる」

「どうやって？」

心底不思議そうな顔で八辻は首を捻る。

「おまえたちに何が出来る。ただただ半端な子供が、大人相手に何をするというんだ」

八辻は横たわるサドルの脇腹を無造作に蹴った。

胃に直接爪先がねじ込まれたようだった。

抑えることも出来ず少し吐く。

「おまえたちはベビーベッドの零歳児よりも無力なんだよ」

また蹴る。

込み上げる物を無理矢理押し戻した。

ぐう、と喉が鳴った。

「Q波だのなんだの、くだらない力を持って勝てるとでも思ったんだろうな。無駄だよ。そんなものはまさしく子供騙し」

「狗線もかわんないだろう」

シトが言った。

「君は頭がいい。そうなんだよ。それが一番頭の痛い問題なんだ。我々としてはクソくだらない子供騙しのような道具を使いたくはないんだがね。しかしそういう果てしなく虚構に近い子供騙しの武器でないと、おまえたちのような阿呆には効果がないのだ。とはいえおまえたちコドモ軍にしたところで、この現実の恒常性の前にはかなり苦戦しているようだがな」

シトが八辻を睨んだ。

「あっ、もしかしておまえたちコドモ軍が助けに来てくれるとか思ってないか。無駄だ。奴らの船がこの世界に近づいていられるのはわずかな間なんだよ。時間的にも空間的にもすぐにずれが生じて干渉不可能になる。昨日から幾度か直接干渉をしているようだが、それにしたところで物理的な力は持ち得ないただの幻影だ。しかももう終わりだよ。もうコドモ軍に出来ることは何もない」

八辻は腕時計を見た。

「許可が下りたら、今からあの目玉部分に電灯を点すつもりだ。その熱気であっという間にあの男は黒焦げなんだが、なかなか上からの許可が下りない」

「だから言っただろう。人殺しの許可はそう簡単には下りないって」

「いいや、予言しておいてやろう。テロの主犯は間違いなく射殺される。問題はそんなところじゃないんだよ」

床に唾を吐く。

「忌々しいことに、上層部の何割かはまだオトナ人間化されていない。そんな万博で本気の夢を語るうすら間抜けが若干名いるんだよ。そいつらが邪魔をしているらしい。オトナ人間の未来がかかっているこんな時に、何をもたついてるのかって、俺たち現場の人間の苦労はわかってるのかっていう話だ」

話がだんだん愚痴に変わってきた。

オトナ人間たちはシステムを遵守《じゅんしゅ》する。上司の命令は絶対だ。そこから逸脱することが出来ないのがオトナ人間のオトナ人間足る所以だ。

そんな八辻の愚痴をおとなしく聞いていたサドルの耳元に、囁き声が聞こえた。

「黙って話だけ聞いて」

未明の声だ。

ちらりと横目で見ると、未明は堅く目を閉じたままだった。

「わかる？」

未明は言った。しかし未明の口はぴくりとも動いていない。

すぐにサドルは起こっていることの意味を悟った。

未明がぐったりとしているのは電撃棒の影響ではないのだ。いつの間にか意識を取り戻した彼女は、改めてユーレイとなって肉体を抜け出たのだ。

「返事はいらない。私の話だけを聞いて」

声は床下から聞こえている。

ユーレイだけならどこに入り込むことも出来る。未明は床下から話し掛けているのだ。

「今私はユーレイになって床下にへばりついている。奴らの中に視えるものもいるようなので、ここで話すから聞いて。奴らにQ波が絶大な力を持つのは間違いない。ところがユーレイが抜けると、残された肉体が弱点になる。だから私の身体を背負って、逃げて。私が近くからQ波で敵を牽制してみせる。さっきちょっと外の様子を見てきたんだけど、裏口の方が少しは人間が少ないみたい。奴らは私たちを連れてここから出ていこうとするはず。その時に私を背負ってスクリーンのある部屋に走って。裏口から脱出するの。あっ、返事しちゃだめだよ」

「シト、元気か」

サドルは声に出して聞いた。

「なんとかね。おまえたちに任せるよ」

どうやら今の会話をシトも聞いていたようだ。

「そいつらを縛れ」

八辻が言った。

「今から病院に連れ帰る。私にすべてが任されているならここで厄介なおまえたちに止《とど》めを刺すがね。上の方はそうは思っていないようだ。目玉男もおとがめ無しだと聞いている。まったく上の連中は腰抜けばっかりだよ。さあ、こいつらを縛れ」

手錠を手にした男たちが三人に近づいてきた。

彼らが手錠を掛けるべくしゃがみ込んだその瞬間。

未明は言った。

「今だ」

バネ仕掛けのようにサドルは跳ね起きた。

間髪容れず未明のユーレイが悲鳴を上げる。

放たれたQ波に、正面にいた男たちが次々に昏倒した。

仰け反るようにしてQ波を避ける八辻が見えた。

男たちに動揺が広がる。

すかさずサドルは未明を肩に担いだ。さっきまで痺れて動けなかったとは思えない動きだった。

小さく痩せた未明だが、軽々と持ち上げるわけにはいかない。ぐったりとした少女の重みにふらつきながらの仁王立ちだ。

未明はQ波を放ち続けながら、後ろを振り返った。当然のことだがユーレイには肉体がない。つまり光や音を物理的に感じ取っているわけではないのだ。だから正面向かないと見えないわけではない。視覚も聴覚もいわゆる第六感から構築されているからだ。

それ故に、敵意、殺意、害意といったものには普段よりもずっと敏感だった。今は背後から臭い舌で舐められるような悪寒を感じたのだ。

背後からそっと廻りこんでいた男たちがそこにいた。

先頭にいた二人が膝をつき顔面から床に倒れた。

一拍遅れサドルが振り返る。そこからスクリーンのある部屋まで十メートルあまり。その間にまだ十名近い男たちが構えている。

側面からも背後からも、電撃棒を持った男たちが近づいてきていた。

未明一人に、相手はあまりにも多い。

声をあげているのはあくまでユーレイであり、肺があるわけでもない。息が続かなくなるはずはない。理屈ではそうだが、意識が息切れする。どこかで息継ぎしてくれと求める。

その息継ぎの瞬間、倒れた仲間を踏み越えて飛び掛かってきた男がいる。持った電撃棒をまっすぐサドルへと伸ばした。

未明のQ波は間に合わなかった。

電極がサドルの腹を狙う。

その腕に飛びついたのはシトだ。

後先考えずに電撃棒を摑んだが、力では到底敵わない。

振り回され振りほどかれ、棒から手が離れた。

すかさず男は電極をシトの腕に押しつけた。

その場に転倒し、手足を震わせる。

痛みより、己の不甲斐なさに涙が出そうになる。その自身の態度がまた情けない。

悔しさに噛みしめた奥歯が、がりと音をたてて砕けた。

そんなシトの苦渋など、今はまったく無意味だ。

三人の中で唯一の戦力である未明は、どんどん近づいてくる男たちの対応で精一杯だった。

ユーレイの見える男たちが、「右旋回！」「左旋回！」とQ波の方向を示す。その声に合わせ、男たちは海岸のフナムシのように、Q波を避けて移動する。体を伏せる。物陰に隠れる。

三人を包囲する輪がどんどん狭くなってきた。

背後にいた男が、Q波をやり過ごしサドルが担ぐ未明に迫った。

男の持つ電撃棒の先端は、サドルが担ぐ未明を向いている。

唯一の戦力である未明が身体に戻ったら、あっという間に三人は捕らえられるだろう。

槍のように電撃棒が突き出された。

未明を担いだサドルにそれをかわす余裕など到底ない。

横たわったまま動けないシトは、為す術もなくそれを見ていた。

一瞬の出来事のはずが、もどかしいほどゆっくりと動いて見える。

電極は未明の肩へと迫っていた。

空色のワンピースの袖口に電極が触れるのまで鮮明に見えていた。

引き延ばされた時間はシトへの拷問だ。

と、その時だ。

白刃が燦《きら》めくのが見えた。

刃は電撃棒を持つ男の手を撫でる。

床に虫のようなものが落ちた。それとほぼ同時に電撃棒が床に落ちた。

イタリアンのシェフがオリーブオイルを振りまくように、鮮血がそこに散った。

そしてシトは、サドルの背後に立った羽織袴の少年を見た。

少年はシトに微笑みかけた。シトたちよりもずっと幼い。小学一年生ぐらいか。

その手に持たれているのは抜き身の日本刀だ。

男が悲鳴を上げて手を押さえた。

床に落ちているのは虫ではなく、男の親指だった。

「艦長の命により急襲の役を授かった」

変声期前の高い声で少年は言った。

「さあ、行って」

そう言って、サドルと背を合わせ正面玄関を向いて剣を構える。

彼が誰かはわからなかったが、サドルたちの後方を守ってくれるようだ。

「ぼくは残る」

シトが床に横たわったまま言った。電撃棒の影響でまた動けなくなったのだ。

「先に行け。援護する」

言うと同時にその身体からユーレイが抜け出した。

ユーレイになったシトが叫ぶ。

未明もQ波を放つ。

たちまち状況は逆転した。

「前進！」

自ら叫んでサドルは駆ける。

稲穂を刈り取るように男たちを倒しながら、スクリーンのある部屋へ、そして外へと向かう。

「誰だ、おまえ」

八辻が言った。

切っ先をまっすぐその喉に向け、正眼に構えた少年が答える。

「我が名は小太郎」

背後から数人が同時に電撃棒を突きだした。

幼い子供相手に多少は油断していたかもしれない。

いや、もし油断していなかったにしても、為す術はなかっただろう。

小太郎が体を落とす。

同時に太刀が一閃した。

背後にいた男たちが次々に電撃棒を落とした。

まるで遊び飽きて投げ捨てたようだった。

男たち自身も何が起こったのかわかっていないようだ。見事な奇術を見た観客の顔で棒立ちしていた。

何事もなかったように再び正面を向くと、小太郎は言った。

「死出を命じた親を捨て、コドモ軍に拾われた今、破戒こそ我が使命。忠を破り孝を滅し悌を吐き棄てる」

言いながら利き足を後ろへ引くと、腰を落とした。

「下らん」

八辻は鼻で笑った。

残念なことに、この時彼は仲間の一人が親指を切り落とされたのを見ていなかったのだ。つまりこの場に到ってもまだ、物理的な攻撃ではなく心理的なトリックで電撃棒を棄てさせたのだと思っていた。

「おまえたち虚像に出来ることなどたかが――」

しれている、と言う前に小太郎は背後を向いて小太刀を突き上げた。

切っ先は後ろからそっと迫っていた背広の男の喉を貫いた。

引き抜いた剣を血飛沫《ちしぶき》が追う。

「……馬鹿な。実像などではないはずだ」

八辻の声が震えている。

見苦しいほどにうろたえていた。

巡洋艦〈テレビジョン〉がこの世界で実体化されていないのなら、そこから投影された虚像が物理的な力を持てるはずがないのだ。

「虐げられ」

言うと、右へと振り向きざまに近づく男の首を斬る。

「いたぶられ」

身体をさらに捻り、背後の男の腹を裂く。

「押し潰され」

突きだした電撃棒の下を滑らせた太刀で、相手の手首を断ち切る。

「あるはずの生を奪われた子供たちの怨みを知るがいい」

二人の男が同時に電撃棒を突きだした。

それはなんの抵抗も無く小太郎の身体を通り過ぎた。

「この世においては虚なり。しかし船で待つ八百万《やおよろず》の同胞の怨念が、わずか一刹那に太刀を実へと変える」

上段から頭を割り、下段で足を断ち、返す刀で腹を裂く。

一刹那とは、指を弾く瞬間、指が指に触れるわずかな時間のさらに六十五分の一という極小の時間を意味する。

そのわずかな時間だけ、子供たちの怨念によって刀を実体化するのだ。

その刹那刹那に血肉の華が咲く。

血と肉の跳ぶ修羅場に、地を這い空を切り人を斬り刻む小太郎は鬼神そのものだった。

男たちは完全に気圧されていた。

＊

サドルはひたすら走り続けていた。

邪魔をする人間には、未明のユーレイが容赦なくＱ波を浴びせる。走る悪疫はバタバタと男たちを倒していった。が、背広の男たちは会場内のあらゆる所にいた。彼らは相互に連絡を取り、執拗にサドルを追っていた。数台の電気自動車で追ってくる者もいた。

幸い人混みの中では思うようにスピードを出せないようだった。

未明が疲れてきたのだろうか。Q波の効果が薄れているような気がした。男たちの回復が早いのだ。中にはQ波を浴びても足元をふらつかせながら追ってくる者がいる。大勢で一斉に襲われたら、未明かサドルに電撃棒が当たれば、それで何もかもおしまいだ。なんとか今のところは男たちから逃げ切っているようだ。だが、いくら軽いとはいえ一人の少女を抱えて走っているのだ。すぐに足は鈍りだした。徐々に足が上がらなくなってきた。腿《もも》が上がらず、引き摺るように足を前に出す。

不意に足がつりそうになり、危うく転びそうになって立ち止まった。

いったん未明を路面に下ろす。

抱えていた方の肩がじんじんと痛んだ。身体を押さえていた腕も痺れてきていた。

ぺたりと座り込み、足をさする。

そうして荒く息をついていると、もう立ち上がれないのでは、とらしからぬ不安に駆られ、サドルは立ち上がった。ラジオ体操のように腕を振って大きくゆっくり深呼吸をする。それからしゃがみ込み、映画の中のヒーローのように未明を両腕で身体の前に抱えた。

ふっ、と石鹼のニオイがした。

未明の匂いだ。

　そう思うと、急に腕の中にいるのが未明という少女であることを意識する。こんな場合なのに頰が赤らむ。そしてシトにからかわれそうだなと思った。が、いつの間にかシトのユーレイは消えていた。おそらく肉体に戻った、いや戻されたのだろう。

　小太郎の加勢があっても、どうしようもなかったに違いない。しかし何があろうと、上手くいく、というサドルの楽観は揺るがない。彼の頭には、すべてを終えて三人で笑っている図しか見えてないのだ。

　太陽の塔はもう目の前だった。七十メートルあまりあるその異形の塔は、半透明の大屋根を突き破り、にょっきりと黄金の顔を突き出していた。太陽の塔があるテーマ館に近づけば近づくほど人の数は増えていった。入場待ちの行列が出来ている、というわけではなさそうだ。みんな遠巻きに太陽の塔を見ているのだ。要するに集まって来た野次馬たちだ。警備隊も警察も、その数を増していた。尋常でない人でごった返すテーマ館前の広場をようように越え、順番待ちの長い列の最後尾にやってきた。もちろんここに並ぶつもりはない。

　すみません。

　ちょっと退いて。

　退いてくれ。

言いながら人波を掻き分け、順番を無視して入り口へと向から。少女を抱いて必死の形相のサドルに、自分から道を空けてくれる人もいる。が、元々無理矢理割り込み順番を飛ばしているのだ。そこかしこで罵声怒声が飛ぶ。しかしそれにいちいち反応している余裕はなかった。ただひたすらに前へと進む。手を出してくる者には、未明が容赦なくQ波を浴びせた。

とうとう正面入り口を越えた。塔の地下へと下りていく。塔へと昇るには地下からエスカレーターで上がっていくしかないのだ。即座に駆け寄ってきた警備員二人をQ波で倒す。それが無言の脅しとなったのか、みんながサドルに道を譲った。

コンパニオンの制止を振り切ってエスカレーターを駆け上る。太陽の塔内部は生命の樹というオブジェが頂上まで貫いている。入場者は生命の樹を中心にした螺旋状の通路を上りながら生命の樹を鑑賞していく。生命の樹は単細胞生物から三葉虫、アンモナイトと、人類に到るまでの地球の生物の進化を表現していた。それを横目で見ながら上へ上へ。下の方で何かもめているようだ。大声で抗議する声が聞こえた。悲鳴が上がる。見なくとも何があったのかわかる。サドルたちを追って、男たちがここまでやってきたのだ。

サドルは自らに気合いを入れ、さらに先を急ぐ。だが未明を抱えての疾走はかなりの重労働だった。気力でここまで来たが、体力的にはかなり追い込まれていた。

とにかく足が重い。鉛の靴でも履いているようだった。自分ではしっかりしているつもりだがどうしてもふらつく。抱えた未明の足が人に当たる。

すみません！

退いて下さい！

お願いします！

声を掛け、それでも退いてくれないのなら無理矢理割り込んでいく。

おい、待て。とサドルの肩を摑んだ男が、ぐにゃりとその場に頽《くずお》れた。

未明のQ波の力だ。

耳元で発すると、その個人にだけQ波が作用する。実戦で工夫している間に気がついたのだ。そんな未明の力を借りながら、なんとか無事に六階まで上がってきた。

待て！

叫ぶ声に下を見ると、もう顔がはっきりとわかる距離まで男たちは近づいていた。

非常時用の扉を開いて非常階段に出る。

扉を閉めた時、未明が言った。

「私、ここで奴らを食い止めるよ。ここから先だと、下手すると気絶した人間が落下しかねないでしょ」

「駄目だ」

サドルは言った。

「一緒に行こう」

「何を言ってるの。ここは二手に分かれて」

「嫌だ。絶対離れない方がいい。未明には俺の見えるところで戦っていて欲しい」

「馬鹿じゃないの。ここは二手に分かれた方が――」

「お願いだ。ここで別々に行動したら一生後悔しそうな気がするんだ。頼むよ。お願いだから一緒に行こう。なんとかなるよ」

その時扉が開いた。

先頭の男が電撃棒を突きだしてくるのと同時に、未明がＱ波を放つ。

男はそのまま前に突っ伏した。

「さあ、行って。私もすぐ行くから」

呼吸とはまったく関係ないので、話しながらＱ波を放つことは可能なはずだ。だがどうしても話しながら叫ぶことが出来なかった。必要ない息継ぎをしなければならないのと同じで、肉体の記憶がそれを許さないのだ。

もう話す余裕が今の未明にはない。

サドルにもそれがわかる。

次々に非常扉から現れる男たちに、未明は途切れることなくQ波を照射し続けていた。その効果が少しずつ弱まっていることに、未明も気づいていた。疲れて集中力を失っているのだ。当人は懸命に意識を集中しているのだが、体力的には限界が近づいていた。だがサドルにはそんな素振りを欠片も見せない。早く行け、と手を振る。

ふっと息を抜き、サドルは未明に背を向けて言った。

「早く来いよ。待ってるぞ」

肉体が傷つけられない限り、ユーレイはほとんど不死身だ。心配することは何もない。そう思いながらも、未明のユーレイが見えなくなると胸がざわついた。そのような気持ちになったことのないサドルは、その見知らぬ不安感を持て余していた。シトがここにいれば笑いながらこう言っただろう。

それを厭な予感っていうんだよ。

＊

非常階段で七階へと向かう。

カンカンと鉄の階段は大きな音を立てる。背後から追ってくる足音はまだ聞こえなかった。未明が食い止めているのだ。

階段からさらに外へと出る。そこには足場が組まれ、作業員用の梯子が掛けられていた。前に未明を抱いて梯子を登るのはかなり難しい。足場の上で、いったん未明の身体を置く。そして自らシャツを脱ぎ二つに裂いた。

未明の身体を背負う。

その腕を自分の前で交差させ、胴体を裂いたシャツで自分の身体に結び留めた。

完璧とはいえない。

ずるりと滑れば、それで終わりだ。

それでもサドルは躊躇しない。運は必ず自分に味方すると思っているのだ。

準備を終えて、サドルは梯子を登る。次の足場まで登りさらに梯子を登る。

彼の勘が確かなら、そろそろ目玉に出ることが出来るはずだった。さすがに疲れが全身に重くのしかかってくる。動きがだんだん鈍くなっていた。それでも休むことはない。裸の背にぺたりとくっついているのが未明だということが励みだ。彼女を無事に運び、そして仕事を終えて三人でパーティー。そこまでを夢みて鉄パイプの間を身体を屈めて進んでいく。

丁度鼻の裏側あたりにまでやってきた。目の前に簡素な扉があった。これに錠が掛っていたらもうお手上げだ。だがやはり運はサドルに味方をしていた。ノブを捻り手前に引くと、扉はあっさりと開いた。

サドルたちは目玉の所にまでやってきたのだ。途端に悪寒がした。狗線の影響だ。この周辺では、高濃度の狗線が照射されているのだ。不快さが倍増する。耳元で黒板を引っ掻く音が始終聞こえているような気分だった。

「近づくな！」

男が言った。赤軍と書かれたヘルメットをかぶり、青いタオルで覆面しているので良くわからないが、若い男のようだ。

「子供……か。夢で見たとおりだ」

男は傍らに置いた黒い鞄を開いた。中からアシカとタイプライターを溶かして混ぜたような奇妙な機械を取りだしてきた。

「教えてくれ。おまえたちが革命の戦士か」

「そうだよ」

サドルは笑顔で言った。男は震えていた。強烈な狗線を照射されながら、彼はオトナ人間化していなかった。耐えていたのだ。オトナ人間化への衝動を必死で抑え込んでいたのだ。

「あなたに協力します。俺たちはそのためにここに来たんだ」

男はサドルの顔をじっと見ていた。

「まあ、そうだろうなあ。コドモを救うのはコドモってことだ。やはり、ホントにいたんだ」

「そうだよ。俺たちは本物のコドモ革命の戦士だ。同志、頼むよ。力を貸してくれ」

「俺の考える革命とおまえたちの革命とは別物だ。だから話はすれ違っているんだろう。すれ違っていないかもしれないけどな。しかし驚いた。本当にピーター・パンの眷属が存在したんだ」

男は不可思議な機械のヒレのような部分を摑んだ。黒目がちの、それだけ見れば愛らしくも見えるまん丸い目が見開かれた。濡れた身体を撫でると子守ガエルの背中に似たキーボードが浮き出してきた。それを片手でカシャカシャと操作する。その度にどこかが伸びどこかが回転しどこかが口を開いた。悪夢の中で生きたアコーディオンを演奏しているようにも見える。音が出るわけではないが。

「Q波というものがあるのだそうだ。それをおまえたちは使えるんだろう。それならここを」

産卵でもするように、機械のスリットを押し開いて中から黒い茄子のようなものがにゅるりと出てきた。茄子の先端部分には格子状の穴が空いている。男はヌルヌルと光るそれを持って前に突き出した。

「この機械を使えば、太陽の塔に仕掛けられた狗線放射装置を通じ、Q波を日本中に流すことが可能だ。Q波はこの機械を通して何万倍にも増幅され、日本中に飛ばされる。日本における寄生体としてのオトナ人間はそれでおおよそ片がつく。ほら、やってくれ」

茄子もどきをサドルに突きつけた。

「俺が持ってるわけにはいかないんですよ。だからそのまま持ってて下さい」

男は言われるままに茄子もどきをサドルの方へと突き出しじっとしていた。

サドルはいったん布を解き未明を下ろしながら言った。

「あっ、そのまま持ってて下さいね」

下ろした未明を近くの足場に座らせて、柱に縛り付ける。自分も安定した所を探して横たわった。

「ええと、ここで俺は身体を抜け出します」

「身体を抜け出す？」

「なんて言うんですか。幽体離脱でしたっけ。見た目気絶したみたいに見えますけど、俺は魂みたいなものになっていますから、そのままそれを支えていて下さい。そこに行ってQ波を出しますから」

言い終わると同時に、サドルは肉体から抜け出た。急にぐったりとしたサドルを見て、男は言った。

「おい、大丈夫か」

「大丈夫です」

すぐ近くでそう応えたのだが、ユーレイの声は聞こえなかったようだ。それでも男はサドルのいた場所に茄子もどきを向けてじっとしていた。ユーレイのサドルにとってはまじないに等しい深呼吸をしてから、大きく口を開いてそれに向け叫んだ。渾身のQ波は、Q波を察知したコドモたちを鼓舞させ、オトナ人間には物理的な衝撃を与える。そのQ波が、増幅機で何万倍にもなり日本中へと照射された。

すぐに太陽の塔の先端にあるアンテナのような部分が、ぶんぶんと音をたて、激しく震え始めた。スズメバチの巣に頭を突っ込んだような不快で怖ろしい音だった。どうやらそれが狗線照射のための装置だったようだ。Q波が入力されることで、今持てる力の限界を越えて負荷が掛かっているのだ。

暮れ始めた空を背景に、発振部分がゆっくりとオレンジに発光し始めた。その光度はさらに激しくなり、色はオレンジから白へと変わっていく。

振動はさらに激しくなり、ついには黄金の顔の鼻の部分から、白煙が昇りだした。

「熱っ」

男が茄子もどきを足元に落とした。触れることの出来ないぐらいに熱を持っていたのだ。

鞄の中の機械が釣り上げられた巨大魚のようにバタバタと暴れ出した。動きはどんどん激しくなり、今にも鞄から飛び出しそうだ。

それが突然びゅうと情けない音をたてた途端、ぴたりと動きが止まった。

と同時にサドルの頭上で爆発音がした。

黄金の顔にあるアンテナ状のとさかが、一際激しく白く輝くと、炎を噴きあげ根元からぽっきりと折れたのだ。

サドルの真後ろをそれが落下していった。

一拍間を置いて轟音がした。

アンテナが路面に落ちて砕けたのだ。これだけの人が集まっていながら、目玉男の騒動で人を整理していたことが幸いして誰にも当たることはなかった。

この時、万博会場から同心円上に様々なトラブルが発生、拡大し始めていた。

最初に起こったのは交通事故だ。

町のあちこちで、車が急停車、あるいは蛇行運転の果てに激突するなど、大小様々な事故が起こっていた。

少し遅れて火事が発生し始めた。

必死で叫んでいたサドルには見る余裕などなかったが、見下ろせば眼下に広がる万博会場を見ることが出来た。昼間なら吹田市全体を一望出来る。天気が良ければ淀川まではっきりと見えるだろう。が、今は薄闇に紛れてそこまで見ることは出来なかった。

そこにぽつぽつと火の手が上がっていた。

大きく広がりはしないが、この時間に立ち上る炎はよく目立った。

どれもこれもオトナ人間に憑依されていた人が、急に意識を失った故の事故だった。

それが今、日本全国へと広がっていった。

目玉男は肩で息をついていた。

「どうやら俺の仕事も終わったようだな。俺は思い出したよ。夢の中の女に言われたことを。自由を守れって、そう言われたんだ。だから俺はここにいる。そうだろう」

横たわるサドルに声を掛ける。

ひゅっ、と音をたてて息を吸い、サドルは身体を起こした。再び肉体に戻ったのだ。

「ああ、そうだよ」

サドルは笑った。

そして未明を縛った布を解き、待った。役目を終えてユーレイがここに戻ってくるのを。

だがいつまで待ってもユーレイがこない。未明は意識を取り戻さない。不安になってその胸に耳を当てた。なんの音も聞こえなかった。首筋や手首の脈を診《み》るが、これも反応がない。何度も何度も確認したが、胸の鼓動も脈動もまったくない。

やがて手足から熱が失せていった。

ただ気を失っているだけではないのは明らかだった。

「未明！　未明！」

抱き上げ、抱きしめ、サドルは声を掛けた。それでも何の反応もない。

「違う」

サドルは呟いた。

「そんな馬鹿なことがあるわけない」

サドルはきつく未明を抱きしめ、空を見上げた。緑に輝く光が、蛍のように空を飛ぶ。

それが、今この時のこの場所を祝福しに集まって来た子供たちのユーレイであることに気づいた。

「そうだよ。みんな祝ってくれてるじゃん。お話っていうのはめでたしめでたしで終わるんだよ。それ以外は許さんぞ。何が何でも絶対許さんよ。そうだそうだそうだ。俺は絶対許さないからな。そんなウンコみたいな終わり方は」

声はどんどん大きくなっていく。

「絶対認めないっ。俺は俺の世界で生きているんだあぁ。俺の世界にそんなクソみたいなラストはない！　認めん！」

途中から叫んでいた。そして最後に一際大きな声で絶叫した。

「絶対ないんだああああああ」

それに答えるように、落雷のような、あるいは崖崩れのような轟音が響いた。

同時に世界がシェイカーにかけられたかのように揺れた。星空が、月が、夜空が激しくぶれる。

サドルは一瞬で振り飛ばされた。

宙空で二度三度と回転して、なんとか姿勢を制御した。

宙に浮かび、その時自分がいつの間にかユーレイとなって弾き飛ばされたことを知った。隣にいた目玉男は平然と座っている。そしてサドルも未明も、寄り添って横たわり、転がり落ちそうな気配はない。

地面は一ミリたりとも揺れていなかったのだ。サドルは再び肉体に戻り、未明の身体を抱き寄せた。既に未明の身体は冷え切っていた。

その時シトのユーレイが扉を抜けてふらふらと現れた。

「今なんか変だったよね。ぼく吹き飛ばされたみたいだ。……あれ、未明は」

シトの顔を見て安心したのかもしれない。サドルは泣き出しそうな顔で言った。

「反応がないんだ」

「……あの背広の男たちはみんな気を失ってたよ。そろそろ起き上がる者もいたけど、もうぼくたちに何の関心もなくなっているみたい――」

「それで未明のユーレイは見なかったか」

「うん」

申し訳なさそうな顔でシトは頷いた。

「サドルが来たはずの順路でここまで上がってきたつもりだけど……。丁度道しるべみたいに男たちが転がっていたからね。だけど……未明はいなかったよ」

「おかしいんだ、シト。脈がないんだよ」

「今ぼくにはさわれないけど……」

夜目にも未明の顔は色を失い、蒼白だった。

「まさか、違うよな。なあ、シト、違うよな」

すがるようにシトを見ていた。こんなにうろたえたサドルを見たのは初めてだった。

ぼくがしっかりしなくちゃ。

そう思いはするのだが、何をどうしたらいいのか何も浮かばない。

「とにかくここを出よう。医者に連れて行かなきゃ」

シトは出来るだけ平静にそう言った。だがありもしない心臓が大きく脈打っているのを感じる。

「医者だ。そうだ、医者だ」

サドルは繰り返した。

「未明を背負わなきゃ」

シトに言われようやく気がついたサドルは、未明を背負おうとした。

興味深そうにサドルを見ていた男が言った。

「何をしているのかさっぱりわからんが、危なっかしくて見てられない。手伝ってやるよ」

サドルの背中に未明を背負わせ、腰で縛り付ける。

「よっしゃ、出来たぞ」

「とにかく下まで降りよう」

「……そうだな」

「ぼくは一足先に肉体に戻って下で待ってるよ。救急車を呼んでおくから」

「頼む」

「もう行くんだろ」

男が言った。

サドルは男に向かって頭を下げた。

「ありがとうございます」

「俺たちは勝ったんだよな」

「ええ」

サドルは無理矢理笑顔を浮かべて言った。

「勝ちました」

「じゃあ、気をつけてな」

「お兄さんはどうするんですか」

「世の中に抗うのには、たいていリスクが必要なんだよ。まあ、なるようになる。ついでだからここで座れるだけ座ってみせるさ」

「頑張って下さい」

「おまえもな」

サドルは再び一礼して、足場の間を苦労して移動した。来た道を引き返すのだ。来たときよりもずっと足は重く、思うように前に進まなかった。それでも手や脚を動かしていると物事は進むのだ。ようやく扉を開いて塔の中に戻ると、そこで警官が待ち構えていた。

「君たち何をしている」

「彼女が気を失ったみたいでこっちから出られるかと思って出てみたんですがどうにもならなくて、あの、救急車を頼めませんか」

「今会場内で倒れた人が多数現れている。熱気と人混みにあてられたのかもしれないが、とにかくここを出てくれ。この中にも気を失っている人間がたくさんいたからな。とにかく下まで行ってくれ。救急車は出動している」

警官の横を通り、サドルは塔を駆け下りていく。昇るときにあれほど疲れ果てていたのに、未明を助けたい一心であっという間に一階まで下りていた。

塔から出ると、お祭り広場前は大勢の制服警官で溢れていた。救急車のサイレンもうるさいほどだ。

未明を抱え、迷子のように所在なく立っているサドルをシトは見つけた。こっちこっちと手招きする。

「早く、救急車に乗れるから。ほら、あの子です。お願いします」

ストレッチャーを押している看護師に頭を下げた。

サドルは未明をストレッチャーに下ろし、共に救急車に乗った。サドルに懇願されて、シトも同乗した。一九九一年に救急救命士法が制定されるまで、救急隊員は一切の医療行為を禁止されていた。病院に着くまでに彼らに出来たのは、ただ冷たくなっていく未明を見ていることだけだった。

救急病院に搬送された未明の死が確認されたのが午後八時四十四分。

突然の意識不明や様々な事故で運ばれてくる患者たちでまるで戦場のような病院の待合室でサドルとシトはそれを知った。

髪の毛を掻き毟《むし》り絶叫したサドルは、突然大声でチンコとウンコを繰り返し叫びだした。まるでそれが世界を取り戻す呪文であるかのように、何度も何度も繰り返して絶叫した。シトにとっては痛々しいとしか思えない行為だったが、誰もがそう感じるわけもない。サドルは激怒した職員に引き摺られ病院の外へと追い出された。残されたシトは何をすべきかがわからず、ただただリノリュームの床を見詰めていた。

彼らは勝利したはずだったが、勝敗はすでに意味を失っていた。

＊

その夜、二人はそれぞれに親に引き取られ帰った。サドルは死ぬかもしれないと思うまで殴られ蹴られた。母親は見ぬ振りをしてそれを止めようとはしなかった。いつもの夜だった。両親はオトナ人間に寄生されていなくても、何も変わらなかったのだ。

シトは家に帰りその夜眠るまで、母親とはなにも話さなかった。オトナ人間が消え去り疲れ切った母親は一回り縮み、小柄な老女にしか見えなかった。オトナ人間に寄生されていた間のことも、記憶ははっきりと残っているようだった。

一晩経って、彼らの引き起こしたことがどのような結果を招いたかを知った。山中で大勢の観光客を乗せたバスが崖下に落ちた。天ぷら油に火が移り一軒家が全焼した。どちらも大勢の人間が亡くなっている。あの瞬間にどれだけの人間が気を失ったか、どれだけの時間意識がなかったのか、それはわからないが、日本国内でおおよそ八千人を超える死傷者があった。なんでこのような事が引き起こされたのか、誰にも説明出来なかった。オトナ人間であるが故に持っていた知識は、夏の日の水溜まりのように見る間に消え失せてしまった。大気汚染説や電磁波説、地磁気と太陽黒点説など、様々な説が流布されたが、どれもが正解からはほど遠かった。

誰もが自由を求めた。それぞれが自由を尊重し、自由を守るために戦い、束縛から逃れ自由に生きることが評価された。平和を謳《うた》った佐藤内閣はその最後、新聞が好き勝手書くのが嫌だと首相がダダをこねた。学生運動は激化し、皆が大人のすることに異を唱えた。アニメと特撮は盛況を極め、海外での評価も高まる一方だった。多くの人間が大人になることにメリットを見いだせず、いつまでも子供でいようと社会に出るまでの時間を引き延ばそうとした。社会全体も成熟することを拒否し、日本全体が幼形成熟化《ネオテニー》しつつあった。

しかし……。

intermission:01――1979年

しかし何が変わった？

何も変わっちゃいないよ。少なくとも俺はそれまでと変わらない日常が続いたんだよ、それからもね。確かに変化はあった。学校では行き過ぎた管理教育として、自警団の治安部隊少年部は解散した。同時に校内の雰囲気も以前に戻った。それからすぐに自警団そのものが解体した。コドモノヒ協会は知らぬ間に「子供を大人から守ろう」というスローガンを唱え、榎美虎は小児を性的対象とする犯罪者撲滅だの、子供への性的関心を助長する書籍追放だの方向へと路線を変えて生き残っていた。

猪名川精神病院のパンフレットから、協力団体コドモノヒ協会の記述が消えた。シトは病院に戻ったが、治ったとしてすぐに自宅へ帰された。病院での脱走騒ぎでは、病院関係者の責任問題に終始し、いかなる形でも患者が罪に問われることはなかった。

すべての寄生生命体が失せたわけではないだろう。それどころか、幹部連中もごっそり残ってるんじゃないか。オトナ人間たちの痕跡がきれいさっぱり消えているのは、彼らがきれいに消えたからじゃなく、後始末を誰かが——様々な情報を握りつぶせるだけの権力を持ったオトナ人間がやったからだ。

ちっとも勝敗はついちゃいないんだよ。

だいたい最初からおかしいんだ。

俺とシトと未明の三人で、いやたしかに外の協力者もいたけど、でもまあ、ほとんどは中学生三人がやってるわけだよ。その三人で世界を支配しようかっていうような奴らを相手に互角で戦えるかい。それで勝利したなんて、あまりにも簡単すぎねぇかってことだ。何が言いたいかって？　そんな馬鹿なことはないって言いたいのさ。早い話、奴らは手を抜いてた。手加減をしていた。何故か。

簡単な話さ。あれはただの前哨戦だったってことだ。俺たちはコドモ軍の露払いさ。露払いってわかる？　俺も賢い言葉使うだろう。何とか大学も出てるんだよ。誉めてくれよ。たいへんだったんだからさ。いずれにしても、あの戦いでの負けなんて、奴らにとっては屁でもない——汚い言葉を使ってごめんなさい——ってことだ。問題はやがて来る本格的な決戦だ。そうだろう。決戦会場も俺が整えてやるよ。だから頼む、未明を救う手助けをして欲しいわけだ。

チトラカードって時間を戻れるんだろう。

詳しいことはわからないよ。可能性が低くってもかまわない。教えてくれ。チトラカードをどうやって手に入れたらいいか。

……ところで将校、あんたは未明とどんな関係があるんだよ。

intermission:02 —— 1982年

サドルは夢を見ていた。

「自分は死なないって思ってない？」

死神の口調は馴れ馴れしい。

掌に亀を一匹乗せている。亀の上ではシヴァ神が踊っている。

「ほらこれ」

死神が差し出す亀はニホンイシガメだ。クサガメかもしれない。なんで亀が死神と手を組んだのかはわからない。掌に四肢が収まるのだから子亀だ。死神に欺されたのかもな。少なくとも世界を背中に乗っける事は出来なさそうだ。俺はそれを受け取ろうとするのだけれど身体が動かない。怠《だる》いんだ。酷く暑い。体温が四十度を超えていると言っていた。誰が。医者らしき男がね。

「いらないんだ」

死神は俺を見下ろしている。道に落ちているソフトクリームを見る目だ。つまり「あ〜あ」って目だね。小便をちびるよりはましで、自販機からおつりが返ってこないよりは深刻な失敗を見た時の目。

「なあ、御厨君」

死神は言う。低い声だ。掠れていて聞き取りにくい。聞き取りにくいのは俺が死にかけているからかもしれない。そこまで考える余裕がない。何しろ体温が四十度を超えているんだから。

「死ぬよ、そろそろ」

ああそうですかと思って暗転。

はっきり目が覚める前に自己紹介しておこう。

俺、御厨悟通称サドルはあれだけの騒動の責任を取るわけでもなくのうのうと生き延びたばかりか、しっかり大学まで卒業して、そしてここにやってきた。

ここって、インド亜大陸北東部にあるウッタル・プラデーシュ州の一都市——ヴァラナシだ。自分を変えたくてインドに来た旅行者たちは、たいていここにやって来る。で、観光客の集まるところには俺のような人間もやって来る。俺はインドの風俗を日本に紹介したり、取材や撮影のコーディネートなどをして日銭を稼いでいた。大学をきちんと卒業してインド亜大陸に向かったのはガウリー将校がチトラを手に入れたかったら行けって言ったからだ。その前にどうやって大学まで言ったんだよって話も聞きたい？

万博会場で大暴れしたことは、なしになってたってことまでは説明したっけ。とにかく俺たちはすんなり中学生に逆戻り。俺は猛反対する親父に、とにかく学校にいく分は自分で稼ぐからって説得して、高校から大学まで自力で行ったわけだ。どうやって稼いだかというと、可哀想な苦学生はそこそこ法に触れることをしないと金なんか稼げない、かどうかは知らないが、俺は兄貴のコネと仲間を最大限利用した。俺は兄貴の友人たちに受けが良かった。兄貴は超真面目で頑固だったから、やっていいことと良くないことがはっきりと分かれていた。ところが俺はその辺りちゃらんぽらんでいい加減で適当だから、兄貴が断るようなこともどんどんやったんだよ。兄貴ほど頭は良くなかったから、周りに利用されないようにするのに必死だったけど、それでも父親の相手を一日しているのとどっちがましかというと、当然兄貴のビジネスパートナーの相手をしている方だ。

で、危ない橋を何とか渡りきって大学にまでは進んだ。さらにガウリー将校から情報を仕入れインド行きを決めた。で今ここにいるんだよ、わかった？　わからなくても話は進めるけどね。とにかくあの騒動から十二年が経っていた。インド暮らしは四年目だ。そして俺はシラミだらけのヴァラナシの安宿で悪夢から目覚めたわけだ。汗びっしょりだった。二日前から風邪を引いて、放置していたらこのざまだ。もうちょっとで死ぬところだった。宿は二人部屋で、今隣でぼそぼそ何事か喋りながら部屋を出て行こうとしているレズビアンのフランス人とシェアしていた。もしかしたら俺がびっしょりと濡れているのは汗ではなく、寝ている間に隣のフランス人から水を掛けられたからかもしれない。何かしたってわけじゃないけど、嫌われているのは間違いないようだから。

その彼女の後ろ姿が見えている。リュックの後ろに塗装が剝がれほとんど金属部分が剝き出しになったバッチがついていた。何でこんなものだけが鮮明に見えるのかがわからないがそれはスマイルマークだ。ラブアンドピース。

「死神っていると思うか」

後ろから声を掛けたが、日本語なので聞こえたところでわからないだろう。そう思って改めて見たらもういなかった。

時計を見ると待ち合わせの時間をずいぶん過ぎていたからあっさり諦める。雑誌のインド特集の取材に来るから案内と通訳を頼まれていたのだけど無理は無理。

斯《か》くして仕事ひとつほっぽり出すことを決定したその日にあいつが運命の仕事を持ち

込んできたわけさ。運はいつも俺の味方をしているのでね。あいつって言うのはこっちに来てからいつも仕事を斡旋してくれる現地の男だ。名前は知らない。男はいつものようにバング・ラッシーを飲め飲めと勧めて、俺が身体を起こしてようよう飲み終わると仕事内容を説明した。インドでの公用語は全部で二十二あるが、彼は訛りのあるわかりにくい英語とタミル語と若干のヒンディー語を喋る。そして俺が喋れるのは訛りのあるわかりにくい英語と訛りのあるわかりにくいヒンディー語だけ。それでもいつも何の問題もない。そしてその時、どうやらとうとうガウリー将校から聞いていたチトラに関係する仕事がやってきたようなのだ。興奮はしたが身体はどうにもならない。でその日一日は熱とマリファナの力を借りて溶けたバターのようになって眠っていた。

その翌日。

自分でもびっくりするほど身体が軽くなっていて調子は抜群でスキップで約束の場所まで出掛けると、そこでたむろするいかにも危なげな男たちに「わたし、しごと、きました」と話し掛け、そこから建物の奥へと連れていかれて、早速仕事を教え込まれた。奇妙な模様がある葉っぱを、模様の似たもの同士に分けるというのが俺の仕事だ。なんだそれ、って仕事だが、その葉っぱの模様に見覚えがあった。それはあのチトラカードに書かれてあった模様とそっくりだった。つまりは今目の前にあるこれこそがチトラカードの秘密そのもので、これをどうかすればあの時間を戻すって奴が出来るのかってことも いずれは知ることが出来るということだ。俺は興奮した。あの時間あの場所に未明を助けに向かえるのだ。まあ、それがなくても、仕事中にマリファナを吸ってもかまわない、緩い職場だったのでしばらくは続けるつもりだったけど。

慣れないうちはときどき叱られたが、すぐにコツを覚え、叱られなくなりさらには褒められるようになった。俺はやれば出来る子なんだよ。

「同じような模様」といっても模様は千差万別で、共通点を見つけ出すのはある種のセンスが必要なようで、周囲の先輩たちは、葉を仕分ける俺を素晴らしいと称賛した。

ほらな、やれば出来る子だろ。

すぐに俺たちを雇っているボスが、おまえは才能があるからみんなに引き合わせるといって、自動車に乗せさらに奥に、その先の森のさらに奥へと連れて行った。

俺がそこでしたのは、より分けた葉っぱを微妙に模様をずらして重ねていく作業だった。この重ねた葉をぱらぱらとめくると、ぱらぱら漫画のように模様が動く。これがチトラカードの元型だ。ただし時間を移動は出来ない。じっと見ているとやたら気持ちよくなる。それは一種の見るドラッグだったんだな。ものによって気持ちよさや持続する時間等反応が異なる。要するに酒造業者に勤めたようなものだ。

彼らがアートマと呼ばれるジャーティであることは後で知った。ジャーティってのはカースト制度を考える上で一番大切な――ああ、面倒くさい。

ええと、日本語が堪能で事情通の人に交代。よろしく。

＊

ジャーティというのはカースト制度の根幹を成す部分で、世襲で受け継がれる社会集団を言う。ジャーティは細かく階層化されており、それぞれが様々な職業を有した職能団体でもあった。アートマとはこの奇妙なアニメーションを作ることを生業とする集団だ。彼らの話を信じるなら、アートマは三千年以上前からアニメを作っている。つまりインダス文明の頃にアニメがあったことになる。

彼らの仕事はまず模様のついた葉を集めることから始まる。

森の奥に棲むアカゲザルの群れを追い払うと、木のうろに葉は隠されている。猿がそれを集めたのだ。

インド北東部の森の奥でチャンダナという常緑樹の葉に、現地では画家《チェットラカール》と呼ばれるある種の蝿の幼虫――ハモグリムシが寄生する。

ハモグリムシは葉の中に寄生し、葉肉を食べながら進んでいく。その痕跡が緑の葉に白く文字や絵のように残っていくことから、ジカキムシやエカキムシなどと呼ばれることもある。チャンダナの葉につくこの特別なハモグリムシは、描く模様にある規則性がある。この葉を二枚、裏表をくっつけ茎を持って、クル、クルっと回転させると絵が動く。アニメの元型「ソーマトロープ」なのだが、これをじっと見ていると酩酊状態になる。猿が酒を偶然発見したように、この酩酊状態になる葉の組み合わせを猿たちは偶然見つけだした。そして酩酊状態によって葉を使い分け、何十、何百というソーマトロープを作り上げ、木のうろなどに隠す。

それを探し出して集めるのが彼ら、アートマの最初の仕事だ。アートマの人間はその葉のことをチトラと呼んだ。彼らはチトラを組み合わせ、原始的なアニメーション装置「ゾートロープ」を作り、数秒のアニメーションに仕上げる。この中のいくつかは好事家の間で高値で売買されている。

＊

ってわけだ。

まあこの日本語が堪能で事情通の人ってのはシトなんだけどね。昨年末に連絡を入れて来てもらったんだ。現代美術の世界でちょっとした有名人になっていたらしいシトが、忙しい中それでも俺に会いに来てくれたのは友情としかいいようがないんだよ、気恥ずかしいだろう。それにしてもやっぱり真面目な人間は凄いよ。あっという間にヒンディー語もタミル語も日常会話なら喋れるようになっていた。こうやって商談のときにはいろいろと手伝ってもらってるんだ。まあそんなことはどうでもいいわけで、チトラの話を続けようか。アートマの長は「俺たちが作っているのは、そんな土産物だけじゃあない」とパイプでマリファナを吸いながら大いに自慢する。

彼らの作るアニメーションの大半は、いかれた幻覚を見せるものだ。長は、それは幻覚ではなく現実だという。話半分ぐらいで聞いてるが、オバケやガウリー将校からも同じような話を聞いている俺としては、全部が嘘とは思えない。だから半信半疑。

奴らの間では、チトラってのは単に模様のある葉のことを言うだけではなくて、もうちょっと哲学的な何かを意味する。たとえば彼らはチトラとは世界を作る最小限の単位だっていうんだな。

世界は無限のチトラがランダムにしかもすべてが等間隔に散らばるところだという。それは世界の断片だ。人やその他の生き物、それどころかありとあらゆる物質も、なにもかもがこのチトラの中に含まれている。脳及びそれに類するものは、チトラとチトラの隙間に時間や空間を生み出す。意識というものがそれらしい。まあ、説明している俺も良くわかっちゃいないんだがな。理屈はわからないが、どうやったらチトラって奴を利用できるかは何となくわかってきた。俺はここで三年働いたからね。そして長に、次代の長を譲ってもいいとまでいわれた。びっくりだろう。

なんで日本人の、中でもかなりろくでなし寄りの俺がそこまで、と思うだろ、普通。俺も思った。だが結局これも縁というか。

アートマってジャーティの主神はシヴァ神の妃パールヴァティーの化身であるガウリー女神。ほら、どこかで聞いた名前だろう。そう、あのガウリー将校は何千年も前から彼らアートマの主神だったんだよ。ってわけで、俺をすんなりと受け入れてくれたのは、彼らもガウリー将校からこんな奴が日本から来るから歓迎しなさいっていわれていたみたいなんだよね。こんな話ってある？　あるんだなあ。

で、こういう我々の秩序だった時間やら空間やらと関係なく、整理ベタの人間があちこちにゴミを散らかすように、時間と空間は存在するんだ。このチトラという切片で構成された我々の世界って奴は。

アートマってのは、なんとこのチトラとチトラを結びつける術を知ってるらしいんだね。まあ、根本的な所を理解してそれを使える技術を持っているのは、長を始めとして一部の人間だけみたいだけど。それでも奴らはチトラとチトラを結びつけ組み合わせて時空に影響を及ぼす強大なアニメを作り出せるらしい。っていうか出来る。俺も出来るしね。俺は特待生だから。で、俺は三年間修行してチトラカードと儀式用具一式をお土産に帰国した。盗んできたんだろうって？　まさか、俺は運がいいのさ。

§子供たちの凱旋／２０３７　大阪

1.

京都を越えたあたりから、車窓の向こうは墨を流し込んだように闇に沈んでいく。大阪を中心に計画停電と節電要請で、夜間の明かりが規制されているからだ。

窓は漆黒の鏡だ。

管野はそこに映し出される己の顔を見る。若い男が緊張した面もちでこっちを見ている。うんざりするぐらい自信なさげだ。大阪には何度も出張してきているのだが、日々変化していく大阪の町にどうしても慣れない。

光が見えてきた。

それまで闇が続いていたので、砂漠で泉に出会ったような感動がある。そこにはエキスポ大阪２０３７と呼ばれる未来都市への子供のような憧れがあった。そして同時に不安もある。そこは魔窟だの伏魔殿《ふくまでん》などと呼ばれる恐ろしい場所でもあるのだ。

間もなく到着しますとアナウンスがあり、すぐに新幹線は新大阪に到着した。満員の乗客たちとともに管野は駅に降り立った。

そこからはすべてがエキスポ大阪一色だった。ありとあらゆる場所に『エキスポ大阪2037：世界リスタート』のポスターが貼られてあり、公式キャラクターのバンパ君は天井に届きそうな巨大なものから着ぐるみ、等身大人形、ミニチュアにいたるまで、駅構内に大繁殖している。土産物もTシャツからクッキー、マスコットまでエキスポ大阪商品が溢れており、またそれらが飛ぶように売れていた。万博のテーマソング『キラキラ・DE・世界リスタート』はずっと構内で流れていた。エキスポ大阪のテーマ「輝ける未来への架け橋」が歌詞の中で何度も何度も繰り返される。

世界的に多発する災害。大地震、大型台風、大洪水、竜巻、水位の異常な上昇や天候不順が引き起こす飢饉。感染力の高い伝染病が蔓延し、世界中で起こる内紛にテロ、大戦へと繋がりかねない国家間の諍《いさか》い。

世界経済は低迷し政治は混迷を極める。それが新世紀を迎えてから二十年間の世界の歩みだった。

そんな未来への不安を払拭するイベント。それがエキスポ大阪だった。それは厄除けであり富の招来を願う宗教的な熱狂を生んでいた。まだ万博開催まで間があるのに大阪は既に万博一色だった。いや、それは大阪だけではなかった。日本国中がこの祭に大いに期待し楽しみにしていた。

駅構内には鏡と棚のある化粧台のような小さなブースが、壁沿いにずらりと並んでいた。これまた大量に並んでいる自販機で購入したスマート・コンタクトレンズ『コム∴アイ』を装着するためのブースだ。『コム∴アイ』は眼球に直接装着するウェアラブルコンピューターの総称だ。日本国中で販売されているが、大阪市で販売されているのは特に大阪市内で使用することに特化された〈双瞳《シャンホウ》〉という『コム∴アイ』だ。これの簡略版はエキスポ大阪の入場者には無料で配布される。これがなければ大阪にいる意味がないともいえる。

管野は既にこの双瞳を装着していた。耳には双瞳と連動した無線イヤホンを差し込んでいる。

改札を抜けると、自動的に双瞳が起動された。

途端に景色が一変した。

構内は淡い緑の光で彩られていた。

柱も壁もいたって装飾的な文様で飾られている。この文様はリアルタイムで生成されていく。基本はアール・ヌーボー様式の植物的で流れるような美しい曲線で構成されているが、部分的にはバロック様式を模した新奇なものやグロテスクな獣や怪物、火焔模様に渦巻きなども加えられ、いずれも神経症的に隙間なく描かれている。

造型の複雑さとは別に、色は基本的にモノクロームで統一されている。光線の加減によっては赤味や青味が加えられているのがわかるが、それよりもすべてを包む緑の燐光が目につく。

行き交う人達はさらにフリーキーだった。それぞれが勝手に容姿をカスタマイズしているからだ。個人の容姿をカスタマイズするアプリ〈スキン〉には決まった規格などがなく、個人個人が好き勝手にデザインすることが可能だ。しかも自由度が高い。腕の本数を増やしても、足の本数を増やしても、制限などない。そのため見た目はまったくでたらめで整合性がなくばらばらの人達──中には人にすら見えないものまでがそこかしこを闊歩しているのだった。

これが『翠玉宮殿《パレス》』と呼ばれる大阪市──エキスポ大阪２０３７会場だった。

＊

二〇二四年に日本を襲った巨大地震は、当時スペイン風邪以上の被害を世界にもたらした新型インフルエンザの影響から何とか抜け出そうともがいていた日本にとどめを刺した。

それは南海トラフを震源とし、マグニチュード9という化け物級の地震規模で、茨城県から沖縄県まで全長２０００km以上の範囲に被害を及ぼした。最大震度8の激震は五分足らずの間に二百万戸を超える家屋を全壊させ、太平洋に面した各都市を襲った大津波と合わせ三十二万人の死者が出た。

大阪だけでも死者は十三万人に達し、市内の地下街、地下鉄、ビルの地階のすべてが水没し、東京オリンピックの中止に続き、大阪万博の開催もまた絶望的になった。それどころか経済的損失は二百兆円を超え、日本は再起不能であろうというのが世界の評価だった。未来に希望などなく、絶望に押しつぶされるような日々が続いた。貧すれば鈍する。凶悪な犯罪が多発し、暴動と略奪がワンセットで繰り返された。世界に誇る安全な国の治安は瞬く間に地に落ちた。

そこに唯一、一筋の光明となる活躍を見せたのが政治団体〈日本改造の会〉だった。新興宗教〈コドモノヒ〉を支持母体として大阪で誕生したこの政治団体は震災後、大阪再興へ向けて地道に被災者の救済活動を続け、徐々に議席数を増やしていった。〈コドモノヒ〉から被災地大阪に寄せられた巨額な寄付金も含め、財政破綻寸前だった大阪市を救ったのがこの〈日本改造の会〉だった。

その実績によって震災後数年で急激に支持者を増やし、とうとう大阪府議、大阪市議ともに議席数の大半を占めるようになった。そして圧倒的な府民の支持を背景に府政市政を治め、今では〈日本改造の会〉とその代表者である御厨オバケが大阪を動かしていた。

日本改造の会の潤沢な資金の源泉は、大阪ヴァイタフィルム社が〈コドモノヒ〉と共同開発した新しいVR技術である2ndR（セカンド・リアル）システムだった。日本改造の会はこの技術を使って大阪を復興し、今度こそ大阪で万博を開催すると公言した。それが『エキスポ大阪2037：世界リスタート』だった。

日本改造の会が最初に提案したのは、2ndRシステムを使って大阪市を丸ごとアミューズメント施設へと変えることだった。多くの自治体が馬鹿馬鹿しいと一笑に付したこの提案だが、この頃市場に出回ったばかりのスマート・コンタクトレンズ〈コム∴アイ〉と2ndRシステムを組み合わせることで夢物語ではなくなっていた。大阪市は東淀川区の一角にある、未だ復興が叶わず廃墟となっていた地域を使って、現実世界に仮想空間の層《レイヤー》を重ね、新しい街を作り出す実験を行った。結果は大成功で、特に海外での評判は驚くほど良好だった。それから僅か三年で大阪市は丸ごと『翠玉宮殿《パレス》』と呼ばれるアミューズメント街へと変身した。こんな馬鹿げたことが出来たのは、全市民が全面的に協力したからこそだった。それには新しい物好きでありお祭り好き派手好きの大阪人気質が大いに関係しただろう。

パレス完成から一年の間に、インバウンド需要は急激に上昇。大阪市は見事観光都市として再生した。大阪の成功は全国に知れ渡り、ありとあらゆる災厄に打ちのめされた現実世界の、唯一の希望であり夢となった。その勢いに乗じて、同じ2ndRシステムを利用した新しい形の万国博を提案した。それはなんと大阪市を丸ごと万博会場にする途方もない計画だった。それは意外なほど好評に迎えられ、ついに二〇三七年の万国博誘致に成功した。その時の、大阪はもとより日本全土の浮かれようは凄まじく、日本改造の会の御厨オバケ代表はほとんど救世主扱いだった。

管野がやってきたのは、そんな万博を数ヵ月後に控え異様な熱気に包まれた観光都市大阪だった。

宮中舞踏会を思わせる装飾的なドレスやスーツを着たものたちがアルミのスーツケースをガラガラと引き摺りながら歩いている。おそらく海外からの観光客か、初めて大阪を訪れた者たちだろう。それは形態カスタマイズアプリ〈スキン〉のデフォルトだからだ。

まるでコンパスのように長いまっすぐな足を交互に出し、揺れるようにして歩く二人連れ。六つの足を使って素早く人混みの間を駆け抜けていく機械仕掛けの獣。中には形が定まらず、ユラユラと陽炎のように漂っている者もいる。

その中でスーツ姿の管野はかえって異質な存在だった。タクシー乗り場に並び二十分あまり。一九五〇年代のキャデラックを極端にデフォルメしたような大きな水滴型の車両が目の前に停まった。小柄な男がこそこそと車から降りてくる。極端に細身のスーツを着たその男は後部ドアを開いて管野に笑いかけ、言った。

「ようこそ、大阪へ」

管野が乗り込み行き先を告げると、運転席の男は甲高い声で話を始めた。

「仮想空間内はバーチャル無罪という考え方が一般的でしてね、レイヤー上にある物事に関しては何をしても許される、というか許すべきと考える人が大勢なんです。実際仮想の物件を盗んでも壊しても刑事罰に問われないわけでして、早い話、まだ法整備が追いついていないんですよね。だからこの街では警察に出来ることもしれている。怖ろしいことですよ」

どちらかといえば嬉しそうに男はそう言った。

「なので、身を守るために法秩序とは別の秩序をつくっています。皆がそれぞれグループを作り、別のルールで動いていましてね、そう言った団体をクランと言うんですが、まあ、同じ価値観を持ったものがつくった自警団みたいなもんです。クランに入ってないと怖ろしいことに──」

初めてではない管野にとってはとっくに知っている知識だが、そんなことを言えるタイプの人間ではなかった。愛想のよい彼の相づちは、彼の職場、東京人造美女工業大阪支社へ到着するまで続いた。

2.

大阪市にいる限り公式キャラクターバンパ君とテーマソング『キラキラ・DE・世界リスタート』から逃れることは不可能だ。虹色に光る巨大なビー玉のようなバンパ君はごろごろと転がり、二体が出会うと嘴《くちばし》のようなものが突き出て小鳥のように鳴く。さらに大小様々なバンパ君が群れると、どこからともなく懐かしいテクノを思わせる『キラキラ・DE・世界リスタート』が流れてきてバンパ君たちが踊り出す。そして彼ら（彼女ら？）が通過した後には爽やかな柑橘系の香りが残っている。バンパ君の出現率はバンパ君登場を望むSNSへの投票によって決定される。こういった馬鹿騒ぎは大阪市の日常だ。つまりは市民の多くがそれを望んでいるということだ。エキスポ大阪2037開催の半年前から、市内はすでに狂騒状態だった。コドモたちは地震からの低成長と不景気に、無理矢理「欲しがりません」と言わされてきた反動で、気が狂ったようにはしゃぎまくっていた。さらに本来はそれを止めるべきオトナたちが、輪をかけてはしゃいでいた。景気回復の兆しがいよいよ現実的になってきたからだ。エキスポ大阪が終わるまで、浮き世離れした祭状態が延々と続くことは間違いなさそうだった。

とはいえ誰もが喧噪を望んでいるわけでもない。そんな人間の為のスペースもちろん大阪には存在する。

その辺りの土地は上町台地《うえまちだいち》に位置して、やたら坂が多い。古びて欠けた石段を下りる途中、遊園地のびっくりハウスのように斜めになった土地にそのアパートは建てられてあった。アパートの入り口そのものは二階にあった。市内では良く見るゴシック風のごてごてと装飾的な造りは二階から上だけで、独立した一階は、まるでテキサス郊外にある寂れた安モーテルのように侘《わび》しく素っ気ない。しかもその半分は地中に埋もれている。

半地下へと続く階段を下りると、その玄関扉にはチョークで、

十九時半　死去

鍵は以下まで

躾画廊

と書かれてある。

良く見るとこれは本当にチョークで書かれているのではなく、チョーク風にデザインされて印字されていることがわかる。だが不穏な文面も含め、これが手の込んだ看板であることに気づく人は少ない。ましてこれが異端の画家ピエール・モリニエの遺書を模した物だと知るものはさらに少ない。

重い木の扉を開くと、ミニシアターも設置できる舞台が常設されている部屋が最初に客を迎える。椅子を出せば五十人以上収容できるそれとは別に小学校の教室ほどのスペースが四つ、展示スペースとして設けられていた。その奥から「責任者出てこい」と大声で呼ぶ男の声が聞こえた。何かもめているようだ。奥へと進むと、画廊で店番をしていただろう若い女性を睨みつけて怒鳴っている二人の男が見えてきた。二人とも黒いコートに山高帽《ダービーハット》を被っている。それは倫理管理機構取締官の制服だ。

奥からやってきたのは黒いジョーゼットで夜を絞り出したようなたっぷりとしたドレープで飾られたイブニングドレスを着た人物だ。名は松露《しょうろ》夫人。本名ではないだろう。世界的に知られたギャラリストだが、その実体は謎そのものだった。だいたい男か女かすらわからない。多くが彼女と呼ぶが、その声は男性のもので、女装家を自ら名乗ることも多い。だいたいパレスに住む限り外見などどうにでも出来るので、詮索するだけ無駄だが年齢も不明だ。その来歴から考えると八十歳を過ぎているはずなのだが、当人に年を聞くと九十八歳だと答える。もう十年以上も前からそう答えている。

このパレスには多くの怪物たちが住んでいるが、その中でも怪物中の怪物がこの松露夫人だった。

「その子が何か粗相でも」

松露夫人は微笑みながら男たちに近づいた。男たちも長身だが、ピンヒールを履いた松露夫人はそれよりも高い。

「あの、展示中のこの作品が」

女が状況を説明しようとしたのを止め、こういうものですと一人の男が首から提げたIDカードを見せた。

そこには倫理管理機構取締官としてナンバーが打たれていた。

「あらまあ、たいへん。倫理管理機構取締官《レギュレーター》さんが何の御用かしら」

これは何だと男が指差したのは壁面の半分を占めるイラストの大作だった。描かれているのは傷ついた少女たちだ。血を流し痣《あざ》を作り、包帯を巻いて荒廃した街の中に佇んでいる。

「これはポルノだ」

男が言った。

「言い逃れのないポルノだ」

隣の男が言った。

ポルノポルノと二人はしつこく何度も繰り返した。

松露夫人は奇術のような所作で一枚の書類を取りだし、男たちの前に翳《かざ》した。

「来る前に調べてきてちょうだい。これは倫理管理機構からの許可証。それからこちらは、御厨オバケ先生からいただいた推薦状。この辺りを巡回するのは初めてかしら」

不服そうに、二人は頷いた。

「そう、それなら仕方ないわね。キョウコちゃん、お二人にお茶をお出しして。良いお茶を飲んだら心も落ち着くでしょうから」

二人の男は茶を辞退し、そそくさと出て行った。

それを苦笑で見送る松露夫人に、管野は恐る恐る近づいた。

「あの、すみません。松露夫人でらっしゃいますか」

直立不動で管野は言った。

「ええ、そうですけど」

「わたくし、東京人造美女工業の管野と申します」

頭を下げ名刺を差し出した。それを受け取ると、画廊の奥にある応接室へと向かった。

「お見苦しいとこを見せてしまってご免なさい。この画廊はいろいろと揉め事が多くて」

後ろからちょこちょことついていきながら、いえいえ、どういたしまして、とひっきりなしに汗を拭く。松露夫人はソファに腰を下ろした。

「どうぞお掛けになって」

言われて管野はちょこんと浅く腰掛ける。

緊張していた。松露夫人はかなりの高齢者のはずだ。なのにその物腰すべてが不吉なほどに妖艶だった。じっと見ていると次第に怖ろしくなってくる。まともに顔を見られず、目を逸らしてしまう。

そんな管野を、松露夫人はヒマワリの種を齧《かじ》るハムスターを見る目で見ていた。

「こちらで『人造美女展』を開催するから、お手伝いをするようにと言い付かってまいりました」

大量の汗を流しながら管野はまた頭を下げた。

「何体かお借り出来ると聞いています」

「はい、カタログをお持ちしておりますので」

鞄から分厚いカタログを取りだした。

「こんな時代に紙のカタログを持ち歩いているのね」

「あ、すみません。端末使ったプレゼン用の映像資料もあったんですけど、どうにも失敗が多くて、紙のカタログならそんな失敗をしなくてすむだろうと」

喋っている間に松露夫人はカタログを手にとってぱらぱらと捲りだした。

「幼い顔つきの子が多いのは社長の趣味かしら」

「いいえ、お客様のリクエストに応じて作っております。弊社は四十年の実績がありますが、その時代に応じて流行がありました。いろいろな好みの方がおられるでしょうが、今弊社のラブドールを購入される方には幼い顔が好みの人が多いみたいですね。だから……だから最近は風あたりが強くて。ほんとに人造美女展なんかできるんでしょうか」

言ってからしまったという顔をする。考えていることがそのまま顔に出るタイプだ。

「心配する気持ちはわかりますけど、躾《しつけ》画廊がアンモラルな作品を中心に現代美術やイラスト、それから映像作品を紹介していることはご存じでしょうか」

「はいもちろんです。映像作品も問題作ばかりで、ほとんどがR‐18ですものね」

「よく調べてこられたのね。えらいわ」

子供扱いだ。

「あの、ちょっとうかがってもよろしいでしょうか」

「何か質問でも」

「なんで躾《しつけ》画廊なんですか」

ふふ、と松露夫人は笑った。

「ばらばらの静止画をそのままばら撒いても、何にもならないでしょ。そのばらばらの静止画に秩序を与えることでアニメーションは生まれる。ばらばらのフレームに秩序を与えることを躾に喩えたの。躾ってアニメーションのことよ」

「ほお」

管野が心から感心した顔でそう言った。

「あなたが良い生徒でありがたいわ。でも世間の人はそれほど聞き分けが良くはないの」

「こちらで扱っておられる反道徳的な作品は、最近の風潮として検閲されることが多いですよね。違法と判断されることもあったみたいで。ちょっとネットの評判とか調べたんですけど、躾画廊にも松露夫人にも、世間の風当たりはかなり強いみたいで」

「だからこんな企画が通るのか心配ってことね」

管野は大きく頷いた。

「そうだからこそ、最初からきちんと根回ししているのよ。そうは見えないかもしれないけれど、きちんと政治的に動いてるわ。この画廊も、画廊に参加してくれるアーティストたちもわたしが守らなければならないから」

「御厨オバケ先生ともお知り合いなんですか」

「オバケとは腐れ縁ね」

管野は松露夫人が御厨オバケのことをオバケと呼び捨てにしたのに驚いた。

御厨オバケは2ndRシステムを開発し関連パテントをすべて所有している大阪ヴァイタフィルム社エンタテインメント代表取締役であり宗教法人〈コドモノヒ〉の執行部長であり政治団体〈日本改造の会〉の名誉顧問でもある。今日本で最も勢いがあり影響力の大きな人物でありながら、オバケには謎が多い。二人は一体どのような関係があるのか。管野はいたって下世話な興味を持った。

「でも御厨先生はそっち側、規制する側の重要人物ですよね。松露夫人は御厨先生と懇意なんでしょうか」

「ああ、もうその話は結構。早速本題に入りましょう」

話は新しい〈人造美女展〉のことに戻り、数点のドールを貸し出し、同時に会社案内用の映像資料等を提供することもすぐに決まった。

「ご存じでしょうけど、精巧なドールにはたくさんのマニアがいるの。その中から有名な方々にも協力を呼び掛けているわ」

「個人的に製作されている方もおられるとか」

「ドールの造型作家さんも参加されますよ。それからドールの中に入る人も」

「中に入る？」

「ドールを着て自身がドールになる人よ」

「いろんな人がいるんですね」

「そう。いろんな人がいる。それぞれがそれぞれに尊重されなくてはね。たとえどんな奇怪な趣味であろうと、存在そのものを否定させてはいけないわ」

「でも規制は強くなる一方ですよね。今日も幼童虐待者審問会の八辻中也先生とお目にかかってきました」

「八辻が大阪に来ているの……」

「えっ、はあ、そうみたいですね」

「噂は本当だったのね。ボスは、榎美虎はいた？」

「それはおられなかったです」

「まあそうでしょうね。さすがに百を越えているでしょうから遠出は難しいでしょう。

まあ、八辻にしたところで九十歳近いだろうし、よくもまあ精力的に活動しているものだわ」

自らもそれなりに高齢であるはずの松露夫人は呆れたようにそう言った。

榎は若い頃ミトラドンの名であらゆるマスメディアに露出した教育評論家だった。当時は子供の人権や管理しない教育などで多くの著作をものした有名人だった。今も彼の肩書きは教育評論家だが、七〇年代以降は小児を対象とした性的犯罪撲滅や、そのための表現規制などに積極的に関わってきた。〈性的搾取を考える有識者会議〉のメンバーであり〈倫理管理機構〉の創立者にして〈幼童虐待者審問会〉の会長だ。そして八辻は榎の忠実な部下だ。

「で、八辻とは何を」

「聞きたいことがあるというので、このカタログを持って行きました。そうしたらオーダーにはどの程度応じられるのか、とか特注でつくっている人間はいるのか、とか」

「誰が作っているのかとか、顧客リストを渡せとは言わなかった」

「さすがにそれは。でも直接上の方に話をしたら、それぐらい渡すかもしれませんね。今までにも何度か八辻さん経由で苦情を受けて発売停止にしたドールとかありますから」

「何をやろうとしてんだか。今日は興味深いお話も聞けて嬉しかったわ。ありがとう、それじゃあまた」

立ち上がり管野と握手すると、彼を残しさっさと画廊から出て行った。

残された管野はぼんやりとその後ろ姿を見送っていた。

3.

パレスの深淵とも呼ばれるその街は、新世界という名前だった。今のパレスのために付けられたような名前だが、大阪市がこんなことになるずっと前からそこは新世界と呼ばれていたのだ。

パレスの中にあって旧大阪市を煮詰めたような魔窟として新世界は唯一無二の存在だった。その新世界を象徴するのがそびえ立つ塔、コドモノヒタワーだ。それはブリューゲルのバベルの塔を無理矢理腸詰めの中に押し込んだような奇怪な姿をしている。塔の外周を螺旋を描き上昇する階層は、神話のままに夜空を突き抜け神の国へと届きそうだ。塔の下から順に見上げていくと、あちこちの窓に灯る明かりが途中から星々と区別がつかなくなった。あまりにも巨大なその塔は、聖書を知らずとも不遜そのものの存在だった。

幾度も見ている松露夫人にしても、塔を見上げるだけで神罰が下りそうな気分になった。時折月の周りを黒い埃のようなものが固まっては離散し飛んでいる。コウモリの群れのようなこれは、翼猿猴《よくえんこう》と名付けられた、鷲の翼を持った黒い猿たちだ。おそらく実体は塔の警備として放たれたドローンだろう。御厨オバケは異形の私兵〈菩提警察《ボーディポリス》〉を組織して自らの護衛に当たらせていた。この怪物たちもその一部だった。

塔の正面に着いたときには、既に真夜中を過ぎていた。正面入り口には巨人が通れるような大扉があった。近づくといきなり目の前に仮想のパネルが現れた。そこに純白の塔が浮かび上がる。そしてその背後からひょっこりバンパ君が現れ告知を始めた。

「2037年5月5日、コドモノヒタワーはコトノハの塔として生まれ変わります。楽しみに待っててね」

ぐるりと回ってバンパ君はパネルとともに消えた。明るくポップな映像が失せると、その後ろにあるのは、骨格や筋肉を思わせるグロテスクなレリーフがびっしりと描かれた、重そうな両開きの扉だ。一度閉じたらこの世の終わりまで開かないように見えるが、松露夫人がノックすると扉の一部が切り取られたように小さな扉となって開いた。腰を屈めて扉をくぐると、広いエレベーターホールがあった。エレベーターは海外の古いアパートにでもありそうな古風な代物で、自分で扉を開いて中に乗り込まなければならない。中に入り「オバケに会いに来た」と事務的な口調で言うと、グンと加速して箱は上昇していく。

身元確認一つしていないが、正面玄関に立ったときから顔認証を始めとする様々な方法で個人認証を行っている。それだけではなく持ち込み検査も同時に行われていた。もしナイフでも持っていたら、たちまち護衛たちに囲まれていただろう。

「最上階です」

アナウンスと同時に停止した。

格子になった鉄柵を開き、外に出る。

塔の中は生物的なモチーフの装飾がびっしりと施されている。筋組織、骨格、内臓、皮膚、眼球などなど、抽象化されてはいるがその意匠のせいで、なんらかの生物の体内にいるかのような気分になる。この塔の造型が太陽の塔内部を参考にしていることを知る人間は少ない。

不規則に左右にくねる廊下を進むと、神様と書かれたプレートを掲げた扉に突き当たる。

「サドル、来たよ」

松露夫人がそう言うと、扉はしゅぽと音をたてて開いた。

「今扉の開く音がしただろう」

真っ白で何もない部屋の奥に、真っ白のスーツを着た男が立っていた。年齢はわかりにくいが四十代ぐらいだろうか。自信たっぷりの、いかにも傲慢そうな顔をしている。

「あれは何の音でしょーか」

男が言った。

「『宇宙大作戦』のエンタープライズ号の扉が開く音」

松露夫人が言うと、その男はだらしなく笑った。

「相変わらずね、サドル」

「その名を呼ぶな、シト」

「ぼくは別にシトでもかまわないけど」

「俺はサドルは嫌なんだよ。それにしても久しぶりに見たら結構なババアになったたな」

「サドルみたいに時代をかいつまんで生きてないからね」

「きちんと順番に時間を追って生きるってどういうことなのか忘れたよ。で、本題は榎美虎のことか」

「やっぱり榎も来てたんだ」

オバケがわざとらしく、しまったという顔をした。

「なんで榎と八辻をこの街に呼んだの」

「万博まであと二ヵ月を切った」

松露夫人が小さく頷く。

「だからだよ」

「まったくわからないわね」

「街をきれいにするんだよ。客が来る前に部屋を掃除するだろ。あれだよあれ」

「それに榎たちがどう関係してくるの」

「この街では非合法なことがバーチャル無罪などという誤魔化しでまかり通っているだろ。犯罪者も野放し。ギャンブル、ドラッグ、売春、何でもあり。しかしだ、法が許さないものはこの街でも許されないことを知れってことだよ。俺のやってることは正義だよ正義」

「だからどうして榎たちが――」

「まず一番まずいところから処理していこうかって話じゃないか」

「まずいところ……」

「ロリコンだよ、ロリコン」

松露夫人の目からすっと笑いが失せた。

「それ、本気で言ってるの？」

「本気本気無茶苦茶本気。犯罪はだめに決まってるだろ」

「サドルにこんな話しても無駄かもしれないけど、ロリコンが犯罪ってわけじゃないでしょ」

「子供相手にイヤラシイ気持ちになったら充分犯罪」

「小児性愛という性的嗜好がそのまま犯罪に繋がるわけじゃないわ。それを実行してしまう、児童を対象とした性犯罪者はチャイルド・マレスターと呼ばれて」

「ああもう、うるさいよ。言葉なんかどうでもいいんだ。子供見て勃てるやつは犯罪者。反論はなし」

とりつく島もない。

「子供相手に恋愛してしまうのは、単純に考えれば内心の自由として誰もそれを侵せない」

「知らねえよそんなこと。悪いことは悪い。駄目なものは駄目。当然でしょ。なんかさあ、シトの小理屈ってオトナ人間っぽいぞ」

「サドルはこの街を次のオトナ人間との戦いに勝つために作ったんだよね。子供の楽園として万博会場でオトナ人間を迎え撃つんだよね」

「だから子供が安全な街造りをしようって言ってんじゃん」

「まさかサドルが規則を守ろうみたいなことを言い出すとは思ってなかった」

「おまえは言ってたけどな、昔から」

サドルは犯罪者を見る目でシトを見る。

「おまえが裏切り者じゃないのかよ」

「オトナ人間の先鋒と組もうとしている人間に言われたくないわね……いったいこの街をどうするつもり」

「大阪市を丸ごと万博会場にするってことは知ってるよな」

「ほんと、馬鹿みたいなことを考えたよね」

各企業や様々な国のパビリオンも大阪市内に作られる。2ndRのおかげで建物さえ提供してもらえれば、それにレイヤーを被せるだけで新しいパビリオンが完成する。もちろん現実的にはそれほど容易いことではないが、それでも一から会場を建設することに比べるとコストも時間も段違いだ。このコドモノヒタワーも会期中はエキスポ大阪2037の象徴となるコトノハの塔に生まれ変わる。

「だから街はこれを機に大きく変わるんだよ。洗って洗って漂白して真っ白の街にな。今パレスには大きなクランが九つある。いわゆる騎乗の九龍《くーろん》だ」

「何が『いわゆる』よ。そんなことを言ってるのはサドルだけでしょ」

「そんなことはどうでもいいんだよ。とにかくそれ以外は雑魚ばかりだ。だから俺が参加しているカンノン・クランと保守中道で最大派閥のオオサカ・クランとを合わせてカイザー・クランってのを作る。そしてカイザー・クランでパレス内のクランを統一する」

「何のために」

「指示系統は一つの方が運営がやりやすいだろう。あっちだこっちだってねじれた状態じゃ意見がまとまらない。つまりは本当のパレスになれない」

「何、その本当のパレスって」

「誰もが憧れるたったひとつの王国だよ。世界統一だよ。で、その手始めにアルマンディン・クランを潰す」

正式に表明されているわけではないが、アルマンディン・クランは子供と仲良くなりたい人――ペドフィリアのためのクランだ。

「ぼくのクランも潰すの？」

「クィア・クランだろ。それほど人数もいないし、一つにまとめた方が」

「いい加減にしてよ！」

突然怒鳴るシトを、サドルはニヤニヤしながら見ていた。

「そんなことは許さない。どうするつもりか知らないけど、クランがみんなサドルの言いなりになるとは思えない」

「言いなりになるよ。だって俺には金と権力があるんだもん」

ぱんっ、と高く音が響いた。シトの平手がサドルの頬を撲《なぐ》ったのだ。それでもサドルのニヤニヤ笑いは止まらない。

「未明がそんなことを望むと思う？　馬鹿じゃないの。私は今のこの街が好きなの。サドルの中二魂が爆発したみたいなこの街が大好き」

「好きなように評論してりゃいいよ。それがあんたの仕事なんだろう」

「これは評論なんかじゃない。もういいよ、わからず屋。私は絶対にこの街を変えさせない。特に榎たちの好きなようにはさせない」

「あんたも自由の戦士かよ。表現の自由、言論の自由、思想の自由、自由自由自由。愚民は自由を前に戸惑うだけだ。選択肢は二つ与えたら充分。従うか従わないかだよ。さあ、俺は万博の準備で忙しいんだ。そろそろ帰ってもらえるか」

「失礼」

踵《きびす》を返すとドレスの裾がふわりと開いた。

「これから世界が変わるよ」

後ろからサドルの声が聞こえた。

4.

まさかという思いが先だった。

クラン統一の話だ。いくらサドルが呼び掛けたところで、曲者《くせもの》揃いのクランがそう簡単に一つにまとまりはしないと、シトは高をくくっていた。が、どうやらそれは間違いだったようだ。

御厨オバケが起ち上げたカンノン・クランと大阪市が運営する最も数の多いオオサカ・クランの合併が宣言され、新しくカイザー・クランとなって生まれ変わったのは、それからわずか三日後だった。

クランというものは実質的には自警団だ。そして精神的な意味合いとしては家族《ファミリー》のようなものだった。パレス内では空想上の家族《イマジナリー・ファミリー》とも呼ばれている。いずれにしても、大阪市内で住む、あるいは商売をするのなら、なんらかのクランに所属する必要がある。でないと、ある意味無法地帯であるパレスでの生活は難しかった。カンノン・クランとオオサカ・クランを合わせると、市内のクランの七割は占める。パレス内での生活に必須であるクランの過半数が、オバケの手中に収まったわけだ。

松露夫人は残り七つのクランにパレスの自治を守るために団結しようと話を持ちかけた。しかし、まずはアルマンディン・クランを守らねばという松露夫人の主張から賛否が分かれた。ペドフィリアは子供を対象にした性犯罪に直結しているために、他の性的嗜好や性的障害と比較しても、それを守ろうとする者が極端に少ないのだった。何しろ松露夫人がまとめるクィア・クランの中でさえ意見が分かれるのだから。

内輪でもめている間にも、オバケは榎たちと共謀して裏工作を進めていった。パレスにいる者はすべて、二十四時間双瞳によってネットワークと繋がっている。そこでは情報を得るのも情報を発信するのも、すべて双瞳を通じて行われる。その中心となるのが世界ラジオというネットワークサービスだ。それを御厨オバケが早々に手中へと収めた。そこで日本改造の会が中心となり、パレスの道徳的危機を訴えた。法に抵触する行為がパレスそのものを解体するのを危惧するというメッセージは、繰り返し幾度も発信された。それは意見としては当たり前のことであり、正論だった。〈コドモノヒ〉も〈日本改造の会〉も、パレスでは圧倒的に支持者が多い。そしてそのどちらにも影響力のある御厨オバケも、カリスマ的な人気がある。街を挙げての健全化キャンペーンに賛同する市民があっという間に増えていった。

間を置くことなく松露夫人は反論を始めた。人のあり方の多様性を認めないと文化が痩せる。榎や八辻の唱える規制強化は危険だ、と。松露夫人もカリスマである。それに追随して意見を述べる者も多かった。しかしそれはオバケたちの意見の当たり前の正しさに比べると、読み取る力や真意を汲み取るためのある程度の知識を必要とした。一般的なパレス市民から見るとそれが「思想的に偏った人達」からの反論のための反論に見えた。しかもみんながみんなきちんと議論出来る者ばかりではない。松露夫人に同調する者の中から、一向に理解しない相手をあからさまに見下しているような発言がちらほらと現れてくるようになった。それがさらに反感を買う。そうなるとさらに意固地にな り、松露夫人信者と呼ばれる人の中から、オバケ率いる〈日本改造の会〉や宗教法人〈コドモノヒ〉の意見に賛同する人たちをウエブビリーと呼ぶものが生まれた。田舎者で無教養な白人を罵倒する言葉「ヒルビリー」を模したもので、こういった「気取った」造語がまたオバケシンパの反感を買う。

最初はまともな議論もあった。だが激昂した者が一人、糞のような汚い言葉を投げる。糞を投げるなんてまともな人間のすることじゃない、という意見が多くの賛同を得るのは最初のうちだけだ。糞を投げる人の数がどんどん増えていく。黙っていれば糞まみれだ。そして糞まみれの人の言うことなど誰もまともに聞こうとはしない。結局誰もが最後には糞を掴む。そして互いが糞を投げ合う。最低の戦いが始まった。糞まみれになりたくなかったら、最初から議論に参加しないことだ。そう思った市民は黙り込む。すべてオバケの思惑通りに運んだ。

散々対立を煽って二分化したあげく、世界ラジオでオバケはみんなに繰り返し語りかけた。

――考えてごらん。まだまだ幼いあなたの娘を息子を姪を甥を見ながらおっ勃てる奴らがいるんだ。奴らは零歳児でも犯す。頭がおかしいんだ。狂ってる。そんな人間が集まっているのがアルマンディン・クランだ。こんなものを許していいのか。俺は何回でも言うね。ロリコン死ね!!

世界ラジオは中立性を欠いていると松露夫人たちは抗議したが、無駄だった。オバケが投げかけた「ロリコン死ね」というわかりやすい標語には、松露夫人サイドから猛烈な抗議が起こった。だがそれはウエブビリーたちの圧倒的な共感を得ていた。もともとわかりやすい意見だ。子供を救え。犯罪は犯罪、悪は悪。

機が熟したと判断したのだろう。オバケはアルマンディン・クランに属している人間たちの個人情報を少しだけ世界ラジオに流した。すぐに名前や住所、職場が暴かれ、たちまち下衆徒《ゲスト》たちが集まって来た。

パレスの中に現れる蒼白い亡霊。それが下衆徒だ。下衆徒はパレス内に実体を持たず、外部の端末から匿名で参加している者たちのアバターだ。現実に仮想の層《レイヤー》を被せたのではなく、それはただのデータだ。自己を証明する物が何もなくても、簡単なアカウント登録だけで参加出来る。それ故に無責任な言動が多い。下衆徒はそれを揶揄《やゆ》した言葉だ。

ネット民によって非難されるような言動をとった人物の周囲にはこの下衆徒が大勢群れてくる。要するに野次馬なのだが、これが野次馬と決定的に異なるのは対象者に〈呪〉を浴びせることだ。それは蒼白い亡霊たちの呟きだ。良く聞けばアルファベットと数字や記号を組み合わせた暗号のようなものだ。それは悪意の塊、穢れた言葉《コマンド》だ。

音声入力システムを使いある種の文字列を語りかけることでパレスのシステムそのものに干渉出来ることは周知の事実だ。もちろんそれは違法であり、管理している〈コドモノヒ〉の2ndR機構は常にバグを修正するパッチを作り出し配布している。が、たいていはシステムに入り込もうとする者たちが僅かにリードしている。そのため〈呪〉によるシステム介入はパレス内では当たり前に行われていた。

〈呪〉の効果はすぐに現れる。

対象者の皮膚が煮立ったスープのようにぼこぼこと泡立つ。肉色の細かな泡が溢れ、固まっては疣《いぼ》となる。無数の疣は塊となって瘤《こぶ》をつくる。

衣服と皮膚の区別もつかない。

すべての表皮が醜い瘤で覆われていく。それは外観を生成するソフトウエアへ感染した穢れだ。詛腫《そしり》や障腫《さわり》と呼ばれるバグが疣のように全身へと広がり、堅くひび割れ血を滲ませる瘤――蠱腫《まじ》となって身体を覆う。それでも下衆徒たちは嬉々として呪を投げかけ続け、たちまち相手は醜い瘤だらけの怪物と成り果てる。

アルマンディンのメンバーは次々に瘤だらけの醜い怪物となった。そこからアルマンディン解体まではあっという間だった。これ以降この街でのオバケの人心操作術はどんどん洗練され確実なものへとなっていった。

残りのクランも次々に潰されていった。特別介護区、つまりは低所得の後期高齢者だけが住む街ノドランドの住人メトセラ・クランは最後まで抵抗した。女性の平均寿命が百歳になった今、七十五歳はまだまだ元気だ。しかし身寄りもない低所得者の未来に希望はない。ただ死ぬまで生きるだけの無為な期間として、二十五年は長すぎる。しかも再生医療を始めとして医学は格段の進歩を遂げた。八十を超えても、昔の感覚で言えば五十代の体力を維持している年寄りはいくらでもいる。絶望を前に最後の最後まで身体は健康。そんな人間がどうなるか。怖いもの知らずになる。守るものなど何もなく、自分の命すら煙草の吸い殻程度の価値しかないと考えている。オバケたちの恫喝《どうかつ》もさすがにメトセラ・クランには通じなかった。が、そんな交渉のさなか、彼らの指導者であったカイン爺が陸橋から落ちて死んだ。不審な死ではあったが、事故として処理された。残された者にはみんなをまとめるだけの人物はいなかった。年金や保険をはじめ、高齢者に対する福祉は、府政市政を握った日本改造の会がすべて牛耳っている。たちまちメトセラ・クランは解体されカイザー・クランに吸収された。

この時点で、オバケの言う騎乗の九龍で残っているのは松露夫人のクィア・クランを含めて後三つ。

ステーショナリー・クランは趣味性の強い団体で、文字通り文房具好きが文房具となる、という純粋なお遊びのクランだった。従って政治的や思想的な主張とは無縁で、それが故にオバケ側にも反オバケ側にも付くことなく、今のところは中庸を保っていた。

ビースト・クランはクランの中でも特に毛色の変わった団体だった。一言で言うなら動物好きの団体だ。ほとんど他のクランとの付き合いも少なく、カイザー・クランに加わりもしなかったが、個人的に親しい人物を除いて、特別松露夫人に協力するわけでもなかった。彼らは沈黙を守った。

最後のクィア・クランも、政治的な主張はオバケとその仲間に叩かれ、性的嗜好もそれはそれでウエブビリーたちに叩かれ、次々に脱退してカイザー・クランへと移っていった。今は数名の松露夫人を崇拝する者たちが残っているだけだ。榎たちがパレスを訪れてから、まだひと月あまり経っただけだった。

躾画廊で『人造美女展』が始まったのはそんな時だった。時期が時期だけに、期せずして世間の風潮に対しより挑戦的な美術展となった。

5.

展覧会は盛況だった。危惧していた抗議行動や脅迫もなく、おおむね好評のまま初日を終わろうとしていた。

クロアゲハのようなドレスを着た二人の少女が、おそらく今日最後の客になるだろう。彼女たちは互いにバリのダンサーのように両手の指をうねうねと動かしている。踊っているわけではない。これはキーボードネイルと呼ばれるものを使って、メッセンジャーアプリで対話しているのだ。

双瞳への入力デバイスは多くの種類があるが、キーボードネイルもその中の一つだ。

爪に付けたセンサーで仮想のキーボードをタイピングする。慣れれば左右の手をポケットに突っ込んだままでもキーを打てる。が、最近の流行は目の前の友人たちと踊るようにオーバーアクションで〈会話〉することだ。今目の前にいる少女たちのように。二人はクスクスと笑いながら見えぬ大型犬を撫でるように互いの指を動かしている。その子たちが出ていったら、そろそろ閉廊にするつもりだった。初日はいつもこうして最後まで見て閉める。

一度も喋ることなく二人はクスクス笑いながら外に出ていった。それを見送り、玄関の硝子扉に閉廊のプレートを下げる。そして扉を閉じ内側から錠を掛けようとしたときだ。管野が飛び込んできたのは。

「助けてください」

青ざめた顔で管野はそう言うと、その場に跪《ひざまず》いた。

「奴らおかしいですよ。完全に人殺しです。人殺しですよ」

松露夫人は迷子に寄り添うように管野の隣にしゃがみ込んだ。

背中に手を置いて言う。

「ちょっと落ち着いてしゃべりましょう。ここは私の城よ。大丈夫。誰もあなたに危害を加えることは出来ないわ」

言いながら管野を立たせると、奥のソファーにまで連れて行って座らせる。

「で、何があったの」

「あの仕立屋がドールを持って行くから。いや、その前にランドセルのドールを受け取ろうと」

「最初からゆっくりと説明して」

松露夫人に促され、管野は考え考えぽつぽつと説明を始めた。

その日管野は「娘の里帰りの儀式」のために日本橋《にっぽんばし》のマンションに向かっていた。東京人造美女工業では人造美女《ラブドール》を娘と称し、不要になったら里帰りといって引き取ることにしている。いつもであれば梱包して送ってもらうのだが、持ち主が急死したとの連絡があって、かねてから決めてあった保管場所へ向かったのだ。急死したときなどに他人間に見られたくないので、保管した場所や鍵などを業者の担当者と共有して勝手には出せないようにすることはよくあることだった。管野はマンションに入り該当するドールを運び出した。そこで八辻が待ち構えていた。

八辻はそのドールは非合法ドールなので私が引き取ると言った。確かにそのドールは未成年をモデルにしており、六年前に児童虐待に当たるとして幼童虐待者審問会が訴訟を起こしたドールだった。持ち主は七年前に購入したのだが、所持そのものも非合法だとされている。渡せ渡さないともめたが、結局八辻がそれを持って帰った。それが二日前のことだ。そして今日になって、八辻が管野のマンションにやってきた。八辻の後ろには薄汚れた綿の塊のような男、オバケの私兵である菩提警察の一人仕立屋《テイラー》が立っていた。八辻はあの時ドール以外に何かを見つけなかったか、と執拗に訊ねてきた。何も知らないと言っていると、こんなことになりたいかと映像を見せられた。映像は直接管野の双瞳に送られてきた。

高架下の空き地だ。

風の音がごうごうと聞こえる。

若い男が壁に縫い付けられていた。それは八辻が持っていったドールの本来の持ち主、ランドセルと呼ばれている男だった。その前に立っているのは仕立屋だ。

仕立屋は一メートルもあろうかという大きな裁ち鋏を持っていた。そしてぷつりと男の腹に先端を差し入れると、いきなりざくざくと切り裂いた。こんなに入っていたのかと思うほどの大量の血と臓腑が吹きこぼれる。

映像の中の男以上に青ざめた顔で、管野は首を横にふった。じゃあ、事務所まで来てもらいましょうかと仕立屋に腕を取られ、外に連れ出された。その時、管野は腕を振り切って逃げ出した。それまで躾のよい犬のように従順だったので、仕立屋も油断していたのだろう。それにしても腕を振り切れたのは奇跡だった。そして今まで走ったことのない速度で逃げ出した。逃げ出しはしたが不慣れな土地でどこに逃げたらいいのかわからなかった。そして松露夫人を思い出したのだ。鉄画廊なら歩いて行ける距離だ。管野はそこから必死の思いで走り続けてここまでやってきた。

「なるほど」

話し終えて震えている管野を見ながら松露夫人は言った。

「匿《かくま》うのはいいけど、それはあなたを信用しているからなの。それはわかる？」

管野は必死で頷く。

「じゃあ、教えて。あなた何か隠しているわよね」

ぶるぶると管野は首を横にふった。

「あなたが引き取りに来たドールのかつての所持者はランドセルという名の男。彼はアルマンディン・クランに所属していた。あなたは単に彼の担当者というだけじゃなく友人だった。あなたは出張で大阪に来ているだけだ。だからクランには所属していないけれど、彼とは同じペドフィリアだ」

「違う違う絶対に違う」

シェイカーのように激しく首を振った。松露夫人はそれを無視して話を続けた。

「だから彼の信頼が厚く、死後ドールの扱いも一任されていた。で、君はドールと一緒に何を見つけたの。それを教えてくれたら匿ってあげる」

「なんでそんなことを知ってるんだ」

脂汗を滴らせながら管野は言った。白状したも同然だった。

「あれからすぐに調べたらわかる程度のことよ。そこまではね。当然八辻たちも知っていること。で、八辻も知らないことって？　大丈夫。私は君の味方よ。さあ、ここで判断を間違ったらあなたは死んじゃう」

松露夫人は管野の目をじっと見て微笑んだ。

「……もう駄目」管野は溜息と共にそういった。「ぼく一人で守り切れません。ごめんランドセル。言います。ランドセルの部屋で、人形を保管する大きな箱を開けたとき、双瞳に一瞬『ダウンロードしますか』の表示が浮かんで消えたんです。何かが勝手にダウンロードされたんですよ。どんな内容か知りません。だいたい何がダウンロードされたのか、どこにダウンロードされたかもまったくわからないんですよ」

「ランドセルっていう人は、あなたにすべてを託した。そういうことだよ、きっと」

「そんな迷惑な」

「本当に迷惑な話よね。それでもしっかりと巻き込まれているから、ここからは嫌でも命懸けでやっていくしかないわね」

「そんなあ」

あんまりだと管野は頭を抱えた。

古臭い電子ブザーの音がした。松露夫人は立ち上がり、インターホンのボタンを押した。モニターに背の高い男が映っていた。葬儀のように真っ黒のスーツにネクタイなのだが、微妙な長髪が不潔に見える。

「早速来たみたい」

松露夫人は通話のボタンを押す。

「どちら様でしょうか」

「こういうものです」

首から提げたIDカードをカメラに向けた。日本改造の会の執行委員と書かれてある。名前は田中義男。

「何の御用でしょうか」

「名誉顧問から伝言を頼まれまして」

「じゃあ、そこで言って」

「ちょっと人目をはばかりますので、中へ入れていただけませんか」

「いやだよ」

一瞬沈黙があった。

「御厨オバケ先生からの伝言があると言ってるんですが」

「わかって断ってるんですけどね」

男がにやりと笑った。

表情が歪み人間らしさが消えた。

「ああ、面倒だ。開けろよ。開けろって言ってんだよ」

松露夫人は無視した。

「一応断っとくけど、俺、〈菩提警察《ボーディポリス》〉の者だからね。今のうちにここを開けた方がいいんじゃないの」

松露夫人は管野の耳元に口を寄せて囁いた。

「この奥の事務室のテーブルの下に、床下収納があるの。そこに隠れて。それで君に指示する人にあったら、その人の言うことを聞いて。今連絡入れたから」

そして管野に質問の時間を与えず、インターホンに向かって言った。

「やっぱり、開けない」

「そう、じゃあ仕方ないね」

男は長い髪の毛をずるりと剝ぎ取った。

現れた禿頭を指先で探ると、何かを摘まみ取った。

糸だ。

糸は頭から直接生えているように見えた。

その糸を引っ張っていく。

ふつふつふつと皮が弾けるようにめくれていく。

中には汚れた綿のようなものが詰まっていた。

皮が、服が、男の表側がぱらぱらとめくれて散っていく。中から綿が現れる。ぬいぐるみを解体しているようだ。ほぐれ落ちたそれぞれは、ハラハラと灰となって消えていく。

「おまえが仕立屋だね」

松露夫人が呟いた。

人型になった綿の塊が、どこからか大きな鋏を取りだした。

両手で刃を開くと、グイと前に突き出した。

ぷすりとそれは目の前の景色を裂いた。

その瞬間そこだけが一枚の写真のようになって静止した。止まった世界を裂いて、大鋏が、そして大鋏を摑む手が腕が頭が、仕立屋が裂いた景色から這いだして来た。

「いろいろと後悔させてやるよ、婆さん」

「後悔するのはどちらかしらね」

「面白いね。さすがは御厨先生と幼馴染みだけのことはある」

「誉めてくれてるのかしら。あまり嬉しくはないけれど。で、どのようなご用件でしょうか」

「ここに来てるよね」

「誰が」

「管野っていうポルノ野郎が」

「知らないわね」

「あんたもここでこうやってやつのポルノ扱ってるんだろう。知らないわけがないでしょ」

「ポルノ？　何を見てそんなことを」

「おいおい、オトナのおもちゃ屋が何を言ってるんだよ。そこら中にあるダッチワイフだよ。アレを作ってる会社の営業だ。知らないわけがない」

「仕事上の付き合いのある人は仕事以外では思い出せないの」

「まあ、好きなように言ってるがいいさ。ちょっと見せてもらうよ」

「どうぞどうぞ」

狂った展示ばっかりだとぼやきながら、仕立屋は中を順に見ていった。事務室から倉庫の中までじっくりと見ていったが、見つけることが出来なかった。その事務室で仕立屋は立ち竦んでいた。

「どこに隠した。裏口はないよな。中に入ったら逃げようがないはずだ。トリックか。どんなトリックを使った」

「トリックなんかありませんよ」

綿のくぼみや汚れが目のような陰影を描いてはいるが、仕立屋に目はない。にもかかわらず、その顔がどこかを見詰めているのがわかった。

机の下だ。

「ああ、成る程ね」

仕立屋は大きな事務机の下を覗き込んだ。

「これなーんだ」

床の一角に矩形《くけい》の板が嵌《は》め込まれた部分がある。

「これ床収納の扉だよね」

「ええ、そうですよ」

当然という顔で松露夫人は言った。

仕立屋はいきなり大きな鋏の先端を板の隙間にこじいれた。

「管野くーん、出ておいで」

言いながらグイと押すと扉が開いた。

しかしそこはあまりにも狭く、横にしたトランクが一個ようやく収まるほどの大きさしかない。

隠れる場所などまったくないのだ。

「何か面白いもの見つかりましたか」

「まあいい」

仕立屋は顔を上げて松露夫人に言った。

「管野がここに立ち寄ったのは間違いない。どんなトリックを使って逃がしたかは知らないが、やつの居場所はすぐにわかるだろう。あんたへの礼はその後で必ずしにもどるよ」

「はいはい、お待ちしておりますよ。それではまた――あっ、玄関から出てはいかがですか」

そう言った時には目の前の空間をざっくりと切り裂き、その隙間へと身体をねじ込んだ。そしてあっという間に隙間を縫い付けてしまった。

作業が終われば何の跡も残っていない。

やれやれ。

そう言うと松露夫人は大きな溜息をついた。

＊

その十五分前。

床収納の扉を開いた管野は一瞬躊躇したがその狭いスペースに膝を抱え胎児の姿勢になって横になった。扉を閉めるといきなりノックの音がした。

もう見つかったのか。

身体をぎゅっと縮める。

息が荒くなる。

「管野くんだろ。話は松露夫人から聞いてるよ」

口を閉ざし目を閉じ、身体を縮めてひたすら我慢した。

「心配するな。わしは味方だ。開けるぞ」

声と共に横の板が外れた。そこからスキンヘッドの男が管野を見ていた。その目がうっすら笑っていた。

「わしはウイラード。さあ、こっちだ」

男は管野の腕を摑み、その隙間から引きずり出した。

そこは狭く小さな通路だった。天井が極端に低い。だが管野よりも頭一つ小さなその男には丁度のサイズだった。

ウイラードはさっさと通路を歩き出す。管野は腰を屈めその後ろからついていった。いい加減腰が痛くなってきた頃、目の前に階段が現れた。急な階段を上り終えると、そこはコンクリートに囲まれたただっ広い通路だった。

「わしはビースト・クランのウイラード。夫人にはいろいろと世話になっててな。あんたはオバケに命を狙われているんだってな」

「そ、そうなんですか」

「気楽なやつだなあ。っちゅうか鈍感？」

そう言ってひひひひと笑う。

「わしの隠れ家まで連れてってやるよ。そこで話を聞こうか」

広い通路はいくつにも分岐し、複雑だ。分岐がある度に、ウイラードは分厚い紙の束を見ながら、右、右、中央、上、左、と進んでいく。覗き見ると見たこともない記号が並んでいた。

進むにつれて通路はどんどん狭くなってくる。

共同溝なのだろうか。太い電線や下水管にガス管などが血管のように走っている所にやってきた。その通路の途中に扉があった。大きな南京錠を鍵で開き、中へと入った。メンテナンスをするときに作業員が利用する部屋なのだろう。部屋の隅に工具類が置かれている。かなり広いのだが、天井が低い。少し長身のものなら頭が支《つか》えるだろう。

「また厄介ごとを引き受けたのか」

そう言って彼らを迎えたのは、中型犬ほどもある真っ黒の大鼠だった。大鼠はシルクハットを被って、時折どこからか葉巻を取りだしてすぱすぱと吸う。

「黒門のヌシだよ」

ウイラードは彼を指してそう言った。黒門とは黒門市場《くろもんいちば》という、大阪市内では最も有名な市場だ。鼠はシルクハットを取って「ビッグベンだ」と挨拶をした。思わず名刺を取りだして渡す。と、ビッグベンは手にとった名刺をガリガリ齧り粉々にした。

「鼠鼠と呼んでるが、こいつはヌートリアだ」

ウイラードが説明する。

「擬人化処置だよ。知ってるよな」

知識としては知っていたし、友人宅で喋るマルチーズを見たことはあった。だがそれはこれほど違和感なく擬人化はされていなかった。擬人化処置というのはペットなどを人に似せて加工するアプリのことだ。

パレスではあらゆる動物が擬人化のレイヤーを被せられている。それは単に服を着せたりするだけではなく、態度と整合性のある台詞を喋らせ、その動きに合わせて葉巻を吸ったり帽子を取ったりもする。擬人化された猫を恋愛の対象にしてしまった男の噂もあったが、成る程これなら勘違いする人間がいてもおかしくない。

「で、なに？　詳しくいってみ。わしが解決してやるからいってみ。いってみ。いってみってば」

ニタニタ笑いながらウィラードはたたみ掛けてくる。松露夫人と親しいという話がなければ、絶対に信用できないタイプの人間だった。が、助けてもらった手前もあり、渋々管野は自分が巻き込まれた事件の内容を説明した。ウィラードはお伽噺《とぎばなし》を聞く子供の顔でずっと聞いていた。

「おまえ、面白い変わり者だな。ほら、あれだ。巻き込まれるやつだ」

こんなところで鼠と暮らしている男の方がずっと変わり者だろう、と思ったが、もちろん口に出す勇気はない。

「ん、ちょっと待って。連絡入った」

ウイラードはそう言うとコントロールパネルを出して通話を始めた。相手はどうやら松露夫人のようだ。

「あっ、はい、夫人。無事無事、今家に連れてきてるけどね。はい、はい、はい。あっ、そう。もう終わったんだね。わかった。で、どうする。どうしたらいい。どこかへ連れて行くか。わかったわかったわかった。今日は作戦会議ね」

「さあて、それじゃあ、夫人のお家にお邪魔しますかね」

「俺はここにいる」

葉巻を吸いながらビッグベンが言った。

「じゃ、留守番たのむよ」

そう言ってウイラードは管野を連れて部屋を出た。

共同溝から逸れて、いくつかの細い――中には這って通るような――通路を進んでいく。ウイラードは小さな声でずっと歌を歌っていた。

――わっかさゆえ〜、くるしみ〜、わっかさゆえ〜、なーやみ〜。

それはジャガーズというグループサウンズの曲なのだが、ジャガーズはもとより、グループサウンズというものを知らない管野には昏《くら》いお経のように聞こえていた。同じ所ばかりを繰り返すウイラードが、時折手に持った紙束を見ているのに気がついた。

「あの、それは何ですか」

「地図だな」

「ええっ、その文章みたいなの地図なんですか」

「そうだよ。鼠瞰図《そかんず》っていう、わしらみたいな地下生活者のための地図だよ」

しかしそれはどう見ても暗号文か何かにしか見えない。どうやって地図として読み取ればいいのか想像もつかなかった。だがウィラードにははっきり地図として見えているらしく、迷うことなく地下道を進む。

階段を上がったところに扉があって、それを開くと地下鉄の駅構内に出てきた。大阪メトロ四《よ》つ橋《ばし》線のなんば駅だった。

「ここで乗るよ」

「切符を買ってないんですが」

ウィラードが宇宙から来た猿を見るような目で管野を見た。

「それはまあ、なんだ。わしのおごりだな」

すぐにやってきた電車に乗った。十分足らずで到着した玉出《たまで》駅で降りる。降りるとは言っても改札を通るわけではない。周りを見回し線路に飛び降りると、全速力で走り出した。

これもまたメンテナンスのために設けられているようなトンネル内の扉を開き外に出ると、再び地下道を移動する。最終的には駅職員用の出入り口から外へと出た。霧雨の降る薄暗い街だった。だが少しも身体が濡れないところを見ると、その気候を含めて仮想レイヤーのようだった。濡れた石畳の続く街はそれなりに人で賑《にぎ》わっていた。だが煉瓦造りの店へと出入りする彼らが何をしているのかまったくわからなかった。

「ほらあれだな」

ウイラードが指差したのは二階建ての大きな倉庫だった。かなり古びており、長く使われていないように見えた。大門の一角にある小さな扉を前にウイラードは言った。

「お客さんを連れてきたぞ」

電気錠の音がして扉が開いた。二人が中に入ると錠が掛かる。かなり広い。客席のないテニスコートぐらいある。ろくに家具らしいものがなく、閑散としている。その最奥に、大きなクローゼットを背にしてソファーに腰掛けた松露夫人がいた。

その姿は見えているが、その前に行くまでそれなりに距離がある。歩いてそこまで行く時間が、妙に間延びしていて、ついつい遠くから管野は声を張り上げた。

「助けていただいてありがとうございます」

どういたしまして、とこれはやたら小さな声で言ったのだが、唇の動きを見ているだけでだいたいわかる。

「クィア・クランにはね、いろいろと使える仲間がいるの。大勢辞めて、カイザー・クランっていう馬鹿みたいな名前の所に行っちゃった子も多いんだけど、それでもまだま だ優秀な仲間は残っているわ」

クィア・クランは性的に逸脱した者たちがその主たるメンバーだ。そこには盗聴や盗撮を隠れた趣味としている人間もいた。その力を使って夫人は管野とランドセルのことを調べ上げたのだ。

「さてと、それじゃああなたに渡されたファイルを見てみましょうか」

「でもぼくもそれがどこにあるのかわからないし――」

松露夫人が立ち上がった。地面に突き立つようなピンヒールを履いている。元々長身なので、管野は子供のように夫人の顔を見上げた。

「もっとこっちに」

正面に立つ管野を、松露夫人は抱えるように引き寄せた。夫人から頭の芯が緩むような甘い香りがした。ただ甘いだけではなく、高貴で、しかも郷愁を感じさせる。白檀《びゃくだん》に近いがそれよりももっと複雑な香りだ。胸が締め付けられる思いがして、目が潤む。

「あらまあ、泣いてるの。丁度良いわ」

松露夫人が顔を近づけた。

片手で後頭部を支えている。

逃れられない管野の右の瞼を、指で押し開いた。そして尖った赤い舌を突き出すと、眼球を舐めた。

「ごめんね」

松露夫人は管野から手を離した。

「一部分シンクロさせてもらったから」

そう言って松露夫人は再び椅子に腰を下ろした。魂を抜かれたようにぼおっとしていた管野も椅子を勧められて腰を抜かしたようにすとんと座り込んだ。

「まずコントロールパネルを出してちょうだい」

視界の隅にパネルを映し出す。

「そっちの双瞳に介入するから、ＯＫを押していってね」

ウインドウが浮かび文字が並ぶ。

――@truffleが介入してきました。

――許可しますか？

管野は言われたとおりＯＫを押した。

次のパネルが開く。

——コントロールパネルを操作します。

——アプリを検索します。

——アプリが見つかりました。

——起動しますか。

次々に開くパネルを全部OKボタンを押していく。

そして管野の掌に一冊の本が現れた。

その本の表紙には箔押しの金文字でそう書かれてあった。

『ダイイングメッセージ』

「ダイイングメッセージが一冊の本になって、死ぬまでどれだけ時間があったんだってことね。ランドセルって人は少々歪んだユーモアの持ち主だったのね。ちょっとその本、開いてみてくれるかしら」

管野は手の中の本を開いた。

しかしそこに書かれている文字は一つとして読み取れなかった。図版もいくつか入っているのだが、それも含めて一種の暗号のようにも見えた。まるでヴォイニッチ手稿のようだった。

「これ、わたしの方でダウンロードしてもよろしいかしら。プロテクトが掛かっているからデータが移動したら元データは消えちゃうけど、構わない？」

「ええ、もちろんです。ぼくが持っててもどうして良いかわからないんだし」

松露夫人が手を伸ばしたので、管野はその手に本を置いた。即座に本は蕩けて松露夫人の手の中へと消えていった。

「管野さんはもうこちらでの仕事は終わり？」

「ええ、今日中に本社に帰るつもりです」

「じゃあできるだけ早くパレスから出た方がいいわね。クィア・クランの武闘派の子に送らせるから、そのまま大阪を出なさい」

「それなら一度ホテルに戻って――」

「菩提警察がどこかに待ち構えているわよ。甘く考えていると死ぬわよ。忘れ物があるなら後で送ってもらえばいいわ。今日はまっすぐ東京にお帰りなさい」

はい、行った行ったと、管野を追い払う。クィア・クランのメンバーが二人、彼を玄関先で待ち構えていた。これでとりあえずは大丈夫だ。松露夫人は安堵の息を漏らした。

この時松露夫人は、まだ相手を見くびっていたのだ。

三十分後、管野からダウンロードした本を開いて解読を試みているところに、ベルの音がした。今時珍しい固定電話が鳴っていた。松露夫人は重いエボナイトの受話器を手にした。

「ハロー、ベイビーちゃん」

オバケだった。

「あなたの私兵って人も殺すのね」

「俺に逆らうとそうなるかな。こいつらみたいに」

「こいつら？」

「双瞳に映像送ったから見てよ」

すぐに着信音が鳴って、映像が送られてきた。松露夫人は目の前に小さなモニターを出し、そこで送られてきた映像を走らせた。コンクリートで囲まれた部屋だ。中央にステンレスのテーブルが置かれてあり、その上に生首が三つ並んでいた。クィア・クランの二人と管野だった。

「さあ、降参して俺の傘下に入れよ。昔みたいに二人で楽しもうぜ」

松露夫人は受話器を床に叩きつけた。

そしてゆっくりと深呼吸した。

――アレはオバケだ。サドルじゃない。

幾度も幾度も頭の中でその言葉を繰り返しながら、夫人は双瞳を使ってウィラードに連絡を入れた。

「今そちらに向かってる途中です」

ウィラードの息が荒い。駆け足で向かっているようだ。

「何かそっちでもあったの」

「ニュースでやっている。朕画廊のビルが燃えてるよ」

松露夫人は絶句した。

「わしが迎えに行く。そこから離れないと危ない」

ほぼその直後だった。倉庫の地下から足音が聞こえてきた。部屋の隅には地下へと降りる階段があった。

「さあ、行きましょうか」

そこから顔を見せたウィラードは地下室へと手招きした。

「みんなも連れてきている。地下で会える」

「みんな？」

「オバケが残っていたクランを一斉に潰しに掛かったんだ。ステーショナリー・クランはもうない。今のクランに拘《こだわ》っているわけでもなかったからな。オバケに馴染めないコンパスレディーとイレイザーヘッドの二人は俺の所に来ている。ビースト・クランも潰れた。獣好きの獣姦野郎たちはあっという間に怪物にされた。残った単なるペット好きは最初から逆らうつもりなんかなかったからな。離脱したのは俺と相棒のビッグベンたちだけだ。夫人のクィア・クランもほぼ壊滅だよな」

階段を降り、機械室を通って、小さな扉から地下道へと抜け出た。時折ちらちら見る紙束が、松露夫人も気になったのだろう。

「それはなあに」

「鼠瞰図だよ。地下世界のロードマップだな」

「それが地図なの？　どうやって読むのかしら」

「自分がどこにいるのかを最初に確認しないといけないので、地図があればどこでもわかるというようなもんではないんですよ。なんていうか、これは地下を這う鼠の目線で地図が作られているわけで」

「ああ、なるほど。だから鳥瞰図に対して鼠瞰図ってわけね」

一見したところ横書きの文章のように見えるこれは、上下左右に分かれる分岐点のランドマークを記し、どのように動くのかを記したものだ。その描写は徹頭徹尾主観的に（つまり直線的に）身の振り方が描かれている。それは地図というよりも、舞踊の動きを記号を用いて記録した舞踊譜《ぶようふ》や踊り譜と呼ばれるものに近い。

一所懸命松露夫人に鼠瞰図の説明をしている間に、ウイラードの根城に辿り着いた。

「よ、兄弟。また厄介ごとを引き受けたのか」

そう言うと大鼠は、シルクハットを脱いで松露夫人に深々とお辞儀をした。

「私はビッグベン。ようこそ、地底の王国に」

それからおもむろに葉巻を取りだし「失礼」と一言断りを入れて吸い始めた。

盛大に煙が上がるが、葉巻のニオイはまるでしない。

「よろしくお願いします」

松露夫人も頭を下げた。

「うひゃー、有名人来たああ」

「生トリュフだね、姉ちゃん」

拾ってきたソファーに腰掛けた女が二人、大はしゃぎだ。二人とも小さな花を散らした同じ柄のワンピースを着ている。足元は白いレースの靴下にサンダル。二人とも黒髪のボブに黒いボストンタイプのサングラス。どれもこれも安物っぽい印象だが、おそらくファッションアプリ〈ウエア〉を使ったレイヤーだ。つまりその安っぽさもわざとだ。

顔は似ていないが印象はそっくりだった。

「よろしくね」

「よろしくね」

二人同時に立ち上がり手を出した。

「私は鰐小路《わにこうじ》祐子《ゆうこ》」

「私は鰐小路弥生《やよい》」

夫人は順に握手をする。

「確か大阪ヴァイタフィルム社で働いてらっしゃった天才アニメーター姉妹よね」

「天才だって」「天才だもん」「天才天才」「仕方ないよね天才だから」と交互にうるさい。

「ということはチトラのこともよくご存じなのね」

二人は口を閉ざし、互いに顔を見合わせた。

「嗜《たしな》む程度にはね」と祐子。

「あくまでアニメーションに流用する分だけの知識はあるよ。オバケみたいなことは出来ないけど。やっぱり松露夫人はチトラ使いなの？」

「オバケほどじゃないけどね」

松露夫人が言うと二人はクスクスと笑った。経歴から見ても三十をとうに越えているはずだが、態度はまるで少女だ。可愛いと言うよりはグロテスクだった。

「コンパスレディーとイレイザーヘッドは」

「帰ったね」

ビッグベンがそう言った。

「奴ら、帰った」

「なんで止めない」

ウイラードが言った。

「止めたんだがね」

葉巻を咥えてビッグベンは言う。

「帰るって、一体どこに」

ウイラードは怒っていた。

「あいつらはわかってないんだ。今何が起こっているか」

「何が起こってるの」

祐子が言った。

「祭？」

弥生が言った。

「ある意味祭ね。オバケは本気で粛清を始めたみたいなの」

「やっぱり戦争するつもりかい」

ウィラードが問うと、松露夫人は「そうね」と答えて微笑んだ。

「ちょっと考えをまとめましょう。どうしてことが急激に進んだのか、ね。オバケは確かに最近おかしかったけど、あんなに簡単に人を殺せる人間になっているとは思わなかった。だいたい八辻と榎をこの街に呼ぶことが考えられない」

「切っ掛けはなんだろう」

そう言ってウィラードは床に座り込んだ。

「わからないけど、間違いなくこれが関わっているわ」

そう言ってパネルを出し、タップした。手の中に一冊の本が現れる。ダイイングメッセージ・ブックだ。

「これってランドセルって子の遺書だと思うんだけど、全編暗号で、鰐小路姉妹ならわかるんじゃないかしら」

「まあ、暗号はSEの嗜みですから」

「まあ、お姉様ったら」

そう言うと姉妹はほほほほと口を押さえて笑った。金の文字でダイイングメッセージと描かれた表紙を開く。見知らぬ文字、記号と図形がずらっと並んでいる。

祐子が言った。

「そこそこボリュームあるから頻度分析してみる？」

「なんか音素に対応してないような気がするんだよね」

「それは勘？」

「勘。裏付けは無し」

「もしかしたら、これは暗号でもないかもしれんよ」

そう言ったのはウイラードだった。

「どういうことかしら」

松露夫人が訊ねると、ウイラードは言葉を探し、しばらく黙りこんだ。そして薄闇の中を進むように、ゆっくりと話を始めた。

「わしらの使っている鼠瞰図ってのがあるだろう。アレは一連の動きを譜として残してあるわけだよ。でな、アレの元型というかネタ元は舞踊譜っていうやつで、これは踊りの動きを記録したものなんだが、ん……なんか似てるんだよ、これ」

「あっ！」

今度大きな声をあげたのは弥生だった。

「姉さん、読まずのリンジのこと覚えてる？」

「読まずのリンジ……ああ、あの失語症のプログラマー」

「何の話？　教えてもらえれば嬉しいけど」

松露夫人に促されて弥生は話を始めた。

「リンジっていうプログラマーがいてね、彼突然脳梗塞になって、命は取り留めたけれど失語症になったの。失語症と言ってもいろいろあるんだけれど、彼の場合は識字能力を失ったの。喋るし聞けば理解出来るんだけど、文字だけが認識できないのね。で、彼はね、普段からキーボードネイルを入力端末として使ってたの」

「あっ、妹よ。おまえ、天才。確かにあれだよ」

「なになになんなんだよ。そっちばっかでわかってないで教えてくれよ」

ウイラードが子供のようにねだる。

「キーボードネイルの入力って踊ってるように見えない？」

みんなが頷く。

弥生は言った。

「リンジはね、キーボードネイルを使うときの動きを手続き記憶として覚えてたの。要するに指が覚えていたってこと。彼は文字の読み書きはまったく出来なくなったけど、理屈と関係なく自転車を乗りこなしたり、背泳ぎが出来たりするみたいに、指の動き手の動きで文字を記すことができたわけ」

「で、彼のすごいところは、その動きをまた譜として残せないかと考えたこと。そしたら読み書きも可能かもって。そして」

「それを譜として残した。それは動きそのもので、リンジにとっては文字ではなく動画を見るのも同然だったの。天才ね」

松露夫人は少し興奮気味だ。

「爪譜《そうふ》と名付けて、リンジはテキストを譜に変換する翻訳ソフトを作り出した。確かそうだよね、姉さん」

「うん、間違いないよ」

「その変換ソフトはどこで手に入るのかしら」

松露夫人の質問に答えたのは祐子だった。

「大阪ヴァイタフィルム社エンタテインメントのアーカイブ」

「鰐小路姉妹なら簡単に侵入できる……ってことじゃなさそうね」

昏《くら》い顔の鰐小路姉妹を見て松露夫人は言った。

「多分侵入は簡単。在籍中のアカウントがまだ残ってるし、その辺はルーズだからなあ。

でも見つかる可能性が高いんだよね。身元特定されたら呪いを掛けられて終わりだと考えると突撃仕掛ける気は萎《な》えるな」

「姉さんの言うとおり。萎えるな」

「貴方方が下衆徒による呪いや穢れを心配してるですって？　そんな馬鹿な」

松露夫人は本気で笑った。

「お二人が魔女って呼ばれているのは知っているわよ」

「あれ、ばれてました？」

「有名人ですものね。プログラマーとしても一流だけど、〈呪〉のエキスパートでもあるんでしょ」

音声入力を利用して、語りかけるだけで双瞳のシステムに入り込む方法がある。それは〈呪〉と呼ばれたりもする違法行為だ。鰐小路姉妹はそんな〈呪〉を使いこなし、魔女の異名を取っていた。

「すいません。面倒ごとに巻き込まれたくなかったものでつい」と弥生は悪びれず言った。

「何か用意がいるか？」

鰐小路姉妹たちとの会話について行けず、ビッグベンと一緒にうたた寝を始めていたウィラードが急に目覚めてそう言った。祐子は少し考えて言った。

「椅子が二つあると有り難いかな」

どうぞどうぞとパイプ椅子を二脚出してきた。その椅子に互いに正面向いて座る。ワンピースの裾を太腿までぐいとたくし上げ、剝き出しの膝を互いに相手の股へと押し入れる。開いた両手を膝の上に置いた。周りからは見えないが彼女たちには膝上の盤が見えている。彼女たち用にカスタマイズされたコントロールパネルだ。膝上のパネルの上を、撫でるように二人の指が動き出した。すぐに二人の双瞳が色を変え始めた。黒から紫へ。紫から赤。そして最終的にはぎらぎらする銀色に。相手に個人情報を奪われないために、偽のＩＤ情報でコーティングしているのだ。

「アーカイブ入ります」

祐子が言った。

互いの十本の指がそれぞれ別の意志を持って動いているかのように見える。どこにどうパネルがあるのかわからないが、二人合わせて二十本の指先は触れあい絡み合い、離れては再び絡み、めまぐるしく動いていく。まるで数十の蛇が交尾をしているようだ。

「ダウンロード成功」と祐子。

「後は逃げるだけ」と弥生。

「偽装ＩＤ剝離」

「二層目も剝離」

「三層目も剝離。さすがだね」

「素っ裸だよ、姉さん」

「黙って逃げろ」

それまでめまぐるしく動いていた二人の両手が、ぴたりと止まった。

「はい終わり」

「逃げ切ったよ」

二人は椅子から立ち上がった。

「どうぞ」

祐子はサイコロほどの立方体を指先でつまんで差しだした。

「これ、夫人の双瞳にインストールしてもらえますか」

松露夫人が開いた掌を出すと、そこにサイコロを落とした。すると熱した鉄板にバターを落としたように立方体が溶けて消えていく。

「それでランドセルの遺書が読めるはずです」

松露夫人はダイイングメッセージ・ブックを、今手に入れた解読アプリを通して起ち上げた。夫人のさしだした掌の上に本が現れた。

「今からこのページを開くけど、これってそれに関わったばっかりに大勢の人間が命を失っているの。だから内容を知れば間違いなく命を狙われるわ。出ていくなら今のうちよ」

松露夫人の警告は、しかしここにいた人間にはあまり意味を成していなかった。鰐小路姉妹はいまさら、と小声で呟き、ウイラードは欠伸《あくび》をして滲んだ涙を拭っていた。

みんなの様子を一瞥《いちべつ》し、夫人は頁を開いた。

6.

解析されたランドセルの〈遺書〉はテキストと動画に分かれていた。そのどちらも驚くべき内容だった。

ランドセルはペドフィリアであった。そのことに関する苦渋の告白から遺書は始まった。自分が少女たちに惹かれることを意識したのは二十歳を過ぎた頃だった。

変態なんだ。

そう思い悩んだ。いつか怖ろしい犯罪を犯してしまうのではないかと怯えた。自死を何度も考えた。その時に出会ったのが東京人造美女工業のラブドールだった。その出会いはまさに恋愛そのものだった。当初はこれで問題が解決したと思っていた。だがラブドールに惹かれ溺れるほどに、彼の「いつか違法な行為を行ってしまうのではないか」という不安は増していった。そんな時、彼はペドフィリアの治療薬が存在するという噂を聞きつけた。噂の元は、教育評論家であり小児を対象とした性的犯罪に取り組んでいる榎美虎が、御厨オバケとの対談でペドフィリアの治療薬を開発しているのだ、と発言したことにあった。ランドセルはその治療薬に関して調べ、実際にヒカリノコドモ薬品というところがその開発研究を手掛けていることまでを掴んだ。ペドフィリアの治療薬としては男性ホルモンのテストステロンを低下させる〈デガレリクス〉が有名だが、それとは大きく異なる画期的な薬品であるとのふれこみだった。それ以降医薬関係の専門誌や新聞を隈無く漁り、とうとうヒカリノコドモ薬品が新薬の治験を開始し、協力者を募っていることを知った。躊躇うことなくランドセルは参加を決定した。

当日早朝、指定した場所に一クラスほどの人数が集まった。みんなはバスに乗せられ、山奥にある研究施設兼病院にひと月入院することになった。始まったら帰ることは叶わない。その間外部とは連絡が取れない。そんな説明を受けた上で、今回の治験薬が化学的ないわゆる〈薬品〉ではなく、一種のナノマシンであり、永久的な去勢を目的としていることを告げられた。それでも構わないものだけが、契約書にサインをした。しなかったものはバスで帰らされた。もちろんランドセルはそこに残った。残った者たちはまったく知らなかったが、不参加の者たちを乗せたバスは帰り道崖から転落し、全員死亡していた。

治験に協力しているうち、ランドセルはこれが遺伝的に性的な逸脱の可能性が確率的に高い人間を自動的に去勢するシステムの実験であることを知らされる。つまり断種法のような優生学的処置を目的としていたのだ。だがその時点では、すべての参加者が、反社会的な病気を治療するためならやむなしと思っていた。それどころか、それの何が問題なのかもわかっていなかった。

そんなある日、ランドセルは室内清掃をしている人間からある話を持ちかけられる。その男は外部から侵入したジャーナリストだった。盗撮用のカメラをある会議室に仕掛けてくれ。彼はランドセルにそう頼み込んだ。断りはしたのだが、俺と接触したことを奴らに知らせたらあんたどうなるだろうね、とあの日帰っていったバスが転落した記事を見せる。怯えたランドセルは仕方なく会議室にカメラを仕掛け、後で回収した。好奇心に負けたランドセルは、それをジャーナリストに渡す前に自分で見た。すぐに後悔した。それは御厨オバケと榎美虎、そしてお忍びでやってきた総理大臣秘書までが頭を揃えての秘密会議だった。彼らは共謀し、双瞳から得られる個人的な遺伝子情報を元に、性的な逸脱のみでなく、社会から逸脱する可能性が高い人間を選別し去勢するシステムを開発し、世に放とうとしていた。そのことにより国体に有益で国益に奉仕する正しい人間ばかりの社会を築こうとしていたのだ。後にそのカメラを回収し、指定された時間にトイレで待っていたのだがジャーナリストは現れなかった。そこに現れたのは看護師の服を着た屈強な男たちで、何とかランドセルはそこから逃れ、病院を脱走する。

遺書に書かれていたのはそこまでだ。

＊

信じられない。

それが松露夫人の最初の感想だ。確かに最近のオバケはおかしかったが、ここまで酷いことを計画しているとは思ってもみなかった。この遺書に貼付《ちょうふ》されていた証拠映像を見ても、未だ何かの間違いではないだろうかと思っていた。

「これを奴らは探していたんだ」

ウイラードがぽつりと呟いた。

「それで次々と人を殺した」と祐子。

「そう、殺した」と弥生。

「弟くんはそんな人間じゃなかったんだよ」

ウイラードが悲しそうな顔で言った。

「弟くんって誰」祐子が訊く。

「オバケのことよ」と松露夫人。

「私とオバケは幼なじみ。そしてウイラードはオバケのお兄さんと親しかった。ねっ、坂本さん」

本名で呼ばれ、ウイラードは頭を掻いた。

「あの頃弟くんはこんな小さな……ん？　ありゃあ」

ウイラードが頓狂な声をあげた直後だ。

どっどっどっどと音が近づいてくる。

何かが群れを成して走ってくる音だ。

「来たよ来たよ」

そう言ったのはビッグベンだ。

「息子たちが逃げ出した。わしらも逃げ出さんと。さあ、こっち」

ウイラードは奥にある小さなスチール製の扉を開いた。

「非常口だ」

まずはビッグベンが飛び込んだ。

「付いてこい」

そう言ってウィラードが扉の向こうに消える。

「夫人、お先にどうぞ」

姉妹が揃って先を譲った。

躊躇したのは一瞬だ。松露夫人はありがとうと頭を下げると、身体を折って狭い扉を潜った。

続いて姉妹が通ろうとしたときだった。

部屋の隅の空間が引き攣れるようにして裂けた。

そこからぎらぎらしたスチールの刃が飛び出す。そして巨大な鋏を持った腕がにゅっと突き出た。

「くそっ、ケダモノどもは勘が鋭くて困る」

灰色の頭が飛び出した。

仕立屋だ。

のそりと空間の裂け目から身体をだす。と、こぼれるように鼠たちがぽろぽろと這い出てきた。

「逃げろ、逃げろ」

甲高い声で叫びながら鼠が部屋の中を走り回る。

その一匹を摑まえると、仕立屋は壁に叩きつけた。

頭が潰れ周囲に血が四散する。

それから裂け目を瞬く間に縫い付け元通りにすると、今度は大鋏でそこら中の鼠をデタラメに切り裂きだした。

「くそ、くそ。邪魔をしやがって」

辺り一面血肉で埋まっていく。

その間に鰐小路姉妹は扉から出ていった。

仕立屋は肩で息をつきながら、扉の向こうを覗く。

下水の生暖かい風が吹き込んできた。

「くせぇくせぇ、たまらん臭いだ。まったく臭い狭い汚いの最低の職場じゃねえか。労働局に訴えるぞ、こら」

毒づきながら扉を潜った。

＊

双瞳が自動で光度調整をしてくれるので、光のない下水道で暗視カメラ並みの視力を維持できている。足元を埋め尽くしている鼠の群れも、髭の一本までしっかりと見えていた。まるで鼠の川だ。踏まないように注意しているが、それでも何度か踏んだ鼠に啼かれている。ほとんどが身体の大きなドブネズミだが、小柄なクマネズミもたくさん混ざっている。それが足の踏む場もないほど集まり、ウィラードに歩調を合わせて下水道を進んでいく。

「仕立屋だよ、仕立屋」

祐子が怒鳴った。

「しつこいんだよ、あの馬鹿」

弥生が言った。

「どこに向かっているの？　ウィラード」

さすがに松露夫人の息も上がってきている。

「大阪メトロ岸里駅《きしのさと》に入るよ。それから地下鉄を途中乗り換えて北花田《きたはなだ》まで出る。要するに大阪市外へ抜けるんだな。パレスにいる間は圧倒的にオバケたちが有利だからな。堺市に出ると少しは奴らも慎重に行動するだろうさ。……にしても、弟くんはえらく変わっちまったなあ。あんないい奴だったのになあ。あれもチトラとやらのせいかね」

松露夫人はウィラードを見て頭を振った。

「わからない。それは私にもわからないんですよ」

そんなことを嘆いている場合ではなさそうだった。

背後から怒鳴り声が聞こえてくる。

「くっせぇくっせぇくっせぇよー！」

ウィラードが舌打ちした。

「あんちきしょうが、もうついてきやがった」

「急ぎましょう」

松露夫人が言う。

「わしがちょっとだけ足止めする。先に行ってくれ」

そう言うと立ち止まったウィラードは、狭い天井を見上げて叫んだ。

「メルクマール！」

一瞬電撃が燦《きら》めき、何かが下水の中へとすとんと落ちてきた。

黒いマントを羽織った幼い男の子だった。

水音もないのは、それが純粋なバーチャル映像であることを示していた。

それはすっくと立ち上がると、少年十字軍を導くかのように、臭い臭いと怒鳴り続けている男を指差した。

鼠の群れの足がとまった。

どの鼠も、その少年を見詰めている。

ウイラードがその横に立って何か耳元で囁いた。

すると少年は叫んだ。

「ズム・シュナイダー仕立屋に向かえ！」

その高く澄んだ声は、幼い少年にだけ与えられる秘蹟だった。

川の流れが定まった。

何万という鼠が、一斉に仕立屋に向かって走り出した。

その波に流されるかのように、少年も指差しながらゆっくりと進んでいく。

「どうなってんの」

弥生が言った。

「これ、おじさんがやってんだよね」

祐子が言った。

「そだよ、お嬢ちゃん」

「すごいよ、おじさん」

二人は声を揃えた。

「獣使いだからね」

ウィラードは誇らしげだ。

「で、なんでドイツ語」

訊ねたのは祐子だ。

「わし、昔サーカス団にいたとき、ドイツから来たライオン使いが師匠だったからね」

ウィラードは照れくさそうにそう言うと、「さあ、急ごう」と付け加えた。

後ろの方で仕立屋の悲鳴が聞こえた。

「息子たちがしばらくは奴の相手をしてくれる」

「あのマントの少年はなに」

祐子が訊いた。

「ああ、あれは鼠たちの進む方向を決定する目印さ。獣使いはみんな使っているソフトだよ。無駄話はまた後でな」

そう言うと、さあさあと姉妹の背中を押した。

intermission:03──２０３７年

　まったくもってセックスしてぇ。セックスセックスセックスって噛まずに六回言えたらセックス出来るようにしてよ神様。セックスの神様もやっぱりレティクルにいるのかねえ。どう思うミメイ。

四十を過ぎたら無性にセックスがしたくなった。自分でもわけがわからない。信者をくっちまったら良いんだろうけど、今は駄目だ。大事な時だからね。もしかしたら国会に俺たちが入り込めるかもしれないのだ。日本改造の会じゃないよ。そうじゃなくて宗教法人コドモノヒだ。政治団体よりもこっちの方が根強いし、第一盲目的だしね。

　大阪を別にして十二の県の議会に潜り込んではいるのだ。ある県じゃあ知事が信者だ。今のところ内緒だけどさ。良くここまで来たなと俺は俺に感心する。よくやったよ。過去にも未来にもいろいろ走り回ったからなあ。でも今の問題はセックスがしたくて堪らないことだ。ゆったりしたパンツを突き破りそうに勃起しているのを誰かに知られるとまずいというかかっこわるいだろう。特に信者に観られてはまずい。ミメイ先生も変に潔癖なところがあるから困る。最近まで恋人がいたんだが四十を過ぎた辺りからセックスを嫌がるようになってきた。まあ、俺が朝起きてから寝るまで暇さえあればセックスに誘うから、無理ないとも思うんだよ。だから次に恋人を作るならもっと若い子にしようとは思うんだけどね。あいててて痛いぐらい勃起しているよ。口が堅くて頭が悪くて尻の軽い女を二人みつけているんだよ。なんとかやらせてもらおうか。

しかし笑っちゃうよなあ。

最初は俺たちのことを笑っていた奴らが俺たちに頭を下げるようになってきたのは最近のことだし、信者じゃない人間の土下座を見たのは十日前だ。権力が膨れあがっていくのを実感するのは気持ちが良いよね。ざまあみろだ。日本を俺の手に取り戻す。そうだね、一度しくじってるわけで、だからこそ今度は慎重にやってますよ。にもかかわらず俺を悩ましているのは膨れあがったチンコってことだ、クソ忌々しい。

俺はパンツの中に手を突っ込んでチンコを擦ったり撫でたりしながら考える。

俺はこの日本を手に入れる。世界征服って時代じゃないけど、国ぐらいは手に入れたい。些細《ささい》な夢だけど叶えたいよね。夢は見るもんじゃなくて叶えるもんだって聞いたことないか。この手のフレーズは手垢のついたものの方が万人の共感を得られるんだよ。要するに俺の自己実現だよ。これは生きる上で大事なことだろう、ミメイ。

そう言って見るとミメイはソファーで正体不明のゴム人形みたいなポーズで眠っている。熟睡だ。突然電池が切れてばたりと倒れて眠る。五歳未満の子供ならわかるが、ミメイは十三歳だ。永遠にな。俺はときどき彼女のことをこう呼ぶ。幼心の君《Die Kindliche Kaiserin》と。

俺は人生の大半を未明に捧げてきた。チトラという時間と空間を移動する術を得てから、俺がしているのは一つだけだった。それは未明を生き返らせること。

未明が亡くなった直接の原因は致死性不整脈——頻脈性といわれる不整脈の中の心室細動による突然死だった。心室細動は心臓マッサージや電気的除細動によって救われる可能性が高い。だから俺は充電した自動体外式除細動器《AED》をリュックにつめて時間を何度も遡《さかのぼ》った。

あの時へ。

しかしそれは叶わなかった。何だって叶えられるはずの俺が、それだけは叶わなかった。時間や空間を移動するチトラは、一度使うと二度と使えない。そこで細かく組み合わせを調節して、幾度もあの万博のシトや未明と一緒にいたあの時へと戻った。戻ろうとした。しかし磁石の同極同士が反発するように、絶対にあの時には近づけなかった。大阪ヴァイタフィルム館で直接会えるかもしれないと考えたが、それも不可能だった。

俺が大阪ヴァイタフィルム社と出会ったのは偶然だった。万博のあの瞬間に戻ろうと新しいチトラの組み合わせを試していたとき、何を間違えたのか太平洋戦争後すぐの大阪に跳んでしまった。そこで俺は大阪ヴァイタフィルム社と出会った。大阪ヴァイタフィルム社はエジソン社の開発した映写システム『ヴァイタスコープ』を使った独自の映写システムで戦後細々と興行を行っていた。彼らは基本的には技術者集団で、映画の仕組み自体に興味があり、独自のアニメーションを作り上げていた。昭和十年前後、無数の弱小映画会社がトーキーの出現に対応出来ず消え去ったが、何とかそれを乗り切れたのも彼らの技術力でトーキーに対応したからだった。

千日前に小さな小屋を所有し、そこで自ら作り上げたアニメーションを細々と上映していたが、それもそろそろ限界がきていた。俺がヴァイタフィルム社と出会ったのはその頃だった。大阪ヴァイタフィルム社がなくなったら、万博で俺が俺と出会うこともなくなる。俺は手持ちのチトラカードをコマ撮りし、既成のアニメーションに挟み込むことで、酒を飲んだように楽しく酔えるアニメーションを仕上げた。これは「見るウヰスキー」として評判になり、つぶれかけていた大阪ヴァイタフィルム社は持ち直した。この時には既にヴァイタスコープを手放し、リュミエール兄弟のシネマトグラフへと移行していた。

元々が親会社である舶来品の輸入業者の道楽で始まったような会社だ。大ヒットこそなかったが、戦後の大阪で逞しく生き延びていった。俺はチトラの技術を洗い直しながら過去と未来を行き来し、競馬や株式、宝くじなどで大金を造り財力を得ると同時に、政治的な力もつけていった。その辺りのことはもう説明しなくてもいいよな。

とにかく俺は万博を中心に時間旅行を続けた。大阪ヴァイタフィルム社に万博への出展を勧め決定したのは俺だ。当然だよな。この間に俺のしたよくないあれこれは数々あるが、それは言わない。

というわけで万博で俺は念願のあの頃の未明と出会った。いや、本当はどうやっても出会えなかった。まるで古風なメロドラマのように俺たちはすれ違ってばかりだった。あの時の万博会場に限って俺は実体化できなかったのだ。

で、まあ、俺は諦めたわけさ。

ずっと昔、俺はシトに訊いたことがある。おまえは妹を救いに行かないのかって。時間を旅行できるのに、あの時の妹を助けるために何もしないのは何故なのかって。シトは言った。妹はあまりにも長い間自分の核にあった。それはシトそのものと不可分だったんだ。だから妹の死後、シトは長い年月を掛けて妹を自らの身体の中へと封じ込めていった。右腕を。左脚を。舌を耳を目を。今更妹を救ったら、それと同時に彼自身が消えてしまいそうで怖かったのだ。だからシトは妹の死を不可避の出来事であり、やり直しなど不可能なのだと覚悟し、心の奥へと押し込んで顧みなかったのだ。

何となくわかる。あいつらしい屈折だよな。俺にはそんなことは出来ない。だから諦めた。結果は同じだけどな。出来ないものは出来ないんだ。こいつが運命ってやつだろう。

ああ、もう駄目だなと思ったのは、いつの間にか自分がQ波を使えなくなっていることに気がついた時だ。自分でもユーレイになることは出来なくなっていたし、人を振り回してQ波を使える人間にすることも出来なくなっていた。俺はあの頃の俺じゃない。もうコドモじゃないんだよ。だから、かどうかはわからないがもう二度と未明に会うこともできない。絶対にね。だからVRにAIを組み合わせて自立した人形を作ったんだ。未明そっくりのミメイをね。あの未明よりは随分聞き分けがいいけどね。ミメイは未明だ。俺はもうそれでいい。

いったん思い出すと次々思い出してセンチメンタルな気分になる。鬱陶《うっとう》しい。というわけで、俺は決心した。榎たちに頼んで大高出力の狗線放射装置《ドギーレイ》を借りた。あの万博で使われたものよりも数倍高い出力のものだ。で、浴びたのさ。おそらくあの先《せん》の万博での戦いで、俺はすでに高出力の狗線を浴びている。微量だったにしろその影響を受けていないはずがないのだ。俺はすでに、半分ぐらいオトナ人間に憑依されていたのだろう。だから何かと中途半端だった。どうでもいいことで悩んでいた。そこで俺は今度は真正面から大出力の狗線を浴びたのさ。おかげで悩みはすっかり消えた。いよいよ自由にチトラを使えなくなったが、そんなことどうでもいい。金と権力ってやつはチトラなんか問題にならない力を俺に与えたからな。ただ大出力狗線照射の副作用だかなんだかで、昔を思い出してセンチメンタルな鬱陶しい気分になると無性にセックスがしたくなるわけだ。何しろオトナだからな。

§泥の夜、そしていんちき／2037 大阪

1.

百鬼夜行だの妖怪大戦争だのと言われていた大阪の夜が、エキスポ大阪２０３７を直前に控えて様変わりした。趣味の悪い見世物はもうほとんど姿を消した。そこかしこにいた異形のものたちも、すべてファミリー向けの清潔なデザインに変更されていた。今の大阪は綺麗に漂白された骨格標本のようだった。

北区にあるそのホテルのバーも、嫌味なほど物静かで大人な空間を提供していた。

スーツ姿の男が一人、カウンターでウイスキーを飲んでいた。ストレートで飲んでいるのは三十年もののバランタインだった。味はもちろんだが、男はブランデーとはまた違うほのかに甘いその香りが好きだった。

杯を傾け、カウンターに置く。

ほっ、と溜息が漏れた。

仕事終わりのスコッチは格段に美味しい。このホテルの会議室を使ったので、会議終わりにすぐここに駆け込んだ。男は東京から会議のためだけにここに来ていた。彼は大阪は苦手だった。あまりにもごちゃごちゃしていて落ちつきがない。騒がしい子供のような街だと思っていた。

「ここ、かまいません？」

隣のスツールに腰を下ろした女がいた。どこかのパーティーに参加していたのだろうか。目立つロングドレスだ。

「どうぞ」

そう言って男は女を観察した。地味な顔立ちの女だ。売春婦だろうか。パレス内では外見ほど当てにならないものはない。いずれにしろ、あまり関わらない方が良いだろうと判断した。

「私もこれ」

女は男のグラスを指した。すぐにグラスが置かれ、琥珀の液体が注がれた。

「お仕事で大阪に？」

女が言った。

「えっ？」

なんで知ってるんだ、という顔で女を見る。

「大阪、うるさいでしょ」

「まあね」

相手の反応を探りながら返事をする。こんなところでトラブルを起こしたくなかった。

「でもここは静かだ」

「ここで会議でもしてたの？」

あからさまに不審な顔で女を見た。

「ここでこの時間にスーツ姿で酒を飲んでる男はたいてい会議の後よ。結婚式でも会食でもない」

男は曖昧に頷き、もう話し掛けるなという態度で顔を逸らした。

「今度の万博のことでしょ。会議は」

「……なんでわかった」

「今日この時間の直前まで会議やっているところって万博か獣医学会だけ。学会の人はあなたみたいに気取ったスーツを着る人はいない」

「君は探偵か何かか」

その問いには答えず女は話を続ける。

「今度の万博の関係者なんでしょ。ていうかイベントプランナーですよね。今日はどんな話をしたのかなあ」

「もし俺がその関係者だったとしても、そんなことをどこの馬の骨かわからない女に答えると思うか」

「怒らないでよ」

薄く笑う女を見て、男は立ち上がろうとした。その肩を押さえたのは、同じようなロングドレスを着たよく似た顔つきの女だ。いつの間にか反対側の席に座っていたようだ。

「楽しそうな話をしてるわね、お姉様」

「君たちはなんだ」

「この人万博の関係者よ。すごいでしょ」

「すごいすごい」

「もう初日のチケットがないってほんとなの」

「知らん」

手を振り払って立ち上がろうとした男の耳に、嚙み付くようにして女は囁いた。

「外は泥のような夜よ」

男が目を見開いた。何かに驚いているかのような表情のまま強ばっている。反対側の耳から反対側にいた女が囁く。

「星々は泥濘に埋もれる小さく惨めな貝」

反対側の女がまた囁く。

「月は泥底に棲む隻眼の肺魚」

男の瞳が墨を流したように真っ黒になる。

ひゅうひゅうと男のノドから息が漏れる。

「はい、ソースコード介入成功」

「おじさん、良く見てね」

耳にかじりつきそうな、というより半ば嚙みつきながら祐子は言った。

「点滅してるのはあなたの魂だよ。あなたはもうそこにはいないんだ。不安でしょ。不安なら私に付いてきて。天国まで連れていってあげるから」

弥生が手を引き、男を立たせる。祐子が腕を組む。そうしてエスカレーターに乗ると客室階に移動し、誰にも邪魔されず彼女らの部屋へと入っていった。

椅子に座らされた男は、命じられるままに背広を脱ぎネクタイを緩めた。ズボンも脱がそうかと弥生が言って祐子に止められた。言われればパンツも脱いだだろう。男はほとんど彼女たちの言いなりだった。音声入力プログラムを使って2ndRシステムの脆弱性を攻撃する〈呪〉だ。穢れた言葉とも言われる〈呪〉を造り出すのはそれなりの知識と技術が必要だ。鰐小路姉妹の〈呪〉はあらゆる意味で高度で洗練されたコマンドだった。彼女たちが魔女と呼ばれるのは、その技術に対する称号のようなものだ。

男の双瞳は〈呪〉によって乗っ取られ、光の明滅や2ndRシステムのVR技術を駆使したショッキングな画像を見せられ、催眠状態に陥っていた。

「万博のプレオープンにパレードがあるよね。新大阪から新世界までおよそ三時間かけて練り歩くことになってるでしょ」

祐子の問いに、男はうんうんと頷く。

「あっ、御免。もう喋ってもいいよ。ただし私たちの質問に答えるときだけね。わかった？」

「はい」

「あのパレードにオバケは参加するのよね」

「はい」

「みんなと一緒に新大阪をスタートするの？」

「あの例の改造仕様の黒塗りのばかでかいベンツに乗ってるの？」

「はい」

「何時スタート」

「午前十時です」

「車からはサンルーフ開いてみんなに手を振ったりするの？」

「しません」

「でしょうね。出発までどこにいるのかわかる？」

「知りません」

オバケはこのところ短期間に二回襲撃されている。最初は新世界の風俗店で風俗嬢二名にナイフで襲われた。結果、何とか護衛のいるところまで逃れて救われた。襲った風俗嬢は二人とも今はないキルケー・クランの人間だった。二人は逮捕され収監中だ。もう一度は元メトセラ・クランの男たち。二人とも九十を過ぎているが、身体に爆薬を巻いてコドモノヒタワーに突入しようとして〈菩提警察《ボーディポリス》〉の翼猿猴《よくえんこう》に捉えられた。一人は〈菩提警察〉を何名か巻き添えにして自爆、もう一人は逮捕され服役中だ。

オバケはそれ以来注意して人前に出ないようにしていた。それがこのパレードには参加するのだという。

　松露夫人はその時にオバケと連絡を取るつもりだった。あれから一度、双瞳を通じて連絡を取り面会を求めた。オバケはあっさりと許諾し、場所と時間を指定してきた。どう考えてもおかしかった。危惧した通り警官が群れを成して待ち構えていた。近くまで行きはしたが、送り込んだのは松露夫人のVR映像だった。オバケも松露夫人がのこのこ出てくるとは思っていなかっただろう。松露夫人たちがテロ組織として指名手配されていることを伝えたかったのではないかと松露夫人は推測する。善意の警告ではなく、もう二度と近づくなという脅しとして。

　その直後、道頓堀川《どうとんぼりがわ》に神輿《みこし》のように飾り立てた小舟に乗せられ三体の遺体が流されているのが見つかった。楽器を持った子鬼たちが舟の周りを飛び回り、派手な祭り囃子を演奏していた。もちろんVR映像だ。

　遺体の身元はすぐにわかり、大々的に報じられた。二人の男たちはクィア・クランに属しており、いわゆるドラァグクイーンだった。残りの一人は東京人造美女工業の営業社員だと報じられた。三人とも一度首を切り取り、また元通りに縫合されていた。

　特に東京人造美女工業の社員には激しい拷問の跡が残されていたため、反道徳・不道徳排除運動の過激派が犯人ではないかと一部では報道されていた。

そしてこれが報道される直前、オバケから夫人に直接音声通話があり、川に供物を流したから受け取ってくれとだけ言って切れた。

それは自分の指示でやっている。オバケはそう主張したかったのだろう。生温《なまぬる》い松露夫人の態度を嘲笑うために。

オバケは――サドルは完全におかしくなってしまった。

松露夫人は今度こそそれを確信した。

日本統一だろうと世界征服だろうと、考えようが実行しようがそんなことはどうでもいい。それこそサドルに相応しい「子供の夢」だからだ。問題は実現する為の方法だ。遠慮深謀、権謀術数、腹芸、裏取引。問題は倫理的な意味合いでの汚さではない。秩序だった計画性が昏い方向へ向いていることの生理的な嫌悪感だ。真のコドモは、いや、かつてのサドルは、決して頭は悪くないのだが、面倒でそんなことを考えることがなかった。それどころか思いつきもしなかっただろう。それがサドルのコドモを保証していた。だが未明の復活をも諦めた今は、オトナ人間に憑依されている可能性は高い。ようやく松露夫人はその考えに至った。

サドルもシトもコドモ軍の超弩級巡洋艦〈テレビジョン〉が辿り着く港としてエキスポ大阪を準備してきた。そして今エキスポ大阪2037という港は完成しようとしている。その始まりを、比喩ではなく本当に世界中が期待して待っていた。それは世界をリスタートさせる新たな希望だった。そしてエキスポ大阪の成功は、そのままコドモ軍の圧倒的勝利を意味していたはずだった。だが今サドル＝オバケがエキスポ大阪の姿を変えようとしている。それはもうコドモのための祝祭ではなく、オトナ人間のためのユートピア設立だ。そうなれば超弩級巡洋艦の港としての役目を果たすこともできないだろう。それを阻止するため、シト＝松露夫人は徹底的に抗戦するつもりだった。そのためなら自らの命を差し出すし、オバケの命を絶つことすら覚悟していた。

しかし状況はコドモ軍にとってかなり厳しいものになっている。

オトナ人間たちは前回の失敗を踏まえ、小出力の狗線《ドギーレイ》放射装置を日本の各所に設置し、徐々に国内の人間のオトナ人間化を謀っていた。こういう何十年もかける地道で根気のいる戦いはコドモには向かない。その結果社会は、どんどんオトナ人間の望む方向へと進んでいた。

支配者層と被支配者層は明確に区分けされた。多くの大衆は国家の低成長を受け入れ、貧者の幸福を得るのに四苦八苦している。彼らは犬のように従順で、力強く指示するものたちへ従うことに歓びを感じている。これがオトナ人間の築き上げた成熟した社会なのだろう。その中で唯一コドモっぽい馬鹿騒ぎを連日繰り返しているのが大阪市だったはずだ。だが今、榎や八辻の登場で、その馬鹿騒ぎの質が変わってきた。かつてのコドモ軍の戦士たちはもうQ波が使えない。使えるのはチトラカードだけだが、その力も日に日に衰えていく。そしてあの時サドルやシトを導いてくれた少女将校ガウリーとは、もう会うことが出来ない。あの夢をもう見ないのだ。どうすべきかは己たちで考えるしかなかった。

松露夫人は、残されたわずかな仲間たちとともに、今最後の決戦に挑むために準備を続けていた。

2.

運命圧が一際大きな波を生んだ。

その力を受け、超弩級の巡洋艦〈テレビジョン〉はとうとう幼児領域《インファント・ドメイン》を越えた。

依然として夜の海を航行するのに変わりはないが、それはオトナ人間が決して手を出すことのできないビニール製の夜ではない。重く昏い色をした泥の夜だ。

未だオトナ人間にとっては不可知不可触の空域ではあるが、安定しておらず、オトナ人間の干渉をすべて無視できるわけではない。

その泥の海を裂き、〈テレビジョン〉は進む。

いよいよ彼らの旅が終わろうとしていた。

水槽型のコントローラーに手を入れて魚たちに触れているのが艦長だ。ネオンテトラの群れが艦長の手を逃れて右往左往していた。昆虫を題材にした入力デバイスに飽きたのだ。今度は魚がテーマだった。

人なつこい猫鮫が手に頭をこすりつけてくる。こんなことでどうやって操船しているのかは艦長と鈴の音《ティンク》たちしかわからない。いや、もしかしたら艦長も良くわかっていないのかもしれない。おおよそ艦長は遊んでいるだけで、実質この巨大な巡洋艦を動かしているのはティンクたちだからだ。

彼女たちは港への到着を前にして懸命に働いていた。燐光を放つ羽をはたはたと動かしながら、艦橋の中をユラユラと泳いでいる深海魚たちを、指揮棒一つで右へ左へと動かしている。時折ティンクたちは、ミツクリザメの大きな口の中へと自分から飛び込んでいく。中で何をしているのかは知らないが、彼女たちの活躍で〈テレビジョン〉は今のところ何の問題もなく航行を続けていた。

「錨が消えてるわ」

ティンクが言った。

「錨が見えない」「錨、どこ」「錨未確認よ」「錨が。錨が」

皆が口々に同じことを言う。

かなり事態が深刻である徴《しるし》なのだが、艦長はやはりネオンテトラを手で追い込みながら、言った。

「錨ってなんだったっけ」

「サドルのことですよ」

そう言いながらゆっくりと近づいてきたのはガウリー将校だった。ゆっくり近づいてきたのは、いきなり近づいて話し掛けると艦長は驚いて飛び上がるからだ。そして驚かされたと思うと、しばらく機嫌が悪くなる。しかし今はご機嫌のようだった。

「ああ、そうだった。で、錨はなんでいるんだっけ」

「あの世界に寄港するための道具です」

「そんなのなくてもコドモたちを救出にはいけたよね」

「今回はまともに現実に寄港するんですよ。断片と断片に生じる隙間、一涅槃寂静《ねはんじゃくじょう》の間だけ船を停めていればいいというもんじゃない」

「で、なんで錨消えちゃったの」

だからそれで悩んでいるんだよ、と頭の中で突っ込んでから、言った。

「わかりませんが、少なくともオトナ人間に憑依されているのは間違いないでしょうね」

「じゃあ、ほら夢の中にメッセージを送り込んだらいいじゃんよ」

「年齢的にもうオトナですから我々の夢を見させるのが既に困難です。ましてやオトナ人間に憑依されている人間に夢を見させるのは不可能に近い」

「じゃあ、もう一人いたでしょ。シトちゃんだっけ」

　少なからず驚いた顔で将校は言った。

「よく覚えてらっしゃいましたね」

「えらいでしょ」

「偉いですね。でもあの人もオトナなので連絡は難しい」

「やっぱりオトナ人間に憑依されてるのかい」

「それはないみたいですけどね」

「じゃあ、やってみよう」

「何度か試みています。でも無理でした」

「じゃあ、じゃあ……」

　しばらく俯いて考え、バネ仕掛けのようにぴょんと顔を上げて言った。

「コドモに託したらいいんだよ。そうだよ、新しくコドモに働きかけようよ」

「それもやってます」

「で、どうなの」

「成功していません。今の日本では連絡出来るコドモの数そのものが少なくなっています。実質総数が少ない上に、狗線を使った教《ディシプリン》育が徹底されているからです。前回の大阪万博でオトナ人間たちは傾向と対策を練ってきたようですね。我々コドモ軍はそういうことが苦手ですから。とはいえ、こうなることがわかっていたからサドルとシトには早くから連絡を取ってきたんですが……」

「継続してコドモを使って連絡頼むよ。コドモ軍と通じるコドモたちがいないはずがないんだから。もう時間があまりないからね」

艦長は間近で将校の顔を見て、堪《こら》えきれずぶっと吹き出した。

「嘘うそうそ。ぼくたちにはもともと時間がないからね」

コドモたちは無時間に生きている。

コドモたちの世界では未来も過去も今の中にあるのだ。それは時間的な隔たりではなく、距離的な隔たりだ。コドモたちの未来は遠い向こうにある何かであり、時間の果てではない。過去も未来も、同時に今の中に存在している。今は永遠に今だ。コドモたちの将来への不安とは今が途切れることの不安だ。コドモたちの未来への希望とは楽しい今への回帰だ。コドモの楽園であるこの巡洋艦の中でも、今は永遠に今であり続ける。

「艦長、いったんレンダリング以前のデータ世界に戻してみませんか」

「なんで。この夜の世界気に入ってるんだけど」

「いよいよ決戦に近づいて、もう少しデータ細部を観察する必要があるんじゃないかと」

「データ細部って、あのカードだらけの世界でしょ」

ガウリー将校は頷いた。

「なんだか面白味がないんだけど。やらなきゃ駄目？　どうしても駄目？」

駄目？　駄目？　と聞かれる度に頷いていたガウリー将校が、とうとう業を煮やして命令を下した。

「ティンク、データ世界に戻して」

泥のような夜の海、が埃のようにあっさりと吹き飛ばされた。

そこに現れたのは世界の断片だ。

すべての断片と断片は相互に等しい距離だけ離れている。つまり適当に二枚選んだ断片と断片の距離はすべて同じだということだ。そんな断片が無限に存在する世界を具体的な映像として頭に描くのは人間には不可能に近い。だが艦長を始め選ばれたコドモたちは、それを風にそよぐ木の葉が一枚ずつ自然に見えているように見ることが出来る。今艦長とガウリー将校の目の前で断片たちは秩序を与えられ因・果・因・果と連なって時間と空間を生み続けている。

脳が存在することで絶えず断片は秩序づけられ、時間と空間が生成される。そのことでようやく無秩序な断片《カード》は〈現実〉となるのだ。脳の存在が世界を生み出し、世界が生まれることで今度は脳によって生まれた意識がそれを認知する。

人がなんらかの行為をしようと考える時、0．35秒前に準備電位という電気信号を発する。それから意識はその行為を決定する。つまり意識が生じる前に脳が決断を下していることになり、これを人に自由意志がないことの証明だと主張するものもいる。

この0．35秒は、脳が世界に秩序を与えて世界を生み出すための時間だ。脳自体も世界の一部なので、それ自体がばらばらの断片の中に存在する。中にありながら、脳は存在するだけで断片を繋げていく。断片と断片との間には繋がり易いものと繋がりにくいものがあり、より類似した断片同士が繋がりやすい。繋がりやすいもの同士が繋がり合うことで生まれる一つの流れが運命であり、繋がり易さを基準として決定される方向《ベク》と力《トル》を運命圧と呼ぶ。

人は運命には逆らえないのか、といえばそうではなく、運命が決定した行為を実行する0．2秒前までであれば運命の指示を拒否できる。脳の決定後0．2秒間だけは自由意志を確保出来るのだ。しかし断片と断片は一涅槃寂静ごとに連なって運命を形作っていくので、そのすべての行程に意志決定を下すことは不可能だ。運命に逆らうにはそれなりの強い意志と素早い反応が必要とされる。

チトラカードはそんな世界の断片を直接操作する力を持っている。つまりやりようによっては運命を大きく変化させることも可能なのだ。チトラカードは一枚ずつが一つの断片と対応している。だからカードを使うことで遠く離れた時間、遠く離れた距離へと移動も可能だ。Q波と違い、チトラカードは条件次第でオトナでも使える。断片世界と親和性が高いことがその条件だ。ということは無時間に生き無秩序な人間がチトラカードを上手く操れることになる。秩序を呼吸するように必要とするオトナ人間に憑依でもされれば、当然カードは使えなくなる、はずだ。

それはオバケにしても同様のはずなのだが……。

「この子へんだよね」

艦長はオバケ周辺の断片を指差した。

「オトナ人間に憑依されてるよね」

「だと思います」

「でもチトラ使ってるよね。確かに憑依される前ほど自由には扱えないみたいだけど」

「そのままでオトナ人間に協力されると困ったことになります」

「それもそうだけど、この子コドモ？　それともオトナ？」

「多分その狭間で振動しているから、我々の最終目的地の錨となったのではないでしょうか」

「まあそうだろうね。特異点ってやつかな。運命圧は圧倒的にここに掛かってるみたいだし。で、どうしよう」

「我々が上陸するには、向こうからもタイミングを合わせてもらわなければなりません」

「だよね。……ああ、もう面倒くさいよお。難しいこと考えすぎた」

頭をガリガリと掻きむしった。

「とにかく今のままでは錨を降ろすことが出来ません」

ガウリー将校はあくまで冷静だ。

「わかってるけどさ、もう難しいこと考えるのも限界だね」

コントローラーである水槽の中を、グルグルと掻き混ぜだした。慌ててティンクが飛んできて指示棒で逃げ惑う魚たちを導く。

「やがてオトナ人間たちはサドルに物理攻撃を始めます」

「運命はそっちに進んでるみたいだけど、なんでかな。サドルは今はオトナ人間の味方じゃないの」

「たとえオトナ人間に憑依されていても、彼はコドモ軍と通じています。そしてそのことに気づいたオトナ人間がいる。ぎりぎり万博開催まではサドルの力を必要としていたでしょう。ですがエキスポ大阪が始まれば、前の戦いのようにサドルが邪魔になるのは必至。そうさせぬために、サドルが目覚める前に潰しておかねばならない」

「なに言ってんだか、さっぱりわからない」

そう言って艦長は大あくびをした。

「とにかくサドルは消されます。運命の指し示すその時にタイミングを合わせて錨を彼に繫がなければ何もかも無駄になる。いわゆる犬死にです。そうならないためには、その後の運命を変更させるためにタイミングを合わせてくれる協力者がいるわけです」

「でも誰も彼に協力してくれない」

「前回の万博戦ではサドルが時空域を飛び回って協力者を募ってくれました。彼の作った『大人はわかってくれない』のテレビ放送はかなりの影響力がありましたからね」

「それも向こうじゃ終わっちゃったんでしょ」

ガウリーが無言で頷く。

「いっそ錨無しで強引にあっちにつっこむか」

「世界が潰れます」

「あっちの？」

「こちらも」

「じゃ駄目だ」

艦長は目を閉じて頭を抱えた。

ガウリーはじっとその頭を見ていた。

がば、と音がするほど勢いよく艦長は頭を上げた。

「もうこれしかないんじゃない」

「なんですか」

「いかさま」

「いかさま？」

「カード世界のカードそのものに干渉するんだよ。ワンペアをフルハウスに」

「運命を変えるということですか」

うんうんと艦長は頷いた。

「我々は神様じゃないんですよ」

「ええっ、何その言い方。なんか腹立つ」

「運命をどうやって変えるおつもりですか」

艦長の怒りを無視してガウリーは訊ねる。

「運命の終わっちゃった人を使うんだよ」

「終わっちゃった人というと……もしかして死者のことですか」

「そうそう、時系列的には第二次大阪万博開催のずっと前に死んじゃった人」

そこまで言ってガウリーの顔をちらりと見る。

「ちょっと賢いこと言い過ぎた？」

ガウリーは何の感情もない目で艦長を見ていた。艦長も一言誉めて欲しい子供の目でじっとガウリーを見ている。

とうとうガウリーが折れた。

「確かに死者は無時間の中にいるし秩序の外にいるから、ある意味コドモと同様……しかし我々が死者となんらかの関係を持てたとして、それをどうやってサドルたちに伝えるつもりですか」

「まずは死者をこの船に招く。で、ここからシトのところにまで通信を届ける」

「ですから、死者を招くことは出来るでしょうけど、それをどうやってシトに伝えるのですか」

「九栄兄弟に頼むんだよ」

「九栄……ああ、真一と慎司」

「向こうじゃ誰も知らないけど、慎司は車に撥ねられてそのままトランクに詰め込まれて山に運んで崖下に投げ捨てられて死んでるよね。死体見つからないけど」

「よくご存じで」

「大人になり損なった死者ってこの船の近くでうろちょろしてるだろ。慎司はときどき甲板に立ってたりするんだよ。だからときどき話をするんだ。しかし珍しいよね、あの歳で世界の断片を見ることが出来るんだ。死んでるけどね」

「しかしどうやって彼がシトと連絡を取るんですか」

「あれ、覚えてないの」

何でもすぐ忘れる艦長に言われたくないと思ったが顔には出さない。

「なんでしたっけ」

「あの二人はどれだけ離れていても連絡をすることが出来るんだ」

「ああ、傷を伝える……ええと、スティグマティック・ツインズでしたっけ」

「うん、それそれ」

「死んでいるのに傷なんか出来るんですか」

「出来るさ。俺たちだって出来るからね、嘘のくせに」

「嘘じゃなくて虚構です」

「おんなじだよ」

「否定ばかりで申し訳ありませんが同じじゃありません」

「ほんと、君そういうとこあるよね。ほんとにコドモなの？」

「否定ばかりで申し訳ありませんが」

「はいはい」

「たとえそれが真一に伝わったとしても、それがシトに伝わるかどうかなんてわからないじゃないですか」

艦長は正面の大きな窓を指差した。その向こうには無限の断片世界が広がっている。

「この世界じゃあ過去も未来も事実も嘘もすべて、今手の届く範囲にあるわけだよね。時間的にいちばん万博上陸に近いところで、シトが真一と会う時空があるよね。その周辺の断片を選んで組み合わせればいいわけでしょ」

「選んでって……」

「やろうと思えばなんとかなるんじゃないの。頑張れば」

「頑張れば……」

「ってわけで、温室に行って慎司に頼んでよ。向こう側に伝えたいことがあるって」

「わかりました。では早速」

よろしくね。

そう言って、艦長は去っていくガウリーに後ろからずっと手を振っていた。

＊

エキスポ大阪を成功させよう、という大きなポスターが壁に貼られている。今朝新聞社からの取材があり、警察庁長官はこのポスターを前ににこやかに写真に収まった。横にはマスコットのバンパ君が跳ねていた。バンパ君は勝手に消えたが、ポスターはそのままだ。取材陣が帰ってそれを剥がそうとしたのを止めたのは長官だった。

ポスターを指差して、長官は言った。

「是非とも我々で万博を成功させてやろうじゃないか」

目の前に置かれたモニターで、陰惨な惨殺現場を見たばかりだ。士気を高めるような雰囲気にはなかなかならない。長官室には長官の他に刑事局長と警備局長がいた。いつもの最高幹部会議のように幹部連中が顔を揃えてはいない。これが通常の会議でないことは明らかだった。

「一見ＣＧのように見えるがそうじゃない」

刑事局長が説明する。今日から参加する警備局長のためにだ。

「あの綿の塊のようなものが仕立屋と呼ばれている殺し屋だ。そして殺された男はランドセルと呼ばれていた」

一通りの説明はもう終わっていた。それぞれの手には資料が渡されている。その資料には要返却のハンコが捺されてあった。

「仕立屋が御厨オバケと関係があるのは裏とれてるんだろ」

刑事局長が言う。

「間違いない。資料にあるように、この後もパレス内の人間が何人も殺されている。それもほとんどこの仕立屋の仕業だ。この男は〈コドモノヒ〉の信者で、御厨の親衛隊のような〈菩提警察〉のメンバーだ」

「バーチャル無罪とかふざけたことを言っているが、なんでこう雑に人を殺して捕まらないと思ってるんだ」

「御厨が我々を見くびってるんだよ。首相とも親しいからなんとでもなると思ってな。御厨は宗教団体〈コドモノヒ〉の執行部長、事実上のトップだ。未だ宗教団体がカモフラージュになると思っているようだな」

「オウムから何年経ってると思ってるんだ」

刑事局長が吐き捨てるように言った。

「それでも今まで利用価値があった。2ndRシステムの肝であるチトラという技術はこの男が握っていたからな」

苦々しい口調で長官は言う。

「だがとっくにチトラ技術そのものの解析はすんでいる。チトラカードと呼ばれるものも量産可能だ。そして肝心のチトラを操るための技術を継承できる人間の育成も可能になった。御厨はまだそれを使えるのが自分だけだと思っているが、やつと同様にチトラカードを使える技術者がすでに十名を超えている。これからもっと増えていくだろう。つまり」

「御厨は用無しになった」

刑事局長が言うと長官が大きく頷いた。

「我《わ》が儘《まま》で傲慢で扱いにくい上に、政府との関係において知らなくてよいこともたくさん見聞きしてきた男だ」

「しかも人殺しの犯罪者ですからね」

警備局長が言った。

「決行は今月四日」

長官が言った。

「開幕前日ですね」と警備局長。

「パレードがあって関係者を招いてプレオープンをする。パレードの警備で大勢の警察官が集まる。大阪府警からもたくさんの警官が協力する。機動隊も入る。奴らがどんな武装をし、どこまで本気で掛かってくるのかがまだ読めない。もしものことも考えて特殊急襲部隊ＳＡＴも投入する」

「自衛隊への要請は」

刑事局長が言った。

「必要ない」

長官は即座に答える。

「毒ガスや細菌兵器の可能性は」

訊いたのは警備局長だ。

「ゼロじゃないが、奴らの宗教に終末思想はない。今のところ何の支障もない状態で、敵を仮想する必要もない。抵抗するとしても拳銃程度だろう。中国ルートで拳銃を大量に購入しているという情報は入っている。しかしその程度なら我々だけで充分対処できる。今なら奴も油断している。権力の中枢に食らいついているつもりだ。まさか自分が逮捕されるとは思っていないだろう。行動するのは今だ。実際の作戦会議はまた後日だ。それからは君たちの指揮次第となる。よろしく頼むよ」

長官は起ち上がると、深々とお辞儀をした。刑事局長も警備局長も、醒めた目でそれを見ていた。これだけの作戦を実行するのだ。本来なら幹部連中を招いて、さらには大阪府警からも誰か呼んで最高幹部会議が開かれるはずだ。ところが呼ばれたのは二人だけ。今後会議が開かれることは間違いないだろうが、ここで二人が呼ばれたことには意味があるはずだ。少なくとも警察庁長官が二人に深々と頭を下げるだけの意味が。おそらく御厨は逮捕されるだけではすまないだろう。

二人が二人とも、同じようにそんなことを考えていた。とはいえ彼らに出来ることは命じられたままに実行することだけだ。刑事局長も警備局長も、その諦念をわずかに顔に浮かべ、やはり深く礼をして出ていった。

3.

その駅で改札を出たのは松露夫人一人だった。

とっくに春を迎えているのにまだ肌寒い。

JRの駅が近くに出来、多少は賑やかになっているかなと思ったが、随分と寂れた印象の町だった。こんなところだったっけと思い出そうとしたが、あまり建物の周辺を見たことがないので印象もないに等しい。何しろシトがここに連れてこられた時は、頭からすっぽり袋を被せられていたのだから。

建物の外観はそれほど変わっていない。

高いコンクリートの塀と、その上の物々しい有刺鉄線も変わりなかった。しかし入り口にあった大きな鉄の門扉は、ちょっとおしゃれなステンレスの格子柄だ。

建物はほとんど変わりないが、見える窓すべてに塡められていた鉄格子はない。そして全体に駅前と同じ寂れた印象があった。

門の前に立った松露夫人は手をぎゅっと握った。その手が汗でべたべたしている。緊張しているのだ。ここでの過酷な生活が思い起こされる。それだけで足が竦む。あの頃はそんなことどうということはないと思っていた。しかしそうではなかったのだ。自分を騙し奮い立たせ、それでようやく万博の年まで辛抱することが出来た。が、それが心の傷となったことは間違いない。今こうして一歩踏み出すだけで冷や汗をかくほどには。

今日は男装で来ている。シトであることがわからないと困るからだ。

電気錠が開き、扉は自動的に開いた。二度と来ることがないだろうと思った建物へと向かって行く。中庭を抜け正面玄関から病棟へと入る。床や壁の、ぬぐえない汚れが築年数を表していた。エントランスに、昔はなかった受付があった。松露夫人はそこに行って面会に来たことを告げる。

「二階の219号室です」

そう言われて、ゲストの名札をもらい首から提げた。近くの階段で二階へ。薄く何かの出汁の臭いが消毒液のにおいにまざって漂っていた。病院の早い昼食の時間と重なったからだろう。

廊下の表示に従って219号室まで行った。個室だった。開いてある扉を、形ばかりノックして中に入る。その老人は車椅子に座って窓の外を見ていた。

「真一、元気にしてる?」

松露夫人はその肩に手を置いて、横に廻った。

老人はゆっくりと松露夫人の方を見た。

瞳に力がない。壁を見るのと同じ目で松露夫人を見ていた。

「シトだよ」

その名を聞いても老人の表情は変わらなかった。

中学の同級生。一卵性双生児九栄兄弟の兄。あの日、病院に真一一人を残してシトは逃げた。そしてあの夏を終え、シトは真一に会いに行った。真一も慎司も実家に帰っていた。畳に頭を付けてあの日のことを謝ったのだが、二人はただ笑っていた。

それ以来何度か一緒に遊んだりもした。大学を卒業し、シトが新進のアーティストとして人気が出てきたことを喜んでくれたのも彼らだ。オバケからチトラの話を聞いて、幾度かはその力を経験していたのだが、いつの間にか彼らはそんなことに興味を持たなくなっていった。真一は料理人として大成し自らイタリア料理店を経営。しかし慎司は大学を卒業する頃から心を病んで入退院を繰り返すようになった。彼は両親に囚われオトナ人間に憑依されたときの体験が大きな心の傷となっていた。彼はいくつになっても大人になることを拒絶していた。最終的には精神病院に長期入院を続けたあげく、四十を過ぎて介助無しの外出の途中で突然行方不明になった。未だにどこに行ったのかわからない。真一は六十を越えてから認知症となり、アルツハイマーと診断された。混乱すると暴力的になるため同じ病院では長続きせず、転院を繰り返した。最初のうちは見舞いにも行っていたが、忙しさにかまけている間にどの病院にいるのかがわからなくなってしまった。九条兄弟は親戚とも縁遠く、探すにも探せなくなっていた。最近どうしても連絡を取りたくなり、病院を探した。そして皮肉なことに、必死で脱出したあの猪名《いな》川《がわ》精神病院に入院していることを知った。

「今日は報告をしに来たんだ」

シトは光のない真一の目を見ながらそう言った。

返答はない。

「本当は協力して欲しかったんだけど、無理は出来ないからね。はいこれ」

プリンを袋から出した。

「看護師さんに話してあるから、後で食べてね」

シトはそれを冷蔵庫にしまった。

「いよいよ、万博が近づいてきてるんだ。ぼくたちはあれからもずっとそのための準備をしてきた。大阪に住まいも移してオトナ人間との全面戦争に備えてきたんだ。で、その日は近い。君もぼくたちの勝利を祈っててね」

「勝利？」

真一は呟いた。

「万博会場でコドモ軍を迎えることができたらぼくたちの勝ちさ。大丈夫、今度こそぼくたちの完全勝利だよ」

興味をなくしたのだろうか。

真一の目はまた窓の外へと向いた。

「御免ね。長い間会いに来られなくて。君の居場所を探すだけで随分時間が掛かってしまったんだ。ついでといっちゃあなんだけど、弟さんの行方も調査してみたんだよ。だけど結局はわからなかった。本当にあの日突然消えたみたいにいなくなったんだね」

なんらかの事件に巻き込まれた可能性が高かったが、そんなことを彼に伝えるつもりはない。

「……慎司」

「そうそう、慎司くん。わかる？」

「いるよ。慎司はね」

「そうだね。きっとどこかにいる。いつか帰ってくるよ」

「あの場所に帰るのはぼくたちだ。慎司はここにいる。ほら」

真一はパジャマを捲りあげて腹を出した。

そこには幾つもの蚯蚓腫《みみずば》れが出来ていた。すぐにシトはそれの意味を理解した。

それは文字だった。

蚯蚓腫れで描かれた文字だ。

「3 7 5 4 1 7 うらぎり さどる しぬ」

シトは声に出して読んだ。

真一は頷き、パジャマを元に戻した。

「3 7 5 4は二〇三七年——今年の五月四日ってこと？ それってエキスポ大阪のプレオープンがある日だよ」

翌五月五日を開幕日にしたのはオバケだ。もちろんそれが子供の日だからだ。

「すると17は十七時……プレオープンの日の午後五時にサドルが死ぬってこと？ これは死の予言なの？」

真一はじっと窓の外を見て動かない。

シトは辛抱強く待った。

と、突然ふっと息をついて真一は口を開いた。

「慎司は子供のままだ。俺は大人になってしまった」

それだけ言うと、真一は悲しそうに笑った。

4.

万博に先駆けて、レイヤー浄化が着々と進められ、大阪市は天国と見間違うほど純白で清浄な街へと変わっていた。こんなことが短期間でできるのも、大阪市全体が２ndＲシステムによって運営されているからだ。それでなければ大阪市全体を万博会場にするという画期的な、というよりも馬鹿馬鹿しいとも思える試みがまず成立しない。

２ndＲシステムがあればこそ、大阪市内にある建造物がそのまま展示館《パビリオン》として流用できた。内装から展示物、さらには職員やその制服に至るまで、すべて２ndＲシステムによって賄《まかな》える。それ故にそれまでの博覧会とは比べ物にならない低価格でエキスポ大阪２０３７に参加することができた。その結果一六〇ヵ国に招請状を出し、ほぼすべての国が参加を決定した。たとえばアフリカ大陸からは五十五の国が参加し、その民族の歴史をドラマのように三次元空間で表現したり、特産物や工業製品を、現地を案内するように紹介したり、観光地体験がパビリオン内で経験できたりと、多様なパビリオンが市内のあちこちに設置されている。

エンタテインメントとしての２ndＲシステムを研究し尽くして企画されたアメリカ館は中央区の四分の一を占め、ディズニーランドを凌駕《りょうが》する大掛かりなテーマパーク的仕掛けのある街を作り出した。天王寺区にある同じく広大な中国館と並び、そこだけで数日楽しめると、既に見たいパビリオンの一、二を競っていた。

そして今、明日のオープンを前に万博プレオープン記念のパレードが始まっていた。新大阪駅を出発した長い長いパレードの列は、居並ぶ個性的なパビリオンの間を、ゆっくりと進んでいく。

先頭を行くのは、ギリシャ神話に出てくるような巨人たちだった。雲を突くような巨軀《きょく》の身体の周りを鳥とも獣ともつかぬものが群れを成して飛んでいる。

その後ろから極彩色の鞍《くら》を付けた異形の巨獣たちがのしのしと歩いている。鞍の上には尖塔のついたゴシック調の教会が載っており、巨獣が歩くごとにミシミシと左右に揺れていた。

その足元を歩くのは奇っ怪な鎧を身にまとった騎士団なのだが、決して整然とした行進ではなく、槍を振り回したり大声で話し笑い、はしゃいで走り出すものまでいた。

これが報道陣を始めとして関係者を招待して行う万博プレオープン記念のパレードだ。神話的な怪獣怪物怪人がぞろぞろと行列を成し、その間に様々な意匠を凝らした山車《だし》があり、普通の鼓笛隊やダンサーも混ざっている。その間に何の統一感もなく、流れに物語性があるわけでもない。ひたすらとにかく奇抜で派手で奇怪な、見ているとくらくらしてくるくらいにでたらめなパレードだった。演出はすべて御厨オバケによるものだ。この猥雑ででたらめなパレードは、清潔で秩序だった街づくりから吹き出した膿《うみ》のようなものなのだろう。

しかしそれを咎《とが》める者はどこにもいない。なぜならこのパレードに輪をかけて無軌道なエネルギーに満ちたものがここにはあったからだ。それはパレードを一目見ようと集まり沿道を埋め尽くした人間たちであり、それを報道するマスコミとそれを見守る全国の、いや、世界中の人々の狂乱だ。

エキスポ大阪２０３７の開幕が近づくにつれて、それを待ち望む人達の熱気はどんどん激しくなっていった。そのうち、開幕まで待つことができない有志が集まって、日本のあちこちでプレオープンイベントを勝手に開催するようになった。勝手万博と呼ばれるその手のイベントは、ろくに告知をしなくてもすぐに千を超える人間が集まった。内容はいたって馬鹿馬鹿しいものだ。基本的には『エキスポ大阪２０３７：世界リスタート』のロゴやバンパ君が描かれたTシャツを着た人間が集まり、テーマソング『キラキラ・DE・世界リスタート』を踊る、というものだ。つまり一種の盆踊りだ。『キラキラ・DE・世界リスタート』は十二組のバンドやアイドルや演歌歌手がそれぞれに曲を配信し、ＣＤだのレコードだのソノシートだのカセットテープだのといった懐かしいメディアも販売配布されていた。地方でのイベントには素人を含む「アーティスト」たちが集まって演奏した。誰がどう演奏しても集まった人の熱狂は高まるばかりだった。立て続きの災害で疲弊し、経済的にも政治的にも文化的にも低下していくばかりの世界中の国が、このエキスポ大阪２０３７で失われたすべてを再生する。もうほとんど呪術的な期待が、世界リスタートと名付けられたエキスポ大阪にはかけられていた。その熱狂は単に日本国内だけのものではない。

日本の落ち込みは確かに酷かったが、先進諸国にしたところで大差はなかった。国際経済は冷え切り、ひっきりなしに各地で内乱が起こり、戦争の火種は消えるどころか増え続けていた。日本がそうであるように、世界中の人々が常に胸を塞ぐ不安からの逃げ場所を求めていた。そこに現れたのが日本の２ndＲシステムだった。東淀川区の廃墟をたったひと月の準備期間で最新の未来都市に変えてしまった魔術的なこの技術が、世界に大いなる夢を与えた。それは技術的特異点を社会にもたらし、時間や空間への世界認識を根本から変えてしまうだろうとまで言われていた。この新しい船に乗り遅れるな。それがエキスポ大阪２０３７に参加を決意した各国の本音だった。

世界中がこの祭に浮かれ踊る中、とうとう本物の〈プレオープン〉イベントが始まったのだった。パレードを一目見ようと集まった人の数は早朝から万を超え、警備に本番並みの警察官が動員されていた。そしてなにより、このパレード自体が2ndRシステムによってVR世界と同化していることが、さらに混沌と無秩序に拍車をかけた。集まった人々の群れは異形の巨獣と化し、渦を巻き波を起こし、どこまでが本当のパレードでどこからが群衆なのか区別がつかなくなっていた。この画像は世界中に送られ、この熱量が映像を通して見る者たちにも影響を与えた。

国内での狂騒は抑えきれるものではなかった。各地で警察の出動する暴動まがいの騒ぎが引き起こされた。その熱狂の中心部にパレードが、そしてオバケの乗る黒塗りのメルセデスがあった。すべてのウインドーは、中がまったく見えないマジックミラー仕様から、完全に透明なガラスまでボタン一つで変更が可能だった。三十分に一度、ウインドーが透明になり、その度にオバケは満面の笑みで沿道を埋める怪物怪人達に手を振ってみせた。

今そのウインドーが透明からミラー仕様へと変わっていく。すべての窓が明かりを遮断して車内はわずかな間接照明だけになった。オバケは大きな溜息をついた。こめかみから頬のあたりをゆっくりとマッサージする。

「笑顔ってのは修行だな」

誰に言うともなく呟いた。

後部座席はちょっとした応接室ほどの広さがあった。オバケの座るソファーの正面には仕立屋が座っている。彼は医者の待合室に朝から集まっている老人のようにぼんやりと暗い窓の外を見ていた。

音声通話の着信音が鳴った。

オバケはイヤホンのスイッチを押す。

「久しぶり、元気？」

若い女の声だった。このプライベート用の番号を知っている人間は少ない。

「誰」

「やだなあ。もう忘れちゃったんですか」

「悪いけど、今パレードの最中なんだ。用事がないんならここで――」

「外は泥のような夜なの」

「えっ？」

「星々は泥濘に埋もれる小さく惨めな貝」

オバケの身体が強ばった。

「月は泥底に棲む隻眼の肺魚」

瞳がたちまち真っ黒になっていく。眼球にぽっかりと穴が開いたようだった。

その目を大きく見開き、顔も身体も固まったままだ。

異変に気づいた仕立屋が立ち上がった時だった。

──アクセスしようとした世界は表示できませんでした。

冷静な女性の声が聞こえ、オバケの胸に大きく「Ｆｏｒｂｉｄｄｅｎ」の文字が浮かび明滅を始めた。

──異常なコマンドが検出されました。速やかに接続を切断し排除しました。当アカウントの双瞳は保護されました。接続の復旧には数分掛かります。詳細はメールでお伝えしております。

合成音声のアナウンスが終わると、沼の底から浮かんできたかのようにオバケは大きく息をついた。瞳の色は元に戻っていた。

「大丈夫ですか」

声を掛けた仕立屋に手を振って応え、オバケは一人呟いた。

「……鰐小路姉妹だな」

指先で肘掛けをとんとんと叩く。

「復旧はまだか」

——後四十秒です。カウントダウンしますか。

「それはいらない」

しばらく黙り込んでいたらビープ音が鳴った。

——接続が完了しました。

「さっきの電話に繋いでくれ」

——悪意ある攻撃をしたところですが、よろしいでしょうか。

「頼む」

——少々お待ち下さい。

再びくの字に曲げた人差し指の爪先が肘掛けを叩き始めた。

——繋ぐことが出来ませんでした。再度試みますか。

十分ほど待たされてから声がそう言った。

「何度か試みてくれ。繋がったら教えろ」

——わかりました。

左右のウィンドーが徐々に透明になっていく。沿道を埋めた人達の笑顔が見えてきた。

オバケも口角を上げて手を振った。

鰐小路姉妹には二度と繋がらなかった。

パレードはコトノハの塔の前で解散となった。プレオープンの今日、展示館《パビリオン》として機能しているのはこのコトノハの塔だけだった。

　　　　　　　＊

コトノハの塔はオバケが所有しているコドモノヒタワーが基礎となっている。あのおどろおどろしい装飾はすべて2ndRシステムによって作られた階層《レイヤー》だ。その基本的な構造はそのままに、一夜にして純白の神々しい塔に上書きされた。頭上を飛んでいるのは、翼猿猴《よくえんこう》と呼ばれていた禍々しい怪物ではなく、純白の衣装に身を包んだ天使たちだ。この漂白されたバベルの塔＝コトノハの塔の一階から三階までが、来客に解放される展示会場となる。そこで世界中の言語を紹介し、その分布と歴史を展示していた。神により言語で分断されたはずの人類が、その言語を駆使することで、再び世界人類として結びつく。言葉と言葉で会話をすることが未来を創る。それがこの塔のコンセプトだった。具体的には世界中の文字が書籍と共に飾られている。集められた言語は七〇〇〇。その中には既に滅びた言語や無文字文化の言語もある。それらは話者をＡＩとバーチャル映像で再現し、それぞれの言葉で入場者に話し掛け、説明してくれる。〈コトノハの塔〉の中では、誰もが自らの国の言葉で他言語の人と会話が可能だ。予め双瞳に組み込まれた自動翻訳ソフトは、ほとんどタイムラグなく自然な会話を可能とする。それだけでなく、翻訳された発話に合わせて動く唇のVR画像を重ねることで、翻訳機を使っていることすらわからない。コトノハの塔の中で各国の民族衣装を着た相手（これにはAI映像の人間と、本物のコンパニオンとがいる）と自由に会話をすることで、誰もがいっぱしの国際人になった気分を味わえるのだ。

このコトノハの塔としての展示は三階までで、それより上の階はインド系のホテルチェーン「ホテル・サラスヴァティー」の客室になっていた。エキスポ大阪唯一の公式ホテルがこのホテル・サラスヴァティーだった。当然のことながら大人気で、万博の会期中はすべての部屋が満室になっていた。このホテル部分だけは単なる張りぼてではなく、きちんとしたホテルとして、一年近く掛けて改装工事が施されていた。

今日部屋を借りているのは若干のVIPだけで、本格的にホテルが機能するのは明日からだ。そしてこれは告知されていなかったが、最上階とその下のフロアが御厨オバケの貸し切りになっていた。

パレード参加者たちの大半は、解散後コトノハの塔の展示を堪能し、その興奮をそのままに大阪の街へと流れ、明日の開催を前にそこかしこで勝手万博が行われているその狂騒の中に呑み込まれていった。

＊

いかにもＶＩＰ然とした女性が、二人のお供を従えてコトノハの塔に入っていった。パレードが解散してからかなり時間が経っている。展示室はかなり空いていた。三名はほとんど展示を素通りして、ホテルのロビーへと向かった。ホテルの警備は厳重で、ＩＤチェックはＩＤカードのみならず瞳から指紋まで確認された。

「森下様でいらっしゃいますね」

客室係に言われ、にこやかに返事をしたのは松露夫人だ。そしてその従者のように振る舞っている二人の女性は鰐小路姉妹だ。市内に張り巡らせた警備網をくぐり抜けてこの部屋にたどり着くまでがまず一苦労だった。多くはウイラードの力を借りて地下鉄、共同溝、下水道、地下道、地下トンネル、その他ありとあらゆる地下建造物を伝って、ほとんど地上に出ることなく移動してきた。そして最後の難関だったホテルのＩＤチェックを今無事くぐり抜けたところだ。彼女たちだけではない。オバケの粛清を生き延びた夫人の仲間たちが、コンパニオンや従業員としてコトノハの塔に潜り込んでいた。彼女たちを部屋に案内している客室係も夫人の仲間だ。

部屋の中に入ると鰐小路姉妹が早速トランクの中から物々しい機械を出してきた。デスクトップPC並みのサイズのそれは、通信機器本体だ。それだけで部屋が一気に指令《H》本部《Q》らしくなる。

三人はハンズフリーイヤホンを装着した。外見こそ携帯電話で使うものと同じだが、中身はほぼ軍用に近い性能を持った通信機だ。デジタル・スクランブラーによる音声秘匿機能と周波数ホッピング方式により傍受や盗聴がほとんど不可能になっている。今日の連絡はすべてこれですることになるだろう。

鰐小路姉妹が通信機の調節を始めた。

「試験信号送ります」

祐子が言うと、イヤホンに電子音が流れた。

「全員に繋がりました」

そう言って松露夫人に小さなマイクを渡した。

「HQから蠅へ。ラフレシアは来てるのよね」

——蠅からHQへ。ラフレシアは三時間前に部屋へ直行。それから変化はありません。

「警備は？」

——最上階とその下の階にラフレシアの菩提警察がいます。SPもどきというか、MIBみたいな黒服にサングラス。これ見よがしなイヤホンって、コスプレみたい。

背後から笑い声が聞こえた。

「総勢三十六名だと聞いてるけど」

──最上階に二名。下の階に残り全部かな。仕立屋の姿はどこにも見えないけど、隠れている可能性は大。それより警官の数がやたら多いです。機動隊もいます。さっき視認しましたけど、機動隊には銃対も参加してます。

銃対──銃機対策部隊のことだ。銃器などを使った事案、多くはテロ対策のために動く機動隊の中の部隊だ。

「警備の演習のためでしょうかね」と祐子。

「それならSATも来てるかもよ」と弥生。

二人ともどこか嬉しそうだ。アニメの資料で調べ始めてからの制服男子好きで、警察や自衛隊の装備にも詳しい。周囲の偵察を任せている女たちにも、事前にレクチャー済みだった。

マイクを手に夫人が言う。

「HQから蠅。警察はホテル内にも入ってますか」

──蠅からHQ。一階に入ってきました。その代わり菩提警察が姿を消しました。どうやら二階三階に散ったようですね。客はみんな外に出されています。従業員が誘導して宿泊客も出しているようです。

それを聞いていたかのようにインターホンのチャイムが鳴った。

「お客様、不審者がホテル内に入り込んでいます。案内しますのでいったん避難してください」

「じゃあ、そろそろ行って来ます」

松露夫人が立ち上がった。

「お気を付けて」

鰐小路姉妹が声を揃えた。

松露夫人は笑み一つ残してドアの前に立つ。ハイヒールを脱ぎ捨てスニーカーに履き替えた。そして大きく深呼吸してからドアを開いた。

客室係が待ちかまえていた。

「すぐ外にでてください。非常口に案内します」

「このフロアには私たちだけかしら」

「ええ、他のお客様はすでに避難しております」

「あのね、ごめんなさい。私たちは逃げる気がないの。だからこのままそっとしておいてもらえますか」

そう言ってベルギー王室御用達ブランドの愛らしい萌黄色《もえぎいろ》のイブニング・バッグからナイフを取り出した。ダガーと呼ばれ、人を斬るためだけに作られた諸刃の短剣だ。そんなことを知らなくても、切れ味を誇示するようにぎらぎらと輝く刀身を見てもなお持ち主に逆らおうとする人間はすくない。

失礼しましたと頭を下げ、客室係は逃げていった。

連絡が入る。

——こちら蠅です。ラフレシアは部屋にいます。部屋の前に二人、菩提警察がいます。見た感じでは銃器の所持はなさそうですね。腰に下げているのは警棒です。

「ありがとう、すぐに到着するわ」

表示に従って階段に向かう。分厚い絨毯が、足音どころか音という音を吸い込んでいるようだ。

階段を上り始めると再び通信が入った。

——蟻は待機しているよ。

「ありがとう」

松露夫人は囁いた。

蟻はウイラードたち一行だ。彼らはホテル内も配管や換気口を通じ、壁の裏や天井裏を移動している。

踊り場を過ぎて次の階へ。上がったところで、すぐに黒服の男が近づいてきた。

「ここから上は貸し切りになっています。お戻りください」

サングラスの奥にある目を睨んで夫人は言った。

「私は末明。オバケに会いに来たの」

「アポイントメントは」

「とってない。サプライズなのよ」

「少々お待ちください」

男は肩に着けた通信機を叩いてスイッチをオンにすると、後ろを向いてぼそぼそと話し始めた。

「はい、了解しました」

そう言うと男は夫人の方を向く。

通信機付属のカメラで映像を送っているのだ。

松露夫人はカメラに向かって微笑み手を振った。

カメラの向こうにいるのがオバケなら、彼には末明があの万博の日の服装で手を振っているのが見えているはずだ。

パレードの車中で、鰐小路姉妹はオバケの双瞳に干渉した。催眠にはしくじったのだが、あれはダミーだ。その裏でウィルスを侵入させ、双瞳のプログラムの一部を書き換えていた。松露夫人を視認したら、即座に夫人を未明に、それもあの日あの時の青いワンピースを着た少女のレイヤーを被せるようになっている。そのレイヤーは細部まで作り込まれており、声も喋り方も何もかもが夫人を未明そっくりに作りかえているはずだ。

「許可が出ました。私が部屋までお連れします」

「一人でいいです」

「こっちが良くない。さあ、一緒に行きましょう」

エレベーターで最上階に上がると、廊下の突き当たりの部屋にまで連れてこられた。

同じ黒服の男が狛犬のようにドアの左右に立っていた。

「ここが御厨先生の部屋です。先生が中でお待ちです」

ここまで送ってきた男がそう言って一歩退いた。黒服の男たちはどれだけ礼儀正しく丁寧に喋ろうと暴力の臭いがした。それを実際にむせるような獣臭として松露夫人は感じ取っていた。

扉が開かれた。夫人は黙って中へと入った。背後で扉が閉じる。

こっちこっち。

奥から呼ぶ声がした。広い応接室だ。万博会場を見下ろせる大きな窓を背に、オバケはソファーに深々と腰を下ろしていた。そして松露夫人を見ると立ち上がり、よろよろと近づいた。

「何故？　どうして？」

そう言いながら手を伸ばした。

その指先が頬を目指し、頬には触れない。

「シトに助けてもらった。チトラカードを使って」

「嘘だ」

「あそこはあなたにとっては特異点だったかもしれないけど、シトにはそうではなかった。だから彼が」

両手を伸ばし、オバケは〈彼女〉を抱いた。抱きしめた。そして耳元で囁く。

「パレスは死者の国でもある。こんな話を聞いたことがあるだろう。仕事の関係で息子がここで住むことになった。実家は遠い。そこで母親はアカウントを取りアバターになって何かと彼の面倒を見た。家に上がり冷蔵庫を開いて中を確認する。そしてなかったものを後で送ってくる。お母さんはそれから間もなく事故で亡くなった。しかしアバターは定期的にやってきて冷蔵庫を開ける。『野菜たべてる？』『お味噌が切れてるわね』『今度そっちにいったら豚汁作ってあげるから』小言を言って帰っていく。いつまでもいつまでもね。この街は死者に優しいんだ」

　そこまで喋ると、オバケは夫人を突き放した。

　後ろに仰け反り、倒れそうになって夫人は言った。

「何をするの」

「シト、どうしてこんな残酷なことをする」

「……やっぱりばれてたか。サドルが未明をあんなに抱きしめるはずがないと思ったんだ」

「鰐小路姉妹はうちで働いていた。あいつらの手口は良く知っているよ。何しろ俺が教えたんだから。それにしても、なんでこんなことを」

「今日、オトナ人間がここを攻撃に来る」

「何のために。ここは俺の世界だ。そして俺は……オトナ人間だ」

「知ってるよ。乗っ取られたんだよね」

「いいや、俺から望んで狗線を浴びたんだ。おまえは気づいてないのか。それとも気づかない振りをしているのか。俺たちは子供じゃない。子供のまねをして子供の振りをしているグロテスクな年寄りだ」

オバケは大きな溜息をついた。

「もういいだろう。コドモを諦めて」

「嘘だ。サドルは悪童だよ。昔も今も。グロテスクっていうのは本当だろうけど、それも込みで悪童だ。いつだってオトナ人間を裏切ってみせるに違いない。それをオトナ人間たちが見抜けないと思うかい。万博にはコドモ軍がここにやってくる。万博はそのための港だよね」

「もう船は来ない。俺がすべて消毒してコドモの毒を消し去った。街は浄化された。今ここは大人のためのショーケースだ」

「奴らはそれを信用していない。ここを作り上げたサドルがいなくならない限り。だから奴らは必ずサドルを殺しに来る。九栄兄弟がそれを教えてくれたんだ」

「くえい……あの双子の真一と慎司か」

「詳しいことはぼくもわからないけど、例の方法で慎司が真一に告げたんだよ。今日の午後五時にサドルが死ぬって」

「ちょっと待ってくれよ。俺がオトナ人間に殺されるって書いてあったのか」

シトは首を横に振った。

「でもうらぎり、サドル、死ぬってあったんだ。君が裏切るか、あるいはオトナ人間が君を裏切る。そしてその結果君は死ぬ」

「その予言だかなんだかが本当だとしても、どうやって俺が死ぬかなんてわかんないよな。病気とか事故とか、殺される以外にもいろいろあるだろうが。第一俺をオトナ人間が殺す訳がない。2ndRシステムはチトラを扱えない人間にはどうしようもないから、俺は絶対に必要なんだよ」

「でもチトラは学べるものだよ。年齢に関係なくね。考えてごらんよ。ぼくがそうじゃないか。奴らはチトラの使い方をなんとかして学んでマニュアルにしたに違いない。チトラ使いは次から次に誕生する。もしそうなったら、扱いが難しい上にいつ裏切るかもわからない——つまり君のような人間を切り捨ててもおかしくないでしょ」

「それでも殺す必要はないだろう」

「いろいろとやばいことを知りすぎた男が、いつ裏切るかもわからないとなると、どうするかってことは、サドル自身が一番よく知ってるんじゃないの」

オバケは鼻で笑った。

「俺をオトナ人間から切り離そうとして必死なようだが」

「どういうこと」

「確かに奴らは俺を裏切るかもしれない。しかし、だからどうだというんだ。俺がいまさらコドモ軍だのなんだのという下らないゴッコ遊びに付き合うとでも思ってるのか。お前は俺に目を覚ませと言いたいのだろうが、それは俺の台詞だ。くそくだらない夢物語から目を覚ませ、シト。おまえも俺も老いぼれだよ。そんなこと鏡を見ればわかるだろう」

「確かにもう自分は年寄りだよ。でもコドモ軍に力を貸すことはできる。だからちょっとだけ話を聞いてほしい」

「……もう充分だ。こいつを追い出してくれ」

オバケが声を掛けると、奥の部屋からのそりと現れたのは仕立屋《テイラー》だった。

「殺さなくていいのか」

仕立屋が面倒そうに言った。

背後から怖ろしく大きな鋏を取り出す。

「気に入らない奴を殺していたらきりがない」

オバケの台詞に仕立屋は呟く。

「でもその方が楽だ」

一歩前にでた。

だが松露夫人に動じた様子はない。

まっすぐに右腕を下へと伸ばす。ゆったりした袖から何かが掌へと落ちた。カードだ。チトラカードを手に、夫人はゆっくりと後退った。

仕立屋が一瞬で間合いを縮めた。

夫人はその目の前にカードを突きだし、ぱらぱらと捲った。

仕立屋の目に、三枚のカードがわずかに動いて見えた。

目の前から松露夫人の姿が消えた。

カードが床に散らばる。

仕立屋は背後から後頭部を特殊警棒で思い切り殴られた。

すべてがほぼ同時に行われた。

松露夫人は自身の主観的な時間で三秒、時を止めたのだ。

その三秒でカードを投げ捨て仕立屋の背後に回り、特殊警棒を伸ばして振りかぶり、仕立屋の後頭部に叩きつけた。

綿の中に警棒がのめり込んだ。殺したか、と二打目を躊躇した。それは間違いだったが後悔する間はなかった。振り返った仕立て屋が大鋏で警棒を叩き落とす。

夫人はとっさに背後へと逃れた。

金属が擦れる厭な音がした。

巨大な鋏が、夫人の首のあったところで閉じる。

さらに一歩背後へと跳びつつカードを手にした。

それを仕立屋に差し出したが、捲る間もなくカードは半分に切られて宙に舞った。

切られたカード越しに、大鋏を持ってにやりと笑う仕立屋が見えた。

「殺すな」

オバケが言った。

「もう出ていけ、シト」

「お願い、話を聞いて。今パレスは下衆徒《ゲスト》の参加を停止しているでしょ」

「ああ、エキスポの期間はじゃまだからアクセス禁止だ」

「ここでだけ許可をもらえないかな」

「なんのために」

「真一と慎司をゲストで呼ぶんだ。せめて彼らと話をしてやってほしい」

「何を企んでる」

「企んでないってば。お願い。五分だけ」

「一分」

「三分」

オバケは溜息一ついて言った。

「この部屋の中だけ、三分間ゲストに開放して」

――三分間ゲストアカウントの接続を許可します。

わざとらしいほど人工的な電子音声が聞こえた。すぐに夫人が無線で連絡を入れた。

「こちらＨＱ。蝿、聞いてた？　こっちは準備できたよ。つなげて」

了解の声は夫人にしか聞こえない。

青白い影が陽炎のように現れた。

――はぁい。

松露夫人の胸までしかない小さな影が手を挙げた。それがきっかけだった。次から次に影が現れる。すぐに十体を過ぎた。小さな幽霊たちは同窓会でも始めたように群れてざわついている。

「おい、こいつらはなんだ。九栄兄弟じゃないだろ」

オバケの言葉を無視して夫人は言った。

「みんな力を貸して。あれが御厨オバケだよ」

夫人はオバケを指さした。

青白い影がすべてオバケの方へ向きを変えた。そして――。

突如オバケの身体が振動を始めた。あまり激しいのでその輪郭がぶれて見える。

「おまえ……」

呟く声がひずんでノイズにしか聞こえない。

仕立屋は身構えたが、何が起こっているのかわからない。当事者であるオバケにも何が起こっているのかわかっていないだろう。

「Q波なんだけどね。残念ながらわたしにも何も見えない」

夫人が哀しそうに呟いた。

立っていられなくなったのだろう。オバケはその場に跪《ひざまず》いた。前に両手をつくが、その腕から力が抜けた。オバケはムスリムのように両手を投げだし、床に額を打ちつけた。すでに気を失っているようだった。

「何をした」

仕立屋が鋏を夫人に突きつけた。

「元に戻したのよ」

ふざけるな。仕立屋がそう怒鳴った時、甲高い電子音声が聞こえた。

──三分経過しました。ゲストのアクセスを停止します。

「ありがとう、みんな」

夫人は消えていく青い影に手を振った。

けらけらとコドモたちの笑い声が聞こえ、影は溶けるように消えた。

夫人は俯《うつぶ》せるオバケを仰向かせ、ピエタ像のように抱き寄せた。近づこうとする仕立屋が足を止める。二人の邪魔をしたらとんでもないことになる。なぜかそう思ったからだ。

「起きて、サドル」

シトの腕の中で、サドルは薄目を開いて言った。

「余計なことをしやがって」

見る間に涙が溢れ零《こぼ》れ落ちた。

「あの時には決して戻れないんだ。シトも俺も。それを知っててこんなことを……」

サドルは身体を起こした。その姿が明らかにそれまでのオバケとは違った。夢と現実の区別ができるように、オバケから何かが抜け落ちたのに仕立屋も気づいた。思わず呟く。

「あんた、誰だ」

サドルは涙をぬぐって言った。

「サドルだよ。いや、オバケでも構わないけどね。どうやった。Q波を使える子供なんて日本中探してもいなかったはずだ」

「ネットにいたんだよ。ネットの中だけに。ネットの中に小学生だけが参加しているSNSがあるんだ。それが、ちょっと意味は違うけどぼくたちが見ていたアニメ『大人はわかってくれない』みたいな役割を果たしてて、そこで子供の力っていうか、要するにサドルが気づいたようなことに気づく子供たちが誕生したんだ。ただしあくまでネットの中でだけだけどね。そんな子供たちが集まったSNSがあって、驚くべきことに運営そのものが中学生によって行われているんだけど、そこの子供たちに接触できたんだ」

「大人のくせに」

「そう、大人のくせにね。そこの子供たちは独自に例のぐるぐる回ってキュッパっていうのをやっていた。ただし現実世界ではなく、このパレスで。彼ら彼女らは純粋に遊びとしてそれを覚えて実行していたんだけど、どうやら他のゲストたちの〈呪〉と区別がつかなかったみたいで、長い間ぼくも気がつかなかった」

「じゃあ、そいつらに任せろよ。本物のコドモたちに。いまさら俺を起こす意味はないだろう。シトは残酷だよ。未明を利用しようとしたり、痛みを忘れるために大人になっていたのに、また俺を――」

「だから信じてよ。このままじゃあ君が殺されるから、今もここに警官たちが集まってきてるんだよ」

「なんのために」

「だから君を始末するために」

携帯の着信音が鳴った。鰐小路姉妹からだ。通話開始と同時に姉妹のどちらかが叫んだ。

「今すぐテレビを見て！」

「なに」

「とにかく見て！」

ただ事でない剣幕だった。

「サドル、テレビつけて」

「何言ってるんだ」

「だからテレビをつけて」

「……そんなもの長い間見てなかったなあ」

ぶつぶつ言いながら、オバケは壁に掛けられた大きなテレビを双瞳で操作した。

すぐにニュース映像が映し出された。

「引き続き、倫理管理機構からのスクープ映像関連のニュースです。倫理管理機構の創立者であり幼童虐待者審問会の会長でもあります、榎美虎さんをゲストにお迎えしました」

巨漢の老人が「よろしく」と言って若干頭を下げる。その背後で流れている映像は、侘しい高架下の空き地で、ランドセルが仕立屋に腹を切り裂かれる映像だった。もちろん細部はモザイクが掛かって見えなくなっている。

「御厨オバケこと御厨悟が殺人教唆《きょうさ》の疑いで重要参考人として指名手配された件に関してお話をお伺いしたいのですが」

「情報提供者の名前は出せませんが、確かな筋から入手した映像だ。VR映像が被さっているので綿クズのように見えるこの男が通称仕立屋という、宗教団体〈コドモノヒ〉の執行部長だ。そして仕立屋は御厨の右腕と称されている男だよ」

「で、彼に殺されたこの男性は」

「通称ランドセル、深山良介という幼児性愛者だ。彼は幼児性愛者の団体アルマンディン・クランのメンバーだった。そして御厨もまた同じアルマンディン・クランの仲間だった。それは〈コドモノヒ〉の信者の子供に手を出していたという母親の証言からわかった」

「何だって！」

驚いたのはサドルだ。

「嘘だ。こいつ嘘をついてる」

テレビ画面を指差して唾を飛ばす。

「現在〈コドモノヒ〉の本拠地、大阪新世界にあるコドモノヒタワーへの強制捜査が始まろうとしています。今この塔はエキスポ大阪のパビリオンの一つ、コトノハの塔となっているはずですが……あっ、映像が届きました。巻上さん、巻上さん」

「現場の巻上です。これが今現在の正面玄関前の様子です。機動隊が包囲しておりまして、物々しい警戒ぶりです」

「今日は他に宿泊客はいないのでしょうか」

「最上階とその下の階は御厨たちの貸し切りになっておりまして、今日はプレオープンですので、そのほかの宿泊客の数もわずかだったようです。現在従業員が警官と協力して宿泊客などを退出させています。——あっ、ご覧下さい。少女が救出されたようです」

一人の少女が二人の警官に抱きかかえられている。

「ミメイ！」

オバケが叫んだ。

ミメイは画面の中で必死になって助けを呼んでいるのだが、両脇の警官が「大丈夫だよ」「落ち着いて」などと言っているので、映像だけ見るとサドルたちから助けてくれと言っているように見える。

「何で部屋を出てるんだよ。どこに行ってたんだよ」

「あれはなに」

シトが言った。

「AI未明」

「あんなものを作ってたの。馬鹿だよ。未明の偽物なんか作って」

サドルは唇を尖らせて反論した。

「偽物でもいいじゃないか。だって俺だって言っちゃえば偽物なんだ。あの頃の本物のサドルはどこにもいない。だからこれで充分だったんだよ」

サドルは虚しく胸を張ってみせた。

「御厨は怪物だ」

榎は吐き捨てるように言う。

「実は倫理管理機構にはもう一つ、御厨が所有していた映像が届けられていました。それはこれです」

司会者がモニターを指さす。

御厨オバケと榎美虎、そして総理大臣秘書までが頭を揃えての秘密会議の映像が映し出された。音声はない。画像だけだ。

「おい、これはどうなってるんだ」

サドルが怒鳴った。

「管野くんからダウンロードした映像。世話になっている弁護士に見せたんだよ。どうしたらいいかって」

「馬鹿じゃないの」

ここぞとばかりにサドルが責める。

「甘いんだよ、人間が」

テレビではアナウンサーの解説が続く。

「これは警察の映像解析が進んでおりましてフェイクの映像だとわかっております」

画面でCG画像を実写画面に合成していく過程が説明されていく。

「こうして作った画像を私に送り、これを公表されたくなかったら、パレス内で起こる事には目をつぶれと脅迫していたんだ。御厨という男は」

苦々しい顔で榎は言った。

「〈コドモノヒ〉にしても、たちの悪いカルト集団だよ。何をするかわからない。今のところ爆薬や毒ガス、細菌兵器などの所有は確認されていないがね、私は自衛隊も参加すべきだと言ったんだよ。頭のおかしい奴らが何をするかわからないからな」

「差別語、差別語。あれ差別語」

サドルがテレビの中の榎を指差して騒ぐ。

夫人が腕時計を見て言った。

「こんなことをしている場合じゃないよ。五時まで後二十分を切ってる。何もしなければ警官隊がここまで来るのに十分と掛からないよね。下手したらサドルの命は後十分かも。二十分ぐらいは運命の誤差だからね」

怖ろしいことを言う松露夫人を睨みつけ、オバケは言った。

「天使だ、天使を向かわせろ。機動隊を中に入れるな」

オバケの声で、塔の最上部から数百という天使が飛び立った。

それは空に描かれた点描の雲のように見えた。広がり、集まり、幾何学的なフォーメーションを次々に変化させながら、それは地上へと近づいてきた。

すぐに肉眼でも細部が見えるところまで降下してきた。

生クリームのような純白のローブからは、鷲の翼にそっくりの白い翼が突き出ている。

天使たちは叫び声をあげ急降下し、待機している機動隊員に襲いかかった。攻撃は爪と牙だ。鋭い爪で皮膚を断ち、尖った牙で噛み切る。もとより近づく不審者を遠ざけるためのもので、人を殺すような力はない。

最初は隊員たちも惑わされたが、すぐにその正体がドローンであることが判明したのだろう。SF映画に出てきそうな大きな銃を持ち出して天使たちを撃ち始めた。撃たれた天使は、ゆらゆらと地上に降りて動かなくなる。それはドローンガンと呼ばれる対ドローン兵器だ。ジャミングし電波を妨害した上で強制的に着陸させる。あっという間に地表は動けなくなった天使たちで埋まった。

「仕立屋。菩提警察に伝えろ。何が何でも警官たちを下のフロアで食い止めるんだ」

言ったときにはもう仕立屋は消えていた。

「菩提警察って何人いるの」

夫人が問う。

「三十六人。榎はあんなことを言っていたが、銃は持っていない」

「機動隊の銃機対策部隊が来てるらしいよ」

「じゃあ、MP5《サブマシンガン》を持ってるってことかよ。こりゃあ普通のこととしてたら勝負にならないな」

「勝負は必要ないよ。ここに船を呼べばそれでこれは終わる。コドモ軍の絶対的な勝利よ」

「じゃあ、どうやって船を呼ぶんだ」

「それは――ちょっと待って。みんなに連絡をしておくから。HQから蝿へ。他の従業員と一緒に待避できてる？」

――はい、ほぼ全員待避しています。

「良かった。いろいろとありがとう。感謝してます。それから、ウイラード、そこにいるんでしょ」

「あれ、ばれてた」

浴室からのっそりとウイラードが現れた。

「ウイラード、あなたも逃げて」

「違うよ」

「……何が」

「違うよ、わしはウイラードじゃなくて、ほら、暗号名で」

「ああ、そういうことね。わかった。HQから蟻へ。逃げて下さい」

「へへへ、それそれ。でも逃げないよ。弟くんとも久しぶりに会えたし」

それを聞いてサドルはしげしげとウィラードを見て言った。

「あああっ！　もしかして坂本さん」

坂本はサドルの兄と友好のあった男だ。兄がいなくなってからも何かと世話を焼いてくれた。シトを精神病院から救い出すのにも一役買ってくれた。

「見ればわかるでしょ。あの坂本さんだよ。散々お世話になったくせに、何言ってるの」

「わし坂本。ほれ」

ウィラードは自分の顔を指差した。

「無理だよ。顔がぜんぜん変わってるし」

「一生懸命いろいろやって生きてきたからね。歴史が刻まれた顔よ」

ウィラードはそう言って笑った。

後ろから大鼠が現れてサドルが驚く。

「なんだそれ」

「ビッグベンだよ。よろしくな」

葉巻を咥えた大鼠は帽子を取って挨拶をした。

「挨拶は後にしてくれ。で、どうやって船に連絡する」

「向こうで見つけてくれると思うよ。サドルが元通りのサドルになったんだから」

「いつ見つける」

「それは……」

「とにかく時間を稼ぐ。菩提警察は戦闘服に着替えてプランBで待機。今から電源を消す。ホテル内の電気系統はすべて俺が双瞳でコントロール出来るからな」

「電気消してもどうせ双瞳着けてるから警官には何も関係ないんじゃないの？」

シトが言う。

「そう、外から来た機動隊連中も間違いなくスマート・コンタクトを着けているはずだ。暗視機能がついているからね。昔みたいにかさばる暗視スコープを付けたりはしない。もし主電源をオフにしていても、この時オンにする。主電源が入っていれば、少なくともこのホテル内にあるスマート・コンタクトの操作は俺の思うがままだ。そこで俺はこのスイッチを入れてしまうわけだ」

サドルはポケットから大きな赤いボタンのついた箱を取りだした。ボタンには大きく非常用と書かれてある。

「これは各種電話回線やW‐i‐F‐iを使ってすべてのスマート・コンタクトに、ある信号を送るためのボタンだ」

「全国の、ってこと」

「そう、全国の」

「で、何の信号」

「スマート・コンタクトが生体素材で作られているのは知ってるだろ」

「組成はまったく身体と同じだそうね」

「免疫も抑制する、身体に一切負担のない素材だよ。着けたまま何時間でも何週間でも、それどころか一生でも問題ない。それだけ親和性が高いから、そのままだと眼球に癒着してしまう。そうならないように、身体に影響のない微弱な電流を流して癒着しないようにしてあるんだ。そしてこのボタンだよ。これを押すと、その電流が切れる」

「どういうこと」

「およそ三分でスマート・コンタクトは眼球に癒着して取れなくなる」

「それって私たちのも」

「もちろん。でも不便はない。着けたままメンテナンスは出来るし、充電は各所に非接触型のコードレス充電器が設置されているから二十四時間充電可能だ」

「ちょっと待って。それじゃあ、何のために電流を切るの」

「みんなに強制的にＶＲのレイヤーを見せる為だよ。俺たちの強みは、パレスの２ndＲ

システムを熟知していること。奴らに裸眼でいられると困る」

「それで、日本中のスマート・コンタクトを癒着させちゃうの？」

「さっき言ったように別に問題はない。何を笑ってる」

「作戦が雑だなって思って」

シトは嬉しそうだ。

「革命さ」

笑顔のサドルが言った。ホテルの電灯が一斉に消えた。

窓の外の明かりは見えている。停電になっているのはホテルの中だけだ。

「エレベーターも止まる。奴らは階段を上るしかない。さてと、いきますよ。ぽちっとな」

オバケはスイッチを押した。

痛くも痒くもない。オバケの言ったように癒着したのかどうかはまったくわからない。

「取ろうとして初めてわかるんだけど、考えてみて。今までコンタクト外したことあった？　目の病気になったとき以外で。おそらく数週間、このことに気がつく人間はいないね」

「弟くんが作戦を教えてくれたら、俺たちも協力するよ」

ウイラードが言った。後ろでビッグベンが頷いている。

「彼は鼠の大群を引き連れているんだ。立派な兵士たちだよ」

——鰐小路からHQへ。

「ああ、忘れるところだった。今のうちに逃げて」

——もう遅いですね。奴らに見つからずに逃げるのは無理。っていうか、話は聞いてましたよ。私たちの万博は今始まったみたいですね。最後まで一緒に楽しみますよ。

「何言ってるの、馬鹿じゃないの」

——ほんと馬鹿かも。最後まで協力するから指示してください。

「わかった。駄目ならすぐ逃げて」

シトはぽんと手を打った。

「というわけで、みんな、今からサドルと一緒に行動開始」

了解だの、はいよだの、てんでばらばらな返事が返ってきた。

＊

正面玄関前に集まったのは銃器対策部隊を含む警視庁警備部第一機動隊二個中隊及び近畿管区機動隊合わせて百数十名。それに警視庁警備部の特殊急襲部隊ＳＡＴの精鋭と大阪府警刑事部の特殊事件捜査係MAATが加わった。

彼らの表向きの目的は御厨の逮捕だ。

全員がエントランスホールへと一気になだれ込んだ。そしてその最後尾が皆ホテルに入った途端、電源が落ちた。

まだ日没までには間がある。

一階は周囲に大窓もあり、薄暮の頼りない陽光が薄ぼんやりと室内を照らしていた。2ndRシステムは別の電源を使っているのか、展示物やAIのコンパニオンは淡く輝きながら何の変わりもなく機能しているようだった。

エレベーターは動かない。最上階に行くためには階段を使うしかない。

──言葉が世界を変えます。

いきなりの館内放送だ。が、隊員たちは聞こえていなかったかのように階段へと向かう。

──語り合うことが、人と人をつなぎます。言葉が人の絆となるのです。

チャイムが鳴ってナレーションが止まった。代わりにアナウンスが流れる。

「ただいま停電になっておりますが、もうすぐ復旧いたします。しばらくお待ちください」

淡く輝くコンパニオンが隊員に近づいてきた。

「何かお困りでしょうか」

すぐ隣に来て笑みを浮かべた。そして耳元で囁く。

「泥のような夜でした」

囁かれた者が一瞬立ち止まる。二言三言囁いてコンパニオンは去っていった。隊列のあちこちにコンパニオンは近づき、何事か囁いていた。だがこれもまた気にする者はいなかった。

三階以降廊下には窓がない。二階の踊り場を過ぎると完全な暗闇になった。双瞳はすぐに反応して暗視カメラを作動させた。視界に様々なデータが表示されるのが鬱陶しく電源をオフにしていた隊員も、ここでスイッチを入れた。馴染みの蒼白い暗視カメラの画像に切り替わった。暗視カメラにも2ndRの映像は同じ青白い色調で映し出される。

が、それは一瞬だった。

瞬きすると、そこは夜の森に変わっていた。奥は深い。樹齢何百年という巨木が枝を絡め合い闇へと溶けていく。そっと触れるとざらざらした木肌を感じる。実はそれは錯覚なのだが、いきなり森の奥に放り出された男たちにはそれが判断出来ない。

方向感覚も一瞬にして失っていた。上がってきた階段がどこにあるのかすらわからない。慌てて双瞳の電源を切ろうとしたが無駄だった。

「バーチャル映像だ。目をつぶって触って見ろ。それが壁の感触だ。来たときと同じ廊下に立っているだけだ」

部隊長が声を張る。

「階段を上るぞ」

そう言うのだが、階段がどこにあるのかがわからない。大蛇のように地を這う根をまたぎ、枝葉をかきわけ前に進む。進もうとする。しかし前に進んでいるのかどうかが良くわからない。しかもこの森は徐々に移動し囲い込み行方を塞ぐ。隊員たちは気づかぬうちに分断されていた。

不意に甲高い女の笑い声が聞こえた。続けて潰されたような悲鳴が聞こえた。

ハヤシダ！　ハヤシダ巡査！

叫び声がそれに続き、重ねて、

「ハヤシダが消えました」

それ自身消え入りそうな声で報告があった。

「馬鹿野郎！　消えるわけがないだろう」

部隊長から叱責が飛ぶが、その声にも不安が滲む。

「あっ、鹿」

誰かが呟いた。

大声を出さないのは、幻に怯えていると思われたくないからだ。そして口に出してその馬鹿馬鹿しさに苦笑した。だが、みんなそれを見ていた。彼らの正面にいる、巨大な鹿を。奈良公園で見るような鹿がミニチュアに見えるような大鹿だ。巨木の枝にも負けない太く大きな角は、凶器じみて暴力の気配を滲ませている。感情が失せた真っ黒の瞳は、じっと隊員たちを見詰めていた。鹿は森の王の風格を備えていた。しかもその王はどう見ても狂っていた。

「虚像だ。バーチャルだ。無視しろ」

部隊長の声に押され、隊員たちはじわじわと大鹿へと向かう。

その時大鹿がジャンプした。

いきなり隊列の中心を人の顔ほどもある蹄《ひづめ》が襲う。虚像だとわかっていても、それを避けようとみんな仰け反り、あるいは頭を抱えて座り込む。そしてそのまま炎天下に立たされた子供のようにバタバタと倒れ始めた。

それを見て本当に鹿に襲われたのだと勘違いし、慌ててその場を離れる隊員もまた倒れていく。

良く見ると隊員たちは何者かに囲まれていた。菩提警察だ。彼らの姿は背景の中に埋もれて見えない。森の階層《レイヤー》を自らの身体に投影した、一種の迷彩服を着ているのだ。彼らは大鹿に紛れて一斉に飛び掛かった。そして背後から首筋にスタンガンを押しつける。防火マフラーを押し上げ肌に直接当てた。しっかりと押しつけると空電を起こさず、火花も散らずばりばりと音をたてることもない。静かに男たちは倒れていく。十数名の隊員を気絶させ拘束し森のレイヤーの奥にある客室に閉じ込めると、再び森の奥へと消えた。

＊

森の迷路から偶然抜け出ることができた者もいた。抜け出てみればただのホテルの廊下と階段だった。それでも手摺りを確認しながら、さらに階段を上り始めたときだ。上階から濁流のように傾《なだ》れ落ちてきたものがあった。褐色の濁流と見間違うそれは、ウイラード率いる鼠の群れだった。

バーチャル画像だ。

誰かが叫んだが、それは実像だった。そのことがパニックに拍車を掛けた。逃げようにも足の踏み場がない。足元から這い上る鼠に身動きも取れず何人もが階段から転げ落ちた。そして何名かは気がつけば再び森の迷宮へと迷い込んでいた。

＊

　先頭を切って進んでいたのはSATと銃器対策部隊だった。機動隊は普通幹部以外は銃器を所持してはいない。しかしSATと銃対はMP5《サブマシンガン》をはじめ銃器を所持している。銃器を持つ彼らのうち数名が御厨暗殺を命じられていた。だから真っ先に御厨を見つけなければならなかったのだ。しかしなかなか森を抜け出すことができなかった。

　再び館内放送が始まった。だがそれは誰にも予想できない内容だった。

「星々は泥濘に埋もれる小さく惨めな貝。月は泥底に棲む隻眼の肺魚」

　先頭を進んでいたはずの彼らが、迷子のように不安げに周囲を見回している。彼らは一階でAIコンパニオンを身にまとった鰐小路姉妹に、すでに〈呪〉を掛けられていた。その引き金が今引かれたのだ。

　放送は続いた。

「怖いよね。ほんと怖ろしいよね。森の中は敵ばかりだもの。でも大丈夫。私がいいことを教えてあげるね。いい、良く聞いてね。言うよ。やられる前にやれ。わかった？　やられる前にやれ、だよ」

放送直後に聞こえてきたのは、サブマシンガンの連続した銃声に、悲鳴と怒声。

＊

森のレイヤーは三階から四階に掛けて設置されていた。コトノハの塔の企画案の一つで、塔内部に広大な森がある、というものがあり、そのために作られたテスト使用のレイヤーが残されていた。それをそのまま流用したのだが、機動隊が来るまでのわずかな時間では、この二階分で精一杯だった。

それを精一杯利用した菩提警察のゲリラ攻撃と、鍔小路姉妹の〈呪〉で始まった同士討ちはどれもこれも見事に功を奏した。それには、所詮は御厨の私兵三十名と高をくっていた警察側の読みの甘さも関係しただろう。だが警察側にしても烏合《うごう》の衆というわけではない。すぐに反撃が始まった。

ホテル内の構造はそれほど複雑ではない。森のレイヤーも慣れてしまえば慌てるほどのことはない。鹿や熊など、森の生き物で混乱を謀っても手口が知れ渡ってしまっては効果を見込めない。同士討ちも〈呪〉の影響を受けた者たちが捕縛されてしまえばそれまでだ。森を抜けたら鼠たちが襲ってくることも既にみんなに知れ渡っていた。抜け出た者は即座に鼠をナイフで切る。踏みつぶし蹴散らす。そうやって森の迷路をあっさりと抜け出てくる者たちの数がどんどん増えていった。

サドルは菩提警察を早々に引き上げさせた。森を抜ければもう何もトリックは使えない。それならば警察が迫ってくる前に菩提警察を近くへ呼び寄せておくべきだと考えたからだ。続けてシトもウィラードに退却命令を出した。

「HQから蟻へ。魔法の効果がだんだん薄れている。仕立屋にも連絡を入れているから、そっちもそろそろ引き上げて」

「蟻からHQへ。わかったわかった。今からみんなを連れて逃げるよ」

彼らは四階東階段脇の客室にいた。ここから階段に出て四階へと向かい上がってくる機動隊の足を掬《すく》い仕立屋が攻撃する。その間に三階の客室へと逃げ込み再び四階へと向かう。それを繰り返していた。

どうせならもう一度敵を攪乱しながら三階に向かい、そこから排気通路を伝って逃げだそう。

そう考え、ウィラードはドアから廊下の様子を確認した。

「いけそうかね」

葉巻を吸いながらビッグベンが言った。

「ああ、大丈夫」

そして大声で少年を呼んだ。

「メルクマール!」

すとんとマントの少年が廊下に降り立った。同時に扉を開いて鼠の群れを放った。

激しい銃声が響いた。

「待て待て」

慌てて止めたがもう遅かった。

見る間に鼠たちは赤い飛沫となって吹き飛んでいった。

SATのメンバーが待ち伏せていたのだ。彼らは横一列に地面へと伏せ、床ぎりぎりの高さで9ミリパラベラム弾をフルオートで撃ってきた。地を薙《な》ぐ弾丸が鼠たちの身体を粉砕していく。メルクマールに行き先を伝えていない。少年は生真面目な顔で棒立ちだ。鼠たちはその周辺をうろちょろするばかりだ。絶え間なく銃撃されていて、ウィラードにはただ見ていることしかできない。

「逃げろ逃げろ」

ウィラードが泣きながら喚いた。

「何やってんだよ」

声と共に何もない空間から腕がぬっと伸びた。ウィラードの襟首を掴む。

仕立屋だった。

「待ってくれ、ビッグベンが」

見回すがどこにも見えない。鼠たちの断末魔の悲鳴が響き、硝煙と血肉の強烈な臭いが漂う。

「待てない。行くぞ」

ぐい、とウイラードを引き寄せると、景色の裂け目の中へと引きずり込んだ。

＊

機動隊は四階から最上階目指し、各部屋を見回りながら階上へと進む。そこかしこでクリア、クリアの声が飛ぶ。そこにはもう何の仕掛けもない。見る間にサドルたちのいる最上階へと近づいてきた。

最上階の下の階には菩提警察が東西の階段前で待機していた。防弾のフルアーマーにヘルメットと、暴徒鎮圧用のガス弾を撃ってくることを想定したガスマスク。装備では機動隊に引けを取らない。

階下にテーブルやソファー、ベッドのマットレスなどを投げ落としバリケードを築いてある。武装は軍用の諸刃のナイフだけだ。ナイフによる戦闘訓練を米兵のコーチを呼んで頻繁にしてきてはいるが、ほとんど実戦経験がない。相手がMP5を持っているとなると、ほとんど蟷螂《とうろう》の斧だ。オバケからは死ぬなとだけ言われている。おまえたちの命を懸けるほどのことはないと。やれるだけやったら捕まればいい。その後の裁判はコドモノヒの力を使って有能な弁護士を付けるから安心しろと。

オバケは無茶苦茶な人間だが、それでも部下たちからは愛されていた。ここまで面白いことをやってこられた共犯意識が、彼らにはあった。オトナ人間に憑依されてからも、良くも悪くもオバケはガキ大将であり続けたのだ。その三十余名がここで待機している。戦闘そのものは隊長を命じられた男が指揮をする。唯一傭兵として実戦経験のある男だ。

監視カメラで逐一階下の状況を見ているオバケから通信が入った。

――奴らがすぐ下の階段まできている。バリケードを猛烈な勢いで壊しているところだ。みんな死ぬなよ。

「聞いたかみんな。作戦終了後は新世界で飲み会だ。遅れるな」

みんなが一斉に鬨《とき》の声をあげた。

何かが階下から射出された。

それは天井にぶつかり、フロアに落ちた。

二三度バウンドし、コロコロと転がりながら白煙を吹きだした。ガス弾だった。

風のないホテル内だ。瞬く間に廊下の視界が白く閉ざされていく。

エンジンカッターがバリケードを切り裂いていくエンジン音だけが聞こえる。

急拵えのバリケードはあっさりと崩されていった。

＊

機動隊の装備を着けた二人の男が鏡を見てポーズをとっている。彼らは機動隊ではない。それどころか〈彼ら〉でもない。

その中身は鰐小路姉妹だ。

もう一人の機動隊員がいる。彼もまた中身は別物——仕立屋だ。

彼は針と鋏を模したデバイスで2ndRのプログラムに介入し、レイヤーを自由に切り裂き縫うことが出来る。パレス内でのアバターを作ることは、もともと彼の本職でもあった。従って機動隊員の写真が一枚あればそれと同じ外見を仕上げることなど朝飯前だった。反対側の階段で倒した兵士の顔の画像から仮面を三人分仕立てた。皆怪我したときの顔から仮面を作っているので、ちょっと苦しそうな表情をしている。

「仕立屋さんすごいなあ」

鏡を見ながら祐子が言った。

「これぐらいどうってことない」

借り物の顔が自慢気な笑顔を作った。

作戦は簡単なものだ。仕立屋がレイヤーの裏を通って鰐小路姉妹を部隊後方へと送り込み、姉妹が呪を放ち、再びレイヤーの裏へ逃げる。それを繰り返すだけだ。

「じゃあ、行きますか」

仕立屋が言うと、姉妹はあいよと声を揃えた。大鋏で風景を切り裂く。ホテルの内装はすべてVR映像だ。

「離れるなよ」

そう言うと鰐小路姉妹を率いてレイヤーの裂け目へと入り込む。レイヤーの裏側は灰色の靄の掛かった曖昧な通路だ。そこで路がわかるのは、仕立屋からはこのレイヤーの向こう側が見えているからだ。

「ここだ」

仕立屋が囁いた。姉妹は無言で頷く。

大鋏を突き立てると、ざくざくレイヤーを切り、即座にそこから姉妹を送り出した。

そして針を使って裂け目を縫う。丁度階段のバリケードが取り壊された所だった。隊員が列を作って移動を始める。共に移動しながら姉妹は左右に分かれ、近くの隊員に

〈呪〉を囁く。簡単な仕事だ。仕立屋も鰐小路姉妹もそう思っていた。

双瞳を着けている者の視界の右上には時刻が表示されている。その〈分〉の末尾が8になったら、一番近くにいる者から順に刺すように暗示されている。すぐに効果が現れた。あちこちでお馴染みの悲鳴と怒声。その混乱に紛れ、さらに数名の隊員に〈呪〉を放つ。最初こそ順調だったが、彼らは森の中ですでにこれと同じ攻撃を受けている。突然味方を攻撃し始める隊員たちの存在は経験済みだ。原因は判らないがオバケたちが何かをしているのは間違いない。仲間が暴れ出すと、何の躊躇もなく警棒で殴打し、手錠を掛けた。森のカモフラージュはすでにない。冷静に対処すれば、怖れるほどのこともない。機動隊の総数に比べたら、錯乱する隊員などわずかだ。思ったほどの効果もなく、焦ってより多くの隊員に〈呪〉を放とうとした鰐小路姉妹がついに発見された。背景の向こう側に消えていくのを後列近くにいた小隊長が見つけたのだ。警備隊の中で唯一拳銃を所持している人間だった。ためらいなく彼は銃を撃った。もうすでに彼女たちは背景の裏へと逃げ込んでいた。が、彼女たちが隠れた背景はあくまでVR映像に過ぎない。それに弾丸を食い止める力があるはずもない。背景の裏に回ったときに偶然しゃがみ込んだ弥生の頭上を抜け、その腕を引いていた仕立屋の喉を掠めた。喉が裂け、血飛沫《ちしぶき》が飛ぶ。慌てて仕立屋は裏側から背景を裂いた。

「出ていけ。中にいては迷子になる。早く、出ていけ」

二人の背中を押しながら叫んだ。

「降参だ」

裂け目から追い出された鰐小路姉妹が両手を挙げた。すぐに近くにいた機動隊に押さえつけられ床に俯せた。

その間に仕立屋は針で背景を縫い合わせる。それが済むと仕立屋は数歩、這うようにして移動した。

「クソ、俺は何をやってるんだ」

背景を背に、ぺたりと尻を突いて座り込んだ。首筋からはどくどくと血が流れていた。

「このまま死ぬのか。やっぱ死ぬのかよ。言っとくけど御厨にそれほどの義理もないぞ。っつうか、痛えよ。これで義理は果たせただろ。逃げる。もう逃げる」

止まらぬ血を片手で押さえながら、仕立屋はホテルの外へと向かって這っていった。

＊

午後五時まで後三分。

「おい、どうなってんだ」

サドルが怒鳴る。

「ちっとも迎えが来ないじゃないか」

「……やっぱりそうなんじゃないのかな」

「何がやっぱりなんだよ」

「九栄兄弟が教えてくれたこと、言ったよね。『3 7　5　4　1 7　うらぎり　さどる　しぬ』」

「覚えてるよ、さっき聞いたところだ」

「ぼくはサドルが元に戻ったら、それで巡洋艦が迎えにくるんだと思っていたんだ。すでにサドルはオトナ人間たちに裏切られている。そして憑き物を落とすことでオトナ人間を裏切った。予言通りに運んだんだから、これで何らかの連絡がある。そう思ってぎりぎりまで待ったけど……でも、これはやっぱり本当なんだよ。まんまこの通りにしないと巡洋艦はこないんだ」

喋りながらシトが背後から取り出したのは、バッグの中に入れてここまで持ってきたダガーナイフだった。

「どういう意味だ」

「そのまんまだよ。その時間にサドルが死ぬってこと。それが条件」

「はあ？」

「基本的にオトナがコドモ軍と連絡を取ることはできない。そしてぼくたちはすっかりオトナになったんだ。つまり普通にしていても連絡なんか取れない」

ちらちらと壁に掛けられたデジタル時計を見ながらシトは話を続ける。

「それでも連絡をしたかったらどうしたらいいか。簡単だよ。ぼくたちはグルグルと回ってきゅっ、ぱっ、ってユーレイになったよね。あれは文字通り魂だけになった幽霊ってことなんだよ。死者と子供はとても似ているんだ。無時間で無秩序。だからオトナがあのユーレイになりたかったら方法は一つ。死ねばいいんだ」

ナイフを持った手を前に出した。

「簡単なことさ。それでこの街を救える」

「そうか」

サドルは少しだけ悲しそうな顔をした。公園でものすごく楽しく遊んでいたのに家に帰る時間が来たときの顔だ。

「わかった」

サドルはそう言って時計を見る。

「やれ、やってくれ」

「ごめんね、……じゃあ、さよなら」

そう言ってシトはナイフの刃先を自らのノドに突き当てた。

サドルが飛びついた。

思わず刃を摑んでいた。

刃先はシトの喉をかすった。

ナイフからサドルの血とシトの血がもつれ合い流れ落ちる。

「おまえ、馬鹿か」

抑えた声でサドルは言った。そうしないと絶叫しそうだった。

「おまえが死んでもどうにもならないだろう。死ぬのは俺って決まってるんだから」

「サドルとぼくとどう違うのさ。それはきっと――」

派手な音をたてて扉が開いた。

最初に銃身が見えた。

彼らが使用しているH&K社のMP5サブマシンガンの銃身だ。

その時には誰が死ぬのか決定していた。

黒いプロテクターを着けた銃対の隊員は、まるで死神のようだった。MP5は遊底《ボルト》の後退を制御することで反動を抑え、サブマシンガンとは思えない命中率の高さを誇る。

全部で三発。

サドルの脇腹とこめかみを9ミリパラベラム弾が貫通した。

肉片と血飛沫を花火のように散らし、サドルは弾き飛ばされた。

＊

シトは「サドル！」と叫んだつもりだったが、それは悲鳴にしか聞こえなかった。しゃがみ込み血塗《ちまみ》れのサドルを抱き寄せる。サドルの目はもう何も見ていない。まるで脱穀した米のように頭が欠けていた。弾けた頭部から何もかもが流れ出ていく。血も脳漿《のうしょう》も命も。

シトは軋《きし》むような声で呟き続けた。

悪い冗談だ。これは悪い冗談だ。冗談だ。冗談だ。冗談だ。

＊

冗談じゃないんだよな。

溜息交じりのサドルの声は、もうシトには聞こえない。

己の死骸を見下ろしながら、文字通りのオバケになったサドルは、触れることのできないシトの肩を抱いて言った。

「これが運命ってやつなんだよ」

すとん、と何かが天井から落ちて来た。

人だ。男だ。大人の男だ。

象の足枷に繫がっていそうな太い鎖を男は持っていた。

鎖は天井から伸びている。おそらく天井を越えて空へと伸びているのだろう。

男は啞然とするサドルに近づき、鎖の先端をその胸に押し当てた。男の手ごと鎖はサドルの胸の中に沈み、奥から金属的な音が聞こえた。鎖がサドルに繫がった音だった。

男が言った。

「間に合った」

＊

「繫がった」

艦長が言った。

水槽型のコントローラーに片手を突っこんでいる。その指先を小さな鯰《なまず》がぱくりと咥えていた。

「繋がったわ」「繋がった」「大阪万博が見える」「見て、あれがそうよ」

はしゃぐティンクたちに、艦長は大声で言った。

「いよいよぼくたちの万博が始まった」

サドルが錨であるように、万博会場は灯台だった。

巡洋艦〈テレビジョン〉は無限のカードの中の一枚へと錨を降ろした。それは錨として鎖で〈テレビジョン〉と繋がっているが、錨そのものに〈テレビジョン〉を制御する力があるわけではない。錨として見立てられているだけで、それは上陸すべき時空の断面に照準を合わせた、ということを意味する。その断面の中では輝く灯台であるエキスポ大阪が待っているのだ。

その姿が巨大な水槽型モニターに映し出された。コドモたちが艦橋に集まってくる。話し声が倍々で増えていく。時折甲高い笑い声が混ざり塊となって、わんわんと艦橋の中で響く。祭の予兆で年長組も年少組も浮き足立っていた。十五世紀のドイツ、ハーメルンから救い出された百三十名の貧しい家の子供たち。ベトナムの小さな村で虐殺を免れた子供たち。部族間抗争で捨て置かれ餓死寸前だったルワンダの子供たち。親の借金を背負って大人でもへたばる過酷な労働を続ける小さな農奴たち。干上がった水溜まりのオタマジャクシのようにあっさりと死んでしまう飢餓の子供たち。親に疎《うと》まれ憎まれ棄てられた子供たち。見る者の楽しみのためだけに不幸な死を迎えるフィクションの子供たち。ありとあらゆる形で大人社会から阻害された子供たちが、これから起こるであろう心躍らせる何か——万国博覧会——にはしゃいでいた。

「行くぞ。今度こそ間違いない。我々は祭を迎える」

艦長が宣言した。

それぞれの時代、それぞれの場所から救われたコドモたちが大きな歓声を上げた。

「さあ、オトナ人間たちに殲滅の歌を聞かせてやれ」

5.

それは突然大阪の領空に現れた。

最初は自然現象だと思われた。

地上千メートル足らずの所に浮遊するそれが、あまりにも大きかったからだ。

南端は堺市に掛かり、北端は淀川を越え豊中近くまで、全長四十キロ、東西が二十五キロはあった。細長い蓋をしたも同然だ。一瞬にして大阪市の半分以上が夜になった。

人々は皆空を見上げた。空を見上げれば、黒雲よりもなお暗い何かが月も星もあらゆる光を遮っている。あまりにもそれは巨大で、その下に入ってしまえば、もうそれは空そのものだった。

気象衛星から捉えた映像では、巨大な魚影のように見えた。サーチライトで照らし頭上を見上げると、生白くぬるぬると光るそれは確かに魚の腹部にそっくりだった。

それはどこからか接近したのではなく、唐突にそこに現れたようだった。レーダーサイトには出現の直前まで何も映っていなかったのだから。

もしこれが航空機であるのなら、明白な領空侵犯だ。が、この巨大な物体を識別不明機と判断するのも難しい。対応が遅れるのは当然のことだ。そしてようやく国際緊急周波数で領空侵犯していることを通告した。

なんらかの反応があったのだが、それがどこの何という言語なのか良くわからなかった。しかし甲高いその声と、その背後で聞こえる、これもまた甲高い笑い声はどう聞いても子供たちのものだった。

正体は不明だったが、少なくともそれが中に操縦する人間のいる飛行体であることは判明した。

航空自衛隊は直ちに戦闘機F－2をスクランブル発進させた。パイロットは身近でその巨体を見ることになった。そして無線でここが日本領空であることを告げ、速やかに退去するように警告した。英語、ロシア語、韓国語、北京語で同様の内容を警告したが、それに返信はなかった。

それから自衛隊機にできることは着陸させるか領海外へ退去させるかの二択だ。強硬に相手がここに居座るのなら、攻撃という手もある。が、この巨大な飛行物体を陸海空の自衛隊が総力で攻撃して、もし墜落したら。大阪市は壊滅だ。攻撃するにしろ着地させるにしろ、少なくとも大阪湾まで誘導しなければならないだろう。が、しかしどうやってそれをすればいいのか。この未曾有《みぞう》の出来事に決着を付けることのできる人間はいなかった。

ぼやぼやしている間に、向こうからの動きがあった。機体全体がわずかに回転し始めたのだ。鯨で言えば頭にあたる部分が西側へと方向を変えていく。黒雲が強風で移動するように、影がそれにつれて移動する。全体の大きさから比べると微々たる距離を移動しただけだが、風を切る音だろうか。おうおうとケダモノが啼くような声が周囲に響いた。

新世界のコトノハの塔がちょうど巡洋艦の重心あたりにある。塔の先端が巡洋艦の腹をこすりそうだ。

各戦闘機の無線が声を拾った。

——毛雷投下《もふトラップ》！

変声期前の少年の声がそう言うと、その後ろで大きな歓声が上がった。ラッパやタンバリンの音まで聞こえる。

新世界上空で、鯨の大きな腹にぽつぽつと小さな穴が開いた。全体の大きさから比較すると毛穴ほどのサイズだが、実際は直径が三メートル近くあった。数十のその穴から、何かが降ってきた。サイズは様々だがおおよそ球形をしている。小さいものは直径三十センチあまり。大きなものは二メートルほどもある。色は褐色から淡いベージュまで茶系統。風に煽られゆっくりと落ちてくるそれは、大きな毛玉かぬいぐるみの羊のようだった。

とうとう攻撃命令が下った。

五機の戦闘機が毛玉に向かってバルカン砲を発射した。一秒足らずの間に百を超える7．62㎜徹甲弾が発射された。あっという間に毛玉が霧散する。柔らかい毛が埃となってふわふわと風に飛ばされる。

それが何を意図したものか判らないが、少なくとも爆薬が積まれているわけではなさそうだった。見た目通り無害なものに思える。いずれにしても、次々と広範囲に亘って落ちてくるそれを、すべて破壊することは不可能だった。

タンポポの綿毛のように、それらはゆらゆらと新世界を中心に舞い落ちた。

コトノハの塔玄関前に集結した機動隊員たちにも、それを遠巻きに取り囲んでいた野次馬の前にもそれは降ってきた。作り損ねた羊のぬいぐるみのようなそれは、見るからに柔らかそうな毛をわさわさと揺らしていた。触ってくれと誘う子猫のように、誰もが触れてみたい欲求に駆られた。

我慢出来なくなった野次馬の一人が直径一メートル足らずの毛玉に触れた。何もない。ぎゅうと掌を押さえつけてみる。何もない。押さえた手でその毛を撫でてみた。何もない。サワサワとその毛を撫で始める。長毛種の犬を撫でるようなものだ。毛足のなめらかさ。そしてその奥にある皮膚部分の温かさとしっかりした弾力。撫でていた男が温泉に浸かってでもいるように、ほぉ、と大きな息をついた。

どうやら危険ではないようだ。

そのことが知れ渡ると、大小様々な毛玉をみんなが撫で始めた。中には顔を毛玉に埋《うず》めるものもいる。大きな毛玉に横になるものもいる。近づくと枯れ草のようなニオイがした。すぐにみんなが毛玉に触れ、抱きつき、顔を埋め始めた。

その光景は幸せそのもので、あまりにも気持ちよさそうに見えた。我慢出来ず警備員たちもそれを撫で始めた。警官隊もつい近くに落ちたそれを撫で始める。あれだけ険しい顔をしていた男女がみんな蕩《とろ》けるような笑顔になった。これがコドモ軍の最初に投入した兵器、毛雷《もふトラップ》だった。続けて緑色の光点が、ぽっ、ぽっ、と飛行体の腹から降り注ぐ。燐光を放つ雪のようだ。

地表へと近づくにつれ、ゆらゆらと降ってくる緑色に光る雪の正体が見えてきた。二、三歳の幼児のようだ。

何百という幼児たちが小さな緑の発光体に包まれ、ゆっくりと降りてくる。ニコニコと笑い舞い降りる幼い子供たちを、柔らかな毛を撫でながら笑顔の男女が迎える。それは戦いだの侵略だのとは縁遠い、幻想的で多幸感に満ちた光景だった。

ニュース映像でそれを見ていたものは、これが2ndRシステムによるバーチャル映像だと思っていた。そして不安や危機感を煽るニュース番組を見て、馬鹿馬鹿しいと思っていた。双瞳を取ればその正体が知れるのに、と。

そしてその正体を知らねばならない立場の人間たちや、くだらない、ショー、に惑わされたくない人々は、そこで初めて気がついたのだ。双瞳が眼球に癒着していることを。いや、双瞳だけではない。日本中に普及しているスマート・コンタクトレンズ〈コム・アイ〉がすべて外せなくなっていることに気づいた。この時既に日本中の人間の大半は、2ndRシステムの見せるバーチャル映像と現実との区別が不可能になっていたのだ。

この時点ではまだそれに気づいた人間は少なかった。本格的なパニックが始まるのはしばらく後のことだ。多くは未だ眼前のショーに夢中だった。

緑に発光する何千という笑顔の子供たち。

彼ら彼女らは万博会場にゆっくりと降り立ち、どこの言葉かもわからない言語で歓声をあげ走り回っていた。まだ毛雷の影響を受けていないわずかな報道陣が、その様子を全国へと放送し続けていた。

すぐにそれが本当の意味での子供ではないことがわかった。あるいは人ですらないかもしれない。テレビやネットワークで実況を見ていた視聴者たちは、その可能性に気づき一瞬違和感を感じたが、すぐにそんなことはどうでも良くなった。

天使だ。

舞い降りてきた幼児たちを見たものはそれを知る。それは途轍もなく可愛らしかった。見詰めていると涙が流れた。胸が締め付けられ苦しい。近くにいたものは我慢出来ず抱きしめた、頭を撫でた。それは濡れた瞳でこちらを見上げる。あらゆる人間が、その無垢の力に平伏した。

それは抵抗できない愛らしさでできていた。もしかしたら肉体すら無いのかもしれない。抽象的な「愛らしい」という情報そのものでなりたっているのがそれだった。

＊

鎖を持った男が天井から落ちてきて、その鎖を腹の中に押し込む。

奇妙な出来事ではある。

だが、今のサドルには、自分が死んだことよりも奇妙なことは思えなかった。だから天井から落ちてきた男が自分そっくりであったとしても不思議には思わなかった。

「よう、悟」

男はそう言ってにこりと笑った。

「……まさか」

「まあ、そういうことだ」

「お父さん、だよね」

目の前にいるのはあの雪の降る冷たい夜に屋上から飛び降りた、あの時のままの父親だった。今のサドルと同じ年齢のはずだ。自分と同い年の父親が目の前にいる。

「久しぶり」

父親がそう言った。

サドルは父親が大好きだった。だから死の直後こそショックで何も考えられなかったが、子供の目前で飛び降り自殺をする無責任きわまりない行為に疑問を感じ、年を経るに連れてだんだん腹が立ってきた。地獄かどこかは判らないが、もし死んでから出会ったら怒鳴りつけてやろう。それがサドルの本音だった。そして今その願いが叶い——どうしたらいいのかわからなくなっていた。

サドルの沈黙をどう解釈したのか、父親は小さな声で呟いた。

「ごめんな」

「謝るのは卑怯だ」

「かもな」

「クソ、嬉しいんだか、腹立ってるんだか良くわからん。ああ、気持ち悪い」

迷える者たちを導くイエスのようなポーズで父親が両手を差しだした。

「俺を抱きしめでもしたら殴り倒してやるからな」

サドルは父親を睨む。こんなはずではなかったのに。泣いて抱きつく予定だったのに。

「俺は、その、死んでるんだよな」

ちらちらと己の派手に粉砕した頭部を見ながらサドルは訊ねた。

「死んでるな」

あっさりと父親は言った。

「お父さんはどうなんだ」

「多分死んでるよ」

「多分……」

「ぼくはずっと人間を憎んでいた。いや、人間が集まってできる社会というものを憎んでいた。世界は鉱質のきらびやかな結晶であってほしかった。ドブのような人間社会では、生きていることが辛かった。そして考えて考えて考え抜いてようやくわかったんだ。この世界を変える方法をね。本当は子供の時に気づいていたあの方法さ。だから気づいたというよりは思い出したんだ。そしてぼくは飛んだ。次の頁で君と会えることを信じてね。そしてそれは正しかった。ぼくは長い長い長い、途中で飽きるほど長い落下を経てここにやってきた」

「何を――子供みたいなこと言ってんだよ。あんたは人の親なんだからもっときちんと大人になれよ。大人になって俺に愛想尽かされろよ。いい年した大人がガキみたいな感傷してんじゃないよ」

あの頃立派な大人に見えた父親が、同じ大人の視線で見たらこんなに子供っぽい人間だったとは。

これじゃあ今の俺の方がずっと大人だ。

そう思って溜息をつく。

「手厳しいな」

「嬉しそうな顔をすんな！」

「大人になったんだ、悟」

「ああ、あんたのせいでこんな中途半端な大人になったよ」

「結局君が大人の判断をするのならそれでもいい。本当はお父さんもそれを望んでいるのかもしれない。だって今のお父さんは……グロテスクだろ」

「それはわかってるんだ」

「コドモ心を失わない大人は醜い。気持ちが悪い。グロテスクだ。ずっとそう思いながら歳を取ってきたからね。さて、そろそろ時間がきたみたいだ」

父親は笑顔でサドルを見た。

「時間ってなんだよ」

「ぼくは君に鎖を渡した。君にもう一度だけ会いたかった。そして会って鎖を渡した。もうこれでぼくの役目は終わったんだ」

「帰るとか言うんじゃないんだろうな」

「帰るんじゃなくて、消えるんだ。今度こそほんとに死の死を迎えるんだよ」

砂糖にお湯を注いだようだった。

父親の輪郭がゆらゆらと曖昧になっていく。

色が失せ、存在そのものが淡く薄れていく。

「おいおい、ちょっと待てって。俺はもっと文句が言いたいんだよ。あんたと喋りたいんだよ」

「それはぼくも同じだよ。でもね……がもう……だから……」

それはもう人ではなかった。

濃度の異なる水溶液に生じた光の屈折がなんとなく人型に見えている。そんな偶然の産物に見えた。

燦めく何かに向かってサドルは言った。

「お父さんは勝手だ」

「ごめんよ」

それが最期の言葉だった。

「あっ……」

サドルは消えゆく残像に思わず手を伸ばした。

指先が陽炎のような揺らめく光を掻いた。指先にぬくもりを感じたのは錯覚だったたか

最後はシトへと向けて言った。

シトが顔を上げた。

その時初めてピーターの存在に気づいたのだろう。

驚愕に声もあげられず、険しい顔で後退る。

「誰」

「ピーター・パン」

「えっ、どういうこと」

「この子と」

ピーターはサドルの遺体を指差した。

「喋りたい？」

「なに、わかんない。何を言ってるの」

「喋れるようにしてあげるよ。はい、立って。後ろを向いて直立不動」

言われるままに立ち上がり両手を伸ばしたシトを、後ろからぎゅっと抱きしめた。

「いくよ」

ピーターが仰け反ると、シトの足が床から離れる。そしてピーターはグルグルとシトの身体を回しはじめた。

「あっ、これって」

キュッパと音がした。

ピーターは乱暴にシトの身体を放り投げた。

「ああ、なにすんだよ」

と投げ飛ばされた自分を見てシトは言った。言ってから気がついた。自分の身体と離れたところに自らの視点があることを。

「Q波!」

「そうそう。君はユーレイになったんだ」

「シト!」

声を掛けられシトは振り返った。そこにサドルがいた。

シトはサドルにぶつかるように抱きついた。

「サドル、サドル、サドル」

「わかった。判ったから離して」

それでもシトは離さなかった。

「サドル、良かった。無事だった……わけじゃないよね」

抱きしめたサドルの体温を感じなかった。

そしてちょっと横を見れば、無惨なサドルの遺体が横たわっているのだ。

「こんなことができるんだ。ぼくはオトナなのにＱ波が使えるのか」

「君が使ったわけじゃないけどね。これぐらいのことなら、今のぼくでもできるよ。まだ完璧じゃないけど」

ピーターが説明する。

「あんた誰」

「見ればわかるだろ」

そう言ったのはサドルだ。

「えっ、まさかこの人……ピーター・パン本物？」

ピーターはそう言うと、少しだけ宙に浮かんでみせた。

「本物」

「ということは、もしかして、成功したの」

「そりゃそうさ。ぼくが失敗するはずがない」

ピーターは胸を張る。

「巡洋艦が停泊できたからこそ、ぼくはここにいるんだよ。それに第一、サドルくんが撃たれて随分とたっているのに、なんで部屋の外のオトナたちがここに入ってきて君を殺そうとしないか、おかしいと思わなかったの」

「そんな心の余裕はないよ」

シトは苦笑した。

「考えてみたら確かにおかしいけどさ」

「見てみたら」

ピーターはそう言って廊下へと続く扉を指差した。シトは立ち上がり扉の前に行くとドアノブを摑もうとして気がついた。ユーレイになったんだから、そのまま壁を越えて廊下に出られるのだ。

シトは扉の向こう側に頭を突き出した。

「えっ」

絶句してシトはそれを凝視した。

廊下には、魚河岸のマグロのように機動隊員がごろごろと転がっていた。

「死んでないよ。大人には千年眠ってもらうことにしたから」

ピーターは楽しそうだ。

「いったい何があったの」

「カワイイ空挺旅団を降下させたんだ」

＊

動物の行動を引き起こす基本的な仕組みを生得的解発機構という。遺伝的に定められ、鍵刺激によって自動的に発現するシステムのことだ。コンラート・ローレンツが提唱したこのシステムの代表的なものがベビーシェマだ。子育ての期間を必要とする哺乳類は、無条件に〈幼児＝弱いもの〉を守ろうとする仕組みを持っている。その鍵となる刺激がベビーシェマと呼ばれる、赤ちゃんに備わっている形態的な特徴だ。

そのベビーシェマの力をあり得ないほど拡大し、ほぼケミカルな影響に近い麻薬的な効果をもたらす形態を持ったもの。それが空から降ってきた幼児たち――カワイイ空挺旅団だ。

彼ら（性別はないのだが一応）を攻撃できる人間は少ない。ほぼないと言ってもいい。たいていの人間は愛らしさに心を掻き毟《むし》られるような、ほとんど痛みに近い感情を覚え、頭を撫で、ぷくぷくした丸く柔らかな頰を押さえ、我慢しきれず抱きしめる。その時カワイイ空挺旅団のカワイイ兵士たちは相手に嚙み付く。一番効果のあるのは首筋だ。細く小さく、そして牙のように鋭い乳歯を皮膚に突き立てる。ほぼ同時に乳歯の先端近くにある穴から毒液を注入する。人間を仮死状態にする毒だ。ピーターが言ったように、条件さえ満たしたら人は千年起きない。

万博会場内のオトナたちが男女に関係なくオーロラ姫のように眠りに落ちていった。

＊

めでたしめでたし。

カワイイ空挺旅団と毛雷の力で、いたって平和裏に世界の変革は終わるかと思われた。

――安心したまえ。ここまではまだ想定内だよ、八辻くん。

榎美虎は自信たっぷりにそう言った。榎が大丈夫だと言うのなら大丈夫だ。八辻は自分にそう言い聞かせた。機動隊が何の役にも立たず倒されていったという報告を受けた直後だった。

八辻は機動隊の人員輸送車の中だった。黒いコートに山高帽《ダービーハット》を被った倫理管理機構取締官のメンバー三十名と一緒に新世界へと向かっている途中だった。後十分あまりで到着の予定だ。

――この日のために児童虐殺部隊を組織してきたじゃないか。

〈性的搾取を考える有識者会議〉のメンバーであり〈倫理管理機構〉の創立者にして〈幼童虐待者審問会〉の会長である榎ははっきりとそう言った。

——到着次第、武装した倫理管理機構取締官を塔へと送り込むんだ。そこに〈テレビジョン〉艦長がいる。最高責任者である彼を殺せば、この騒動を終わらせることができる。

「本当に終わらせることができるのでしょうか」

八辻が珍しく気弱な台詞を言う。

——これは最終決戦だ。敵の大将を倒せばそれでチェックメイトだ。

「お言葉を返すようですが、コドモたちに本当の意味での最高責任者なんているんでしょうか」

——八辻よ。悩める者よ。もし奴らに頭が八つあるならそのすべてを潰せばいい。それだけのことだ。

「私が言っているのは、コドモたちに頭というものが存在しているのかという疑問です。あいつらに整然とした命令系統があるとも思えない」

——奴らの頭のことは別にして、おまえには頭は必要ない。私の言うがままに動いていればいいんだ。何人もの幼児たちを強姦したおまえの、それが罪滅ぼしだ。

「強姦などしていません」

思わず大声を出して周囲を見回した。倫理管理機構取締官たちは表情一つ変えず前を見ていた。

少し声を落として八辻は言った。

「すべて相手の合意を得ての行為です。みんな私を慕っていました」

——自覚せよ。おまえはコドモたちに仇なす化け物だ。怪物だ。さあ、行け。行ってコドモたちを食い殺してこい。

通信が切れた。

榎は今東京の放送局スタジオにいる。

現場にいないからあのような強気の台詞を吐けるのだ。

頭の中だけで反論し、八辻はきりきりと歯を食いしばった。

その時ようやく車は塔の正面玄関前に到着した。

八辻は外に出て、一度大きく深呼吸した。それから、ダービーハットの下にガスマスクを着けた異様な風体の男たちを率いてホテルへと突入した。

途中子猫のように絡みついてきたカワイイ兵士を、その取締官は何の警告もなく射殺した。それが八辻たちの育ててきた倫理管理機構取締官という怪物だ。

小児性愛者を治療する。悩みの相談に乗る。倫理管理を名目に八辻はカウンセラーとして多くの小児性愛者と対峙し、取材を重ねた。彼はそうやって、まだ警察が見つけ出していない、幼児虐待者を選び出していた。そうやって見出した犯罪予備軍たちを集め、面会や心理試験を重ねた。治療のためではない。ベビーシェマに対して抵抗がある、あるいはベビーシェマというものをまったく感じ取れない人間を選ぶためだ。その中からさらに、幼児への強い憎悪や嗜虐性を持った人物を選別していった。榎の〈幼童虐待者審問会〉はそのために作られた組織だった。

そうして選ばれた幼児虐殺者の先鋭三十名が、塔の内部にいた天使のようなカワイイ兵士たちと出会った。彼らに与えられた命令はただ一つ。幼児たちを殺せ、だ。

ベビーシェマが通用しなければ、カワイイ兵士たちはただの幼児だ。まったく役に立たない。きゃあきゃあと叫び逃げ惑うばかりだ。それを何の抵抗も無く男たちが撃つ、斬る。血に酔ったのだろうか。彼らの行為はどんどん残虐なものへと変わっていく。逃げる兵士たちを掴まえ、虫の足を千切るが如くに骨を折っていくその様は、正視できるものではなかった。

単に幼児性愛者であるだけの八辻は、途中から指揮を執ることができなくなっていた。我慢出来ずホテルの分厚い絨毯に何度も嘔吐していた。それでも青ざめた顔で廊下の向こうを指差し、進めと命じる。

向かうところ敵はなかった。

まだホテルの中にいたカワイイ兵士たちは、目にとまった者から順に殲滅されていく。最上階に近づくにつれ、倒れている機動隊の数がどんどん多くなっていった。しんと静まっているので、既にここにカワイイ兵士たちはいないのかもしれない。ここから上はもう最上階だ。

八辻がそう思ったときだ。

最上階の機動隊員をすべて片付けたカワイイ兵士たちが階段を降りてきた。

即座に倫理管理機構取締官が二名、走り出した。

階下へと降りる階段を封鎖するためだ。そうして逃げられないようにしてから、ゆっくりと殺すためだ。

取締官たちはもう銃を使わなかった。素手で幼児たちを殺していった。

彼らを止めるものはなかった。

＊

「さて、もうあまり時間がないよ。下からは平気でカワイイ兵士を殺せる奴らが上がってきてる。で、その後ろからは残りの兵隊さんがたくさんやってくる。それだけじゃない。もうすぐオトナたちはぼくたちの船を攻撃にやってくる。この世界の人間を大勢巻き添えにする怖ろしい爆弾を使ってね。その前にここがぼくたちコドモの世界であることを君に認めて欲しいんだ」

「……俺が？」

サドルは自分を指差した。

「君がぼくたちの上陸を許可してくれたら、ようやく本格的な上陸が始まる。ぼくたちの世界は君たちの世界へと溶け込み、一つの世界になる。その時ぼくたちはこの世界からオトナ人間を殲滅することになるだろう。ここがコドモたちの世界になるんだ。すごいだろう」

「断ったらどうなる」

サドルは難しい顔でそう言った。が、ピーターはどうでもいいんだが、という顔で話を始める。

「船がここにいられる時間はわずかだからね。ぼくたちは退散する。次に上陸できるのが何百年先か何千年先か知らないけど、それまで待つことになる。みんなはガッカリするかもしれないけど、それはそれで運命さ」

「なんでそれを俺に託す」

ピーターは首を傾げて、さあ、と答えた。

「とにかく君は人類代表として決定しないといけないんだ」

「無理だ。今ある世界を失うわけにはいかない。だいたい君たちに世界を譲ったとして、どうせその先の展望も何もないんだろう」

サドルは吐き捨てるように言った。

「サドル」

そう言ってシトはサドルをまっすぐ見詰めた。

「そんな目で俺を見るな。親父を見てわかったよ。コドモの世界にしがみついてる大人がどれほどみっともないか」

「みっともないから子供の側に立つのは嫌だということ？　みっともなくてもなんでも、ぼくはあの頃の、子供の頃のぼくに味方したいよ。大人なんてもともとみっともないもんだよ」

「いいか、こいつらに任せたら」

サドルはピーターを指差した。

「秩序だったこの世界は滅びるってことだぞ」

「こんな世界滅ぼしてもいいんだよ」

「シト……」

「どうせ大人たちは五十年後のことなんか考えてないよね。だって五十年後には死んじゃうと考えているから。いつも奴らが考えているのは自分が死ぬまでの時間のことさ。そこから先の未来、コドモたちの世界のことを考えたことがあった？　それどころか借財の返済を先先に延ばして、コドモたちの未来から先に何もかも奪って生きてるよね。どうせその頃には俺たちは生きていないって。じゃあ、それなら、コドモたちがコドモたちの未来だけを考えて何が悪い。コドモたちの未来のためなら、我々年寄りの老い先短い未来なんてぶちこわしても構わないんじゃないの。だって大人はコドモたちの未来を壊すことなんて平気だったんだから」

「新しい世界がどんな世界か知らないが、言っとくけど俺もシトも大人なんだ。その新しい世界に居場所なんかないんだぞ」

「それの何が問題だよ。ぼくたちの居場所なんて、あの頃にしかないんだ。サドル、いったい君は何のために戦ってきたんだよ。この街を作ったのは誰だよ。大切な何かのために戦ってきたんじゃないのか」

「その大切なものがどうしても思い出せない。なんだったっけ。それはきっとすごく大切なものだったのに。あの頃俺たちが持っていた普通に持っていたあれ」

ぱんっ、と小気味の良い音が鳴った。

シトがサドルの頬を平手打ちしたのだ。

「いい加減にしてよ。ぼくたちの大切な何かって決まってるじゃないか」

「……未明」

ふてくされた顔でサドルは言った。

「そろそろ決めてもらえるかな」

ピーターは欠伸をしながらそう言った。

「前の万博に戻ることはできるの？」

シトの質問にピーターはあっさりと頷いた。

「そんなことチトラカードを使って何度もやってたでしょ」

「でも未明を救えなかった」

「運命を変えることはできないからね。あっ、未明くんを見本に作った仲間なら船にいるからいつでも会わせてあげるよ」

「ガウリー将校のこと？」

シトが訊いた。

「そう。彼女は未明くんを見本に作ったんだ。何千年も前の話さ。サドルくんが錨になるからいいかと思って。あれ、良く判らないって顔をしてるなあ。ええと、ぼくたちには過去も未来もべったりと平面に並べたカードなんだよ。いやいや、そんなことを説明している場合じゃないんだ。さあ、ご決断を」

しばらくサドルは目を閉じ考え込んでいた。考えて考えて考えたあげく口を開いた。

「未明を救うことは出来ないんだよな」

「それは無理だね」

「でも過去には戻れる？」

「だからそれはチトラカードで――」

「そんなのじゃなくて、あの頃の自分にもう一度だけ戻りたいんだ。本当にコドモだった頃の俺に」

「それでいいの？」

「できるの？」

サドルとシトは同時に訊ねた。

「今は無理だよ。まだこの世界でぼくのできることは限られているからね。でも君がこの世界をぼくたちに譲ってくれたら、そんなことお茶の子さいさいだ」

どこで覚えたのか不似合いな言葉を得意そうに使った。

「ユーレイの君を過去の君に憑依させればいいんだろ。簡単簡単。でもそんなことしたら、すぐに今の君は過去の自分の中に溶けて消えちゃうけど、それでもいいの？」

サドルは頷いた。

「今の君が過去にいられる時間はほんのわずかだよ」

「それでいいから、お願い」

「了解。それじゃあこの世界をぼくたちに譲ってくれるんだね」

「そうする。決めた」

シトがパチパチと拍手した。

「で、俺はどうしたらいい」

「一緒に来て」

ピーターはサドルの手を引いた。後ろからシトがついていく。最上階から、さらに螺旋階段が上へと続いている。それは塔の頂上にある〈語る巨人〉と名付けられた大口を開いた巨人の立像までつながっている。螺旋は少しずつ径を狭め、最後はただの梯子段になっていた。そこを登りきると、そこは立像の開いた口の中だ。ごうごうと風の音が聞こえる。開いた口の向こうには大阪港が見えていた。

「さあ、宣言して」

ピーターが言う。

「何を」

「一緒に繰り返してね。いくよ」

ピーターは遠く港を見て背筋を伸ばした。

隣でサドルも棒を飲んだように直立する。

「私は大人を代表して」

サドルが復唱する。

「私は大人を代表して」

「世界をコドモたちに」

「世界をコドモたちに」

「譲ります」

「譲ります」

サドルが言い終えたと同時だった。

ずん、と世界がぶれた。

直下型の地震に少しだけ似ている。

それもとびきり大型の。

シトもサドルも立っていられなかった。

鰐のように這いつくばった。

内臓が下に引っ張られるような衝撃だった。

「始まった」

ピーターがニコニコ笑う。楽しくて仕方ないコドモの顔だ。

塔が揺れている。

細かく激しく振動している。

音が聞こえた。

震える塔が唸っている。

風の音に似ているが、もっと分厚く重い。それが律動を生む。そこに子鳥の啼き声のような、纖細な音が次々に重なっていく。旋律が生まれた。

それは音楽だった。

儚《はかな》げで、どこか懐かしい夢みるような音楽。

いや、実際確かにどこかで聞いたような音楽だ。それは——トロイメライだ。シューマンによるピアノ曲『子供の情景』の第七曲、トロイメライ。良く聞けばトロイメライそのものでないことはわかる。メロディは幾重にも重なり音程が狂っている。しかしそれは不快の一歩手前で危うく持ち直す。集中して聞けば聞くほど、なんでこれをトロイメライだと思ったのかわからなくなってくる。終いにはそれが音楽なのかどうかすら怪しくなってくる。ところが少し離れてまた聞くと、トロイメライに聞こえるのだ。

「この音は君たちが前の万博で放ったQ波と基本は同じものだよ。ただ何億倍も何兆倍も強力だけどね。これが今、日本中どこにいても聞こえているはずだよ。すごいだろ」

「これでどうなるの」

シトが訊ねた。

「オトナ人間が消滅する。それがオトナ人間の運命さ」

「すべてのオトナ人間が？」とシトが訊く。

「すべてのオトナ人間が」ピーターが答える。

大型の旅客機が大阪湾へとまっすぐ落下していくのが見えた。おそらく下界では何百何千という緊急車両がサイレンをけたたましく鳴らしていることだろう。

七十年近く前の大阪万博の時と同じだ。憑依したオトナ人間が消滅し、多くのオトナたちが一斉に失神したのだ。

場違いな呼び出し音が聞こえた。シトの持っている無線だ。

「はい、こちらシト」

——祐子です。テレビ、見ることできますか。

「ちょっと無理」

――榎が死にました。ミイラみたいになって死にました。

サドルが宣言したとき。トロイメライが聞こえだしたとき。その時ずっとスタジオで解説を続けていた榎が苦しみだした。二回りほど身体が縮み、顔はたちまち皺《しわ》だらけになった。一瞬にして数十歳分年をとったように見えた。白濁した目でしばらく前を見ていた榎は、そのままテーブルに突っ伏した。テーブルに当たった額が砕け散って砂塵となった。まるで太陽を浴びた吸血鬼のようだった。長期に亘ってオトナ人間に憑依された人間の、それが末路だった。

そして空から、本物のコドモたちが降下してきた。

五歳から十五歳まで様々な時代の様々な地方の服を着たコドモたちは、やはり緑の燐光に包まれてふわふわと地上に降りてきた。

ピーターが子供たちに向かって手を振った。大阪市全土にコドモたちの姿は拡散していた。毛雷とカワイイ空挺旅団によって多くのオトナたちは骨抜きにされていた。そのためか、意外なほど街に混乱は生じていなかった。市内は昼休みの小学校校庭のような有様で、甲高いコドモたちの歓声がそこかしこから聞こえていた。彼ら彼女らは共通して同じ言語を話していた。コドモ語、とそれは呼ばれていた。変声期前の甲高い声で語られるそれは、小鳥の囀《さえず》りに似ていた。コドモであれば誰でもそれが理解出来喋ることも出来た。そしてコドモたちは直観的に、今ここがコドモのためのコドモの国になったことを知った。そして市内にいたすべての子供たちがそれを歓迎した。

これがコドモたちによる世界侵略の開始だった。

＊

コドモたちは正確な記録というものをつけないのだから、寄生したオトナ人間たちがいなくなったことでどんなことが起こったのかはっきりした記録は何もない。ただあの瞬間に何千万という人間が数分から数十分、長い人では一時間、気を失っていたのは間違いない。それはかつての大阪万博で起こったことの規模を、全国的にもっと拡大したようなものだった。交通事故をはじめ、様々なアクシデントが起こった。各所で火事が起こったのもあの時と一緒だ。それで多くの人間が命を失った。航空機の墜落が四件で済んだのは、それでも運が良かったといえるだろう。長期間オトナ人間に憑依されていたものは、それだけ失うものが大きかった。記憶が歪み、それまでの自分と整合性がとれず、気を病むもの、自死を選ぶものが大勢いた。

そしてこれは本当に始まりに過ぎなかった。それから八時間後、鯨に似た巨大な〈巡洋艦〉は世界中に現れた。そしてトロイメライを思わせるあの音が、世界中に響き渡った。

ロシアでは巡洋艦への核攻撃を開始したが、それはコドモ軍巡洋艦からの怪光線によって完全に無効化され、ちょっとした花火として、コドモたちの侵略に彩りを添えただけに終わった。

そうしてオトナ人間が完全に失せた世界には、コドモたちが移住してきた。現実も虚構も何もかも含め、数千年の間に生まれ抑圧されたコドモたちが、すべてこの世界に蘇ったのだ。政治も経済もめちゃくちゃになった。しかし無法は暴徒を生むこともなかった。毛雷にカワイイ空挺旅団。そしてぬいぐるみ兵団を載せたぬいぐるみ戦闘機にぬいぐるみ戦車など、愛らしい玩具たちによる戦闘は、圧倒的なその数もあって、残った大人たちを眠りへと就かせていった。カードとカードを繋ぎループになった時空の中でオトナたちは千年仮死状態を続ける。

こうして馬鹿馬鹿しいほど簡単にすべての国家は解体された。それでも誰も困りはしなかった。コドモたちはカード宇宙を直観的に感じ取り、それを利用することができた。コドモたちは幾枚ものカードを連続してループ状に再生させ、GIF画像のように閉じた物語が延々と続くコドモ社会を生み出した。食糧も医療もエネルギーも、物理則を越えてコドモたちは利用が可能だった。確かに世界は一時大混乱に見舞われた。しかし混乱こそが信条であるコドモたちにとって、それは何の問題でもなかった。

斯くしてコドモたちによるコドモたちのためのコドモの世界が誕生した。それを子供騙しと揶揄する人間は、当然のことながら既に千年の眠りに就いていた。つまりこの物語は最後に本物のユートピアが誕生して終わる。

6.

さて、話はサドルによって宣言がなされた直後に戻る。

「それじゃあ約束通り、君を過去に送り込むよ」

ピーターがそう言うと、食いつきそうな勢いでシトはピーターの腕を摑んだ。

「ちょっと待って。ぼくも一緒に行く」

「君はサドルと違ってまだ肉体は生きているんだよ。そんなことしたらもう元には戻れないからね。っていうか説明したよね。過去に戻って憑依したら、すぐに消えてなくなっちゃうんだよ」

「どうでもいいよ、そんなこと。あの頃に戻れるのなら」

「大人の考えることはわからないよ。ぼくならこの新しい世界で住むことを選ぶけどね。じゃあ、行きましょうか。準備はいい？」

ピーターは一組のカードを取り出した。どうやらチトラカードのようだ。

それを二人の目の前でぱらぱらと捲った。

ぐにゃぐにゃと図形が踊る。

と、景色が変わった。

夜だ。

三人は夜空を見上げた。初夏と呼ぶにはまだ早かったが、昼間歩けば汗ばむ季節だった。が、陽が沈み時間が経つと吹く風も涼やかで、心地良い。闇は彼らを祝福している。

「未明！」

突然サドルが大声を出した。

「夜中に大声出すんじゃないって、言われないとわからない……」

半分冗談混じりに説教を始めた未明は、サドルがじっと自分を見詰めていることに気がついた。

「なに？　気持ち悪いんだけど」

「未明に会えて嬉しいんだ」

そう言った途端、サドルの目から涙が流れ落ちた。

感謝の言葉を伝えなければ。

ありがとうと、言わなければ。

薄れゆく意識の中でサドルは、しかし何も言わず未明の顔を見詰めた。最後の景色が未明の顔であることに満足していた。

「サドル、泣いてない？」

未明が訊ねると、サドルは涙を拭って不思議そうな顔をした。

「ほんとだ」

「自分が泣いてることも気がつかないの？　知らない間に死んでてもわかんないじゃない？」

それまで黙って聞いていたシトが、未明とサドルをいきなり両腕でぐっと抱きしめた。

えっえっえっ、と未明が戸惑う。

「みんなありがとう」

シトは言った。

「愛してる」

永遠にこの時が続けばいいと思う。

いや、これで意識が失せてしまうのなら、それはつまりこの時が永遠であることを意味するのでは。

自分なりのハッピーエンドを思い描く。

そこまでだった。

報われた幸せが残滓となる。

暖かな気持ちでふと自分がみんなを抱きしめていることに気がついた。

慌てて手を離したが、恥ずかしくて紅潮しているのがわかった。この薄闇がそれを隠してくれることを祈る。

「二人ともなに。へんな薬飲んだ？」

未明が言うとシトが即座に答えた。

「夜に酔ったんだよ」

自分が泣いていることに気がついた。この時何かが決定的に失われたのだ。その喪失感だけは存在する。ところが何を失ったのかはわからない。失ってはならない大事なものだったはずなのに。

途方に暮れて遠くを見遣る。

夜を透かして切り紙細工の街が見えた。

汗ばんだ月の苦笑い。
星々が子猫のように笑う。
そしてこの時誰にも知られず、二人の静かな死は夜に溶けて消えたのだった。

だから友よ。きみが死ぬまで一〇〇〇年は要らない
時うつり日がかわりひょっとしたら
架空の革命さえほんとうの想い出になるかもしれぬ
堀川正美『経験』

カイセツ

作家
皆川博子

「問題はそのオトナ人間の戦い方なんだよ。（略）基本はちょっとずつコドモの心に潜り込んで、オトナ化していくんだよ。そのためにコドモらしいこと――たいていは馬鹿みたいなことを子供たちから取り上げるんだよ。な、これは絶対わかってやってるよ」

子供たちに人気のあるテレビ漫画について、サドルがシトに語る言葉です。シトが問います。

「わかって、っていうのは、つまり実際にオトナ人間が現実の社会でも侵略しているってこと」

「そういうことそういうこと。（略）」

外観はそのまま、内面が侵略者によって変えられる物語は、ジャック・フィニイの『盗まれた街』をプロトタイプとして、さまざまなヴァリエイションが案出されてきました。

地球侵略を企てるインベーダーなら、敵は地球の住人とはまったく異なる異星人ですが、オトナ人間は、人間のもっとも大人らしい部分ですから、きわめて厄介な存在です。

〈社会的である〉という方向性を持ったある種のエネルギーこそがオトナ人間なのだよ。

社会は秩序によって成立している。社会の秩序は、大人が作る。それは権力をも作り出し、支配関係を生み、格差を生じさせます。

きちんとルールが守られる優等生の世界を作るには、ルールを作るわずかな人間と、ルールがあれば必ずそれに従っちゃうその他大勢が必要なんだ。そういった人間を作り出すのが人類簡易奴隷化計画だよ。

現実の二〇二〇年の日本で、新型ウィルスの蔓延は、ルールを作る者と従うその他大勢のいる社会の状態を明確にしました。

マスクをせよ。みんな、従順です。外出自粛の要請（ほとんど禁足令でしたね）が出ているとき、フレイル状態の私は、これ以上足が弱らないよう自宅の近辺をふらふら歩きまわりました。閑散とした住宅地ですが、たまに行き会う人は皆マスクをしていました。私も人影を見ると顎マスクを引きあげました（規則に従順なその他大勢の一人です）。

今も、ビニールの遮蔽幕が人と人の接触を妨げています。人を見たらウィルスの媒介者と思え（他人に感染させないため、と言い換えられていますけれど）。楽しい談笑は、悪。

「型」を作り、「型」の中に嵌まり込むことで、安心感を得る。戦争末期の日本が、そうでした。民間人であっても、男性の場合、背広は排され、軍隊の新兵みたいなカーキ色の上衣にカーキ色の戦闘帽。女性はもんぺ、あるいはズボン。服装を統一することで、心も一つの型に嵌められると、〈ルールを作る者〉は思ったのでしょうか。同調圧力という言葉は当時はなかったけれど、法律で規制されなくても、ある方向にいっせいに足並みを揃えるのは、この圧力によるものでした。「自由」は悪と、私たちコドモは教え込まれました。敗戦後、映画「パリは燃えているか」を観たとき、解放を喜ぶパリの人々の服装が自由であることに、私はショックを受けたのでした。あ、戦争中でも、綺麗な色のスカートでかまわなかったんだ、よその国は。

侵略者オトナ人間が現実に存在すると語り合っている時点は、一九六九年。サドルとシトは中学一年生。あの大阪万博を翌年に控え、世間は沸きたっています。

日本が高度成長期にあると言われた時代です。一方では大学紛争が熾烈を極め、安田講堂における全共闘、新左翼の学生たちと機動隊の流血の攻防戦、学生運動の退潮などがあり、七二年のあさま山荘事件、連合赤軍の酸鼻をきわめたリンチ事件に繋がってゆく流れがありますが、子供たちにとっては――多くの大人にとっても――大阪万博に勝る昂奮はなかったようです。

鎖国を続けてきた日本が開国し――させられ――、西洋列強に追いつこうと我武者羅に努力し、一流国の証しである万博開催を夢としながら、世界情勢や重なる戦争で挫折。壊滅的な打撃を受けた敗戦を経て、ようやく実現に辿り着いたのでした。

オトナ人間は、〝憑依生物としてはたった一つだが、それを機能させるには物理的な肉体を必要とする〟。

膨大な人間が集まる大阪万博は、オトナ人間にとっては餌食が集合する場所です。放置すれば憑依し放題となる。対抗するコドモ軍。サドルとシトは、不可欠の戦力として——二人以外に子供たちを救える者はいない——、万博が開幕するや、決戦に向かいます。

コドモには、素晴らしい武器がある。その武器を手に入れるには奇抜な手段を用いる。サドルはさらに、オトナ人間に取り憑かれないための方法を思いつきます。大人の感覚では馬鹿げているとしか思えないことに熱中するのが子供です。

ここで、カイセツ人間はちょっと脱線します。私には弟が二人いました（一人は他界したので過去形）。幼いコドモだったころ、下の弟がめそめそしていると、上の弟があやして遊んでやりました。そのやり方。手拭いの一端を弟に持たせ、反対の端を自分が持ち、振り回しながら歌う。「お手々をつーながないで、フンドシつないでワッチョイチョイ」ワッチョイチョイと、べそっかきが笑顔になるのでした。本篇を読まれた方は、カイセツ者がどうしてそんな場面を思い出したか、おわかりになると思います。

軌道修正。

世界の仕組みは、アニメーションの仕組みと等しい、と、作中で語られます。世界は、無秩序にばらまかれた刹那——断面——の集積であり、子供はその無秩序無時間をそのまま受け入れることができる。オトナ人間は、コドモに憑依し身体を乗っ取り、直線的な時間と秩序を与えることで〝自由意志の介在しない完全に秩序だった世界を実現しようとしているのだ〟。

しかし、コドモは直線的な時間の進行とともに加齢せざるを得ません。内面も、コドモのままではいられない。遅かれ早かれ、オトナになってゆく。

二十一世紀、世界経済は低迷し、政治は混迷をきわめている。そんな中で、二〇三七年、万博エキスポ大阪が開かれます。

サドルもシトも、大人の年齢です。彼らは、如何なる行動をとるのか。その行動は一九七〇年の大阪万博に如何なる影響を及ぼすか。シトの名は漢字で書けば贄人であり、使徒に通じるのも無意味ではなさそうです。

本然的な自由への希求と社会秩序の絶対化との葛藤という重い主題が、読者をわくわくさせる面白さに溶け込んでいます。

本作を読了したカイセツ者は、八十数年前、子供の遊び場になっていた東横百貨店の屋上で、覗きからくりみたいな箱の真っ暗な窓に眼を押し当て、握りしめていたコインをスロットに落とすと視野がぱっと明るくなり、ぱらぱらと絵がめくれてポパイがブルートを叩きのめすほんの数十秒が永遠の時間であるように夢中で過ごした幼時を思い出し、稚拙なあれが、現在の華麗にして巧緻なアニメーションの原点であったのだなあ、追憶作者牧野修氏の想像力は飛躍して、強力なチトラカードを創出されたのだなあと、と感慨にふけっている状態ですから、読者は解説者を見捨て、さっさと本文に没入されることをお勧めします。

著者略歴　1958年大阪府生，大阪芸術大学芸術学部卒，作家　著書『王の眠る丘』『MOUSE』『傀儡后』『月光とアムネジア』『月世界小説』（以上早川書房刊）『屍の王』『偏執の芳香』『アシャワンの乙女たち』他多数

HM=Hayakawa Mystery
SF=Science Fiction
JA=Japanese Author
NV=Novel
NF=Nonfiction
FT=Fantasy

万博聖戦《ばんぱくせいせん》

〈JA1454〉

二〇二〇年十一月　十　日　印刷
二〇二〇年十一月十五日　発行
（定価はカバーに表示してあります）

著　者　牧《まき》野《の》　修《おさむ》
発行者　早　川　浩
印刷者　西　村　文　孝
発行所　株式会社　早　川　書　房
郵便番号　一〇一 - 〇〇四六
東京都千代田区神田多町二ノ二
電話　〇三 - 三二五二 - 三一一一
振替　〇〇一六〇 - 三 - 四七七九九
https://www.hayakawa-online.co.jp

乱丁・落丁本は小社制作部宛お送り下さい。
送料小社負担にてお取りかえいたします。

印刷・精文堂印刷株式会社　製本・株式会社川島製本所

JASRAC 出2008599-001
ISBN978-4-15-031454-5 C0193

本書は活字が大きく読みやすい〈トールサイズ〉です。